# 語言如何誕生和進化？

今井睦美・秋田喜美

王筱玲 —— 譯

# 目次

翻譯說明：

為了顯示日語擬聲詞的形音，本書中直接沿用作者使用的日文假名，並附上以日本外務省頒布的赫本式羅馬拼音（Hepburn romanization）規則為主的拼音方式，為與作者的注解區分，如有需要則會加上中文意思的翻譯，並以不同字體表示。

推薦&導讀

# 大家一起來熱情接地

江文瑜（國立臺灣大學語言學研究所教授）

人生充滿機緣巧合的事情總在不預期的時候發生。當我這幾個月來一直關注「接地／接地氣」這個有趣的議題時，出版社來信邀請我為《語言如何誕生和進化》寫推薦序。原來這些年來，世界與臺灣的自然醫學界開始推薦一種有效提升免疫力的方法，那就是透過以赤腳接觸大地並接收地球能量，藉此可以讓人重返健康。而當我開始閱讀《語言如何誕生和進化》這本書時，就在本書的前言讀到「符號接地」，頓時驚喜不已。

可以這麼說，《語言如何誕生和進化》全書的重要觀點，就是探討並延伸「符號接地」的議題。人類可以透過身體接觸大地，但屬於無生物的「符號」，怎麼可能會接地？這是一種比喻方式，把符號擬人化，擬人化後的「符號」一旦接地，指的就是人類透過語言符號反映自身的身體經驗，稱為語言的「身體性」。這個「身體性」可以是感官、情緒與思考的各種感知，猶如兩位作者今井睦美教授與秋田喜美教授在前言所提到的：「要真正理解詞語的意思，就必須對該對象的整體有身體上的經驗。」今井與秋田教授以日語中非常具有特色的「擬聲詞／擬態語」（以下簡稱擬聲詞）作為全書代表性焦點並深入探討擬聲詞在語言中所扮演的角色，藉以彰顯符號與身體經驗連結的重要性。兩位教授勇於挑戰過去擬聲詞被視為語言邊陲的現象，認為具有高度「身體性」的擬聲詞可揭開「符號接地」的秘密，並試圖窮究日語擬聲詞裡的寶藏。然而兩位教授的目的不止於此，更擴展視野高度至語言學、心理學與認知科學的關鍵焦點如兒童如何學習語言、語言的誕生與進化、人類與ＡＩ在語言學習上的差異、人類與動物的推論差異等重要議題。

在閱讀這本書的整個過程中，我感覺自己不斷感受到兩位作者探索語言本質的熱情之情洋溢於字裡行間。在這裡我要談談這本書在臺灣能翻譯出版的兩項重要意義。第一，在臺灣推出的與語言學相關的科普書並不多見，因此這本兼具學術性與趣味性的精彩好書得以出版實為讀者之福。平易近人的科普書比艱深的學術書更引人入勝之處在於其所涉及的知識很多能與生活連結，或是讓人能與自己的生命經驗共鳴，同時避免過多學術名詞讓讀者陷入閱讀困難。由於我與今井教授熟識，知道她非常期待能將語言相關知識傳遞給一般民眾，因此她長期以來奮力將學術成果轉化為適合大眾閱讀的文字，書寫了數本在日本成為認知科學與語言學的暢銷書。之前她在日本非常受到關注的一本科普書，也透過我的推薦在臺灣出版：《哎唷！牙齒「踩」到嘴唇？揭開兒童語言學習之謎》，同樣受到讀者的高度喜愛與肯定。

本書出版的第二個重要意義，我認為是本書的內容正好與當今的ＡＩ熱潮接軌，非常適合想要了解人工智慧的學習過程與人類語言學習有哪些差異的讀者，尤其這方面的書籍在臺灣非常稀少。如果用簡易方式總結本書對於兩者差異的結論，可以說人類的語言學習需要透過「符號接地」，而目前具有強大功能的神經網路型ＡＩ如ChatGPT，則不需要，書中提到：「現今的神經網絡型ＡＩ可以在不進行符號接地的情況下進行學習，雖然無法實現人類的創造性，但卻能夠比一般人積累更多的知識，並利用這些知識進行解釋和解決問題。」因此，差異在於人類的語言學習必須透過「多模態」方式與身體接地，再以此為基礎對於所學到的東西做各種推論，而後修正並反覆確認。「多模態」的獲得是透過實際的人際互動，從而得到包含語調、肢體語言、臉部表情、身體感覺……等各種與語言相關的訊息。而ＡＩ因為資訊是透過人類的大語言模型餵養語言輸入的語料，可以直接跳過人類親身經歷的身體經驗，因此除了無法像人類一樣每個詞語的獲得都是紮實地透過身體的學習而來，也無法表達人類透過身體經驗體會出的情感與感知。

我們或許在這裡可以藉由臺灣的語言，讓讀者快速進入兩位作者所提到的「語言的身體／情感經驗」之意義，藉此了解人類與ＡＩ在語言學習上的差異。如果以台語為例，台語雖然整體數量比日語少很多擬聲詞，但已經比華語多出許多。在視覺方面，例如有白鑠鑠（pe̍h-siak-siak）形容很白的樣子、黃錦錦（n̂g-gìm-gìm）形容顏色金黃、紅記記（âng-kì-kì）形容顏色極紅。在這些我加上教育部推薦的臺羅拼音例子中，後面的兩個重疊音，對於前面的形容詞除了產生加強強度的生動效果，也表達強烈感覺與情緒喜好度。兩個連續重疊甚至可造成語意的對比，例如「白鑠鑠」(pe̍h-siak-siak）可用來形容某物品（如衣服）白到閃閃發亮的感覺，而「白 phau phau」形容皮膚白而光滑圓潤。或許我們可以想像，圓唇的[u]音可以和「圓潤」有所關連，說話者在說出這句話時，對於形容的對方皮膚表示讚賞之意。我想，對於ＡＩ來說，或許它理解「白 phau phau」的表面意義，但我推測它應該無法想像那種皮膚透亮到圓潤的視覺感受。

類似的生動效果之例子也出現在其他感官的感覺，嗅覺方面，如芳貢貢（phang-kòng-kòng）、臭薟薟（tshàu-hiam-hiam）；味覺如甜粅粅（tinn-but-but）、鹹篤篤（kiâm-tok-tok）、飫嗲嗲（khiū-teh-teh，形容食物軟有彈性，嚼勁十足）；觸覺如冷吱吱（líng-ki-ki）、燒燙燙（sio-thǹg-thǹg）、幼麵麵（iù-mī-mī，形容細嫩）；聽覺有嚇嚇叫（heh-heh-kiò，喧鬧的聲響）、詬詬唸（kāu-kāu-liām，嘮叨、囉嗦）、嘛嘛吼（mà-mà-háu，指小孩大聲哭鬧）等，還有不算少的其他例子。以上這些詞語與拿掉重疊詞後的單字詞所呈現的身體感受差異，我猜ＡＩ應該都無法體會。

廣義來講，擬聲詞屬於「語音象徵／音聲象徵」（sound symbolism）的一種面向。「語音象徵／音聲象徵」是透過聲音的差異產生意義的對比，展現今井與秋田教授所謂的符號與擬聲詞的「圖像性」（iconicity），根據他們的定義如下：「表現對象與被表現對象之間具有相似性的符號」。視覺上常見的具有「圖像性」的例子是表情符號，透過捕捉一些情緒的特色，讓人容易理解該符號的意義，如笑臉符號。相對地，擬聲詞是透過聲音捕捉聲音與對象之間的相似性。除了擬聲詞以外，「語音象徵／音聲象徵」也可出現於一般的詞彙。以台語為例，由於這個語言相對於華語有較豐富的聲音結構，尤其有七個音調，我發現台語透過聲音連結意義的形容詞、動詞、與名詞的詞彙為數相當可觀。一個經典例子是「長」（tn̂g）：形容物體或空間兩端的距離較大、較遠，也可延伸至時間的久遠，而「短」（té）則表示事物之間的距離小，再以譬喻的方式延伸意義為「不夠、少、小、缺失等」。這個例子的趣味性在於唸出台語的「長」時，由於是個上揚調，如果用量測聲音長度的軟體來量整個音節的時間值，會發現它的時間長比發出「短」這個下降調來的長，因此字的時間長變成可以模擬外在所要描述的對象的差異。很重要的一點是，這種對比必須以一組字來呈現，才能得知這個差異，就猶如今井與秋田教授所舉出的日語擬聲詞例子，很多是透過成對的對比看出兩個字的意義差異。

兩位教授針對語言的「系統性」提到：「語言的要素（單詞或詞綴等）單獨存在並不具

有意思；語言是一種透過對比和差異化而擁有意思的系統。」這裡我們再度可以看到透過模擬身體經驗而產生對比的例子出現在為數不少的台語動詞，例如「擉」（tia̍k，「彈手指」之意）對比於「嘎」（khia̍k，用五指的指節敲打）。我們來想像一下，「擉」的子音[t]以舌頭翹起頂住齒齦模擬一隻手指彈起的樣子，ia̍k音以阻塞音[k]結尾並透過音調，形成急促的短音，正好可以模擬彈指之間的時間短促；而母音ia從開口較小的[i]到開口較大的[a]正好也可模擬彈指時原本兩指連接幾乎沒有空隙，到兩指分離距離較大。相對地，「嘎」以吐氣、後舌根抬高靠近口腔軟顎位置的[$k^h$]阻塞音模擬整個手掌反過來以指節擊打某物的動作。「嘎」後面的ia̍k同樣具有形容動作短促的效果。整體而言，這個例子傳遞出台語語音用來呈現動作對比是非常傳神的描述。我們可以猜測，ＡＩ或許能理解以上這些字的語意差異，但可能無法體會符號背後的聲音與意義連結的身體經驗。

接下來，另一個人類與ＡＩ的差異在於學習的方式差異。兒童語言學習與人類的語言演化不僅止於比較具有圖像性的符號，也需要經過抽象化的過程，兩位教授在第五章提出非常有趣的理論架構「圖像性之輪」假說。這個理論認為兒童語言學習與人類的語言發展循著一種途徑，從屬於圖像性高的類比式符號（如擬聲詞）到必須衍生意義而發展為失去圖像性的數位式符號，等到這些數位式符號逐漸累積變成系統化後，又再度透過「相似性」將一些詞語整理歸類為同類，因而又回到圖像性，完成了「圖像性之輪」。我們可以這樣看，「圖像性之輪」或許是人類與ＡＩ的學習模式之巨大差異所在，人類必須隨時間循序漸進地累積學習，同時擴展身體經驗，但人類把累積一輩子的資訊壓縮在超級大型的數據空間裡讓ＡＩ以類神經網路方式快速學習，因而兩者的學習模式不同。

我期待本書能在當今大眾對於ＡＩ的熱切浪潮中，透過語言本質的探討，讓讀者能深刻體會人類學習語言的樂趣所在。寫到這裡，我忽然靈光乍現，想到或許在可見的未來裡，由於科技的突破，ＡＩ也能體會情緒與感官的感知也說不定呢。至於那種感覺是否與人類的相同，或許就要靠科幻小說的想像力來創造了。

最後，我想以感性的方式作為本文的結尾。今井教授是我熟識的好友，從我二〇一二年到日本京都參加「語言與演化」的國際學術會議認識她開始，開啟了我們之間密切的臺日交流與臺日往返，包括學術與生活兩方面。今井教授在日本是享有學術名望，認真治學的教授，待人非常親切真誠，用台語形容就是「真有情」，令人在與她相處時倍感溫暖。二〇一三年底，我受邀參加她所舉辦的一場關於音聲象徵的會議，在那裡認識了年輕有為的秋田先生，隔年又再度在今井教授召開的學術會議裡與他再度相遇。在會議結束後，今井教授邀請大家搭船遊東京灣，我記得秋田先生就坐在我隔壁，兩人相談甚歡。多年後，發現他已經在名古屋大學任教，而且勤於發表論文，受到學界肯定。如今，我在閱讀《語言如何誕生和進化》的過程中，好幾次浮現當年我在船上看到的東京灣夜空與星光點點的如夢似幻場景，尤其與日本教授友人們在船上的互動畫面更是歷歷在目。那次相聚的十年後欣見兩位教授友人多年辛苦的結晶能在臺灣問世，我滿懷歡喜並給予高度評價。我極力推薦這本精彩好書給大家，相信有緣的讀者能獲得滿滿的收穫，不但對語言學習能有一番嶄新的見解，甚至之後可能徹底翻轉人生。讓我們大家都一起來與地球和語言熱情地接地吧！

# 前言

## 語言之謎

我們每天使用著語言，就像生活中有火和空氣一樣的自然。不過或許只有在無法使用語言的時候才會讓我們覺得這是值得感激的一件事吧。若問「語言的性質是什麼？」似乎會得到這樣的回答：「會思考這個問題的只有語言學者這種閒人了。不知道意思的時候就查字典，裡面會有答案。」不過或許其實很多人會在生活當中某個突如其來的瞬間，腦中浮現出「語言是什麼」的疑問。

當然語言不是人類智能活動的一切，語言能力也不是認知能力的全部。但是，對人類來說，語言是必要的。因此有很多關於語言的謎，這些謎就像無底洞般的沼澤一樣深不可測。對語言研究者來說，語言則像一座高山，無論怎麼攀登，都到達不了頂點。

## 符號接地的觀點

在認知科學中，有個尚未解決的大問題稱為「**符號接地問題**」（Symbol Grounding Problem）[1]。我們人類知道各個已知的詞語有各自指涉的對象，但所謂的「知道」，並非只有指可被定義的事物。例如當我們聽到「哈密瓜」這個詞語，就能夠想到哈密瓜整體的顏色、外觀、氣味、果肉的顏色和觸感、味道以及口感等各種特徵。當然，這不只是因為我們看過「哈密瓜」的照片，也包含了曾經嘗過哈密瓜的印象。

但是，如果是沒看過實物也沒吃過的水果呢？我們可以說明「〇〇」的名稱，並展示照片，這樣就可以讓人知道這個水果的外觀，也能記得名稱。或者寫出如「酸酸甜甜很好吃」的說明，這樣也能夠讓人記得這種水果。但是，如果把〇〇的視覺印象加上「酸酸甜甜很好吃」的說明一起記憶，這樣就可以算是知道〇〇是什麼了嗎？我們都知道草莓的味道，如果想到「草莓酸酸甜甜很好吃」，也很可能會把〇〇的味道想成草莓的味道。

符號接地問題原本是探討人工智慧（ＡＩ）的問題之一。如果將「〇〇」與「酸甜」、「好吃」等其他符號（語言）連結起來的話，真的就可以說ＡＩ「知道」〇〇是什麼嗎？

最早提出這個問題的認知科學家史蒂芬．哈納德（Stevan Harnad）曾說，這種狀態是「從符號到符號的旋轉木馬（merry-go-round）[2]。」只以符號來表現另一個符號，不管經過多久，都無法真正理解詞語指涉的對象。要真正理解詞語的意思，就必須**對該對象的整體有身體上的經驗**（圖前言－1）。如果是機器人的話，可以裝載攝影機，透過攝影機取得視覺的印象。然而，我們對於對象的了解，不僅僅是來自視覺印象而已，例如還有觸覺，若是食物的話還會有味覺，以及知道對象的行為舉止和行動模式。當欠缺像這種來自根植於身體（接地）的經驗時，真的可以說人工智慧「知道」〇〇了嗎？

但是，符號接地問題或許不只是人工智慧的問題。人類明明能夠記得詞語，有必要親身體驗嗎？為了使用詞語，需要具備身體經驗嗎？語言與身體產生的連結關係需要達到什麼樣的程度呢？關於符號接地的問題將於後面第四至六章再來詳細討論，在這邊我們先來思考一個與符號接地問題同源但稍有不同的問題，也就是關於「使用詞語是否需要具備身體經驗」，這個更直接牽涉到人類語言相關的疑問。因此，首先讓我們反過來，從「語言是抽象的」這點來展開思考吧。

1　譯注：符號接地，曾被翻譯為符號落地、符號奠基。

2　譯注：此引述出自史蒂芬·哈納德於一九九〇年發表的論文〈THE SYMBOL GROUNDING PROBLEM〉之2.2章節中。Harnad, S. (1990) The Symbol Grounding Problem. Physica D42: 335-346. 9124/02 1: 58 PM

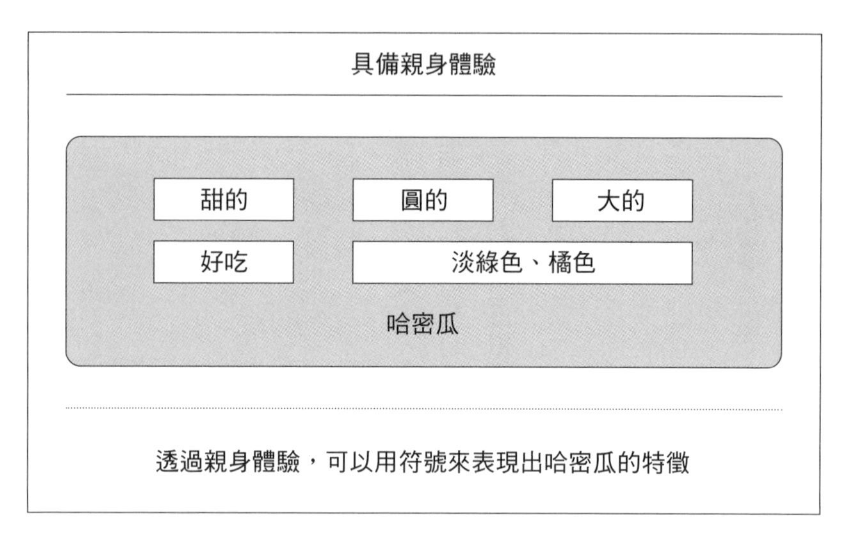
具備親身體驗
甜的
圓的
大的
好吃
淡綠色、橘色
哈密瓜
透過親身體驗，可以用符號來表現出哈密瓜的特徵

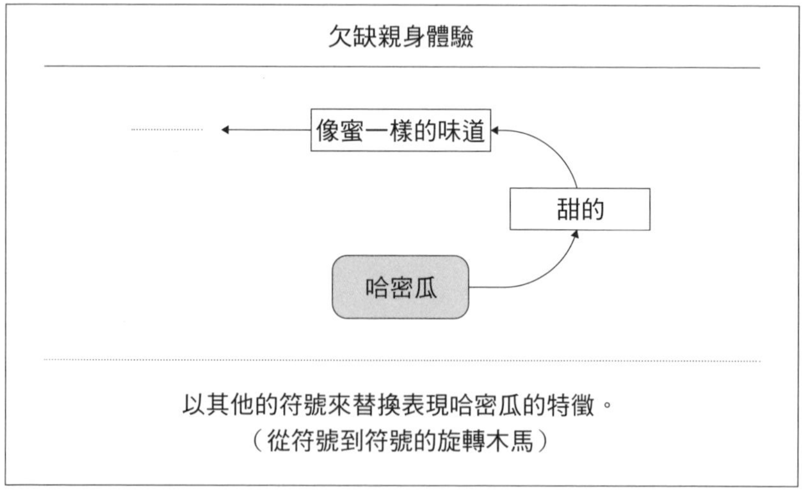
欠缺親身體驗
像蜜一樣的味道
甜的
哈密瓜
以其他的符號來替換表現哈密瓜的特徵。
（從符號到符號的旋轉木馬）

圖前言-1 符號接地問題

## 語言的抽象性——以紅為例

為了記得並使用語言，親身體驗是否真的必要呢？要理解符號接地問題被提倡與關注的背景，就必須先知道一九九〇年代前半的時候人們是如何認知語言的。

當時的主流看法是「語言是與親身體驗無直接關係的抽象式符號」。可以自由操作抽象式的概念，被視為人類智慧的象徵。因為語言是從身體被分離出的抽象式符號，如果邏輯性地操作這些符號，就可以理解並使用語言。此種看法，對於讓電腦習得（acquisition）[3]語言、翻譯或者進行對話都是非常有利的，因為電腦沒有所謂的身體。

在這當中產生了一些疑問：是否真的能夠理解並使用從身體獨立出來而作為符號的語言？電腦是否真正理解所謂的「意思」？這就是出現「符號接地問題」的背景。

毫無疑問，語言是巨大且抽象的符號系統。所謂抽象式的語言，很多人會想到像是「侘寂」、「質數」等這樣的概念，它們沒有視覺上的實體。例如「紅」或者「走路」，就不太會被覺得是非常抽象的詞語，這是因為它們指涉的對象是可見的。

3 譯注：根據第二語言習得理論（Theory of second language acquisition），本書中使用的學習（learning）與習得（acquisition）應是兩種不同的概念。學習是有意識地學，習得是無意識的獲得。

不過，如果認真思考，就會了解實際上「紅」或「走路」的意思其實都是非常抽象的。要理解「紅」和「走路」的意思，並非只要知道某種典型的指示對象就能理解，而是必須要了解詞語所指涉的範圍。而要想了解範圍，就要在相同概念的領域裡，知道圍繞著這個詞語的其他相關詞語（例如知道「紅」的情況下也要知道有「橘」、「粉」、「紫」等），並且了解它們彼此的分界，不僅僅是藉由眼睛看到某個特定對象（例如紅色的汽車），並聽到「紅」這個單詞的發音就能理解意義的。關於這部分，將在第六章詳細說明。在此，希望讀者可以記住這個重點：「詞語是系統的一部分，因此是抽象的」。

## 語言的演化與兒童的語言習得之謎

一個一個的詞語（單詞）都具有各自的關係性，成為一個龐大的系統，然後可以將那些詞語進行組合的，就是語言。不過這麼一來，就會產生各種疑問：語言是如何產生、又是如何演化的呢？語言從一開始就像現在這樣，是一個既抽象又複雜的龐大系統嗎？這有點難以想像。那麼，剛開始產生的語言是什麼模樣？又是如何演化成現在使用的語言形式呢？

兒童應該也不可能在一開始就擁有如此龐大的系統。那麼，兒童最初是如何記得詞語的呢？他們怎麼理解語言是一種符號系統？又是如何習得這種擁有抽象式意思的龐大系統？

這些疑問全部都與「符號接地問題」有所關聯。提出這個疑問的哈納德指出，至少在最早使用的詞語中，有一部分必定是與身體「接地」的。

本書將思考「符號接地問題」的解答，這個問題探討的雖然是語言與身體的相關性，不過我們也將從這點切入，深入研究語言的起源、演化，以及兒童的語言習得之謎。接著還要挑戰「語言的本質是什麼」這個大哉問，而這個挑戰的關鍵就是「擬聲詞」（onomatopoeia）。

擬聲詞？是的，「ゲラゲラ」（geragera，咯咯笑）、「もぐもぐ」（mogumogu，嚼嚼，形容閉著嘴巴咀嚼的聲音）、「フワフワ」（fuwafuwa，輕飄飄）就是在日本人生活中不可或缺的那些詞語。實際上，「擬聲詞」現在也正受到世界的注目，不只是因為擬聲詞被認為是「有點奇怪而令人覺得有趣的詞語」，在解開語言的起源和語言習得之謎之前也扮演著重要角色，並且在思考「語言是什麼」這個哲學性的大哉問時更是重要的材料、備受矚目的焦點。我們身為執筆者，不是基於有趣，也並不是想引人發笑，而是將「擬聲詞」作為學術上重要的主題，非常認真、不起眼地進行研究。

長年以來，世界主流學派認為擬聲詞在語言學這門學科裡並不重要，甚至可以說是旁枝末節的研究主題。與外國相比，日本學界的擬聲詞研究相對活躍，不過研究的焦點大都放在音與意思的關聯，以及在文句中的功用和修辭效果上。在此背景下，本書執筆者之一的秋田喜美，從研究生時期開始，就致力透過與其他語言的比較和用於語言理論的探討，研究擬聲詞是如何成為具有語言式特徵的詞語。

另一方面，今井睦美則從認知科學與發展心理學的角度，對於語言與身體的關係，特別是對音與意思的連結在語言發展中所起的作用感到興趣，他針對成人、幼兒進行了大量的實驗。而今井在設計實驗的時候，總是仰賴熟知世界各地擬聲詞研究文獻的秋田喜美。

有一次，當兩人在討論擬聲詞時，意識到他們討論到最後往往都不在探討「擬聲詞是什麼」，而是跳到了「語言是什麼」的問題上，因而察覺到雙方雖然都著迷於擬聲詞的魅力，但最終想要的探問的問題，其實還是「語言的本質是什麼」。

擬聲詞看起來像是特殊的詞語，實際上卻具有語言的普遍性、本質上的特徵，也就是語言的微型世界，因而可能成為解決「符號接地問題」的關鍵。秋田喜美專注語言學，進行語言的分析，而今井睦美身為認知與發展心理學學者，長年探討的是關於人類在習得以及應用語言方面的推論。可以這麼說，秋田喜美的研究基礎是語言的面向，而今井睦美的研究基礎則是人類的面向。

兩人來回穿梭於語言形式和人類思考這兩個基地之間，跨越語言學、認知心理學、腦神經科學等不同學術領域，俯瞰並仔細觀察、一起思考全世界的擬聲詞研究者們的龐大研究成果，希望能直搗「符號接地問題」、「語言習得」、「語言演化」、「語言的本質」這些語言研究的核心。我們就是基於這樣的想法開始撰寫本書，至今已經有五年以上的時間。雖然由數名作者共同執筆的著作，通常會採取分章個別撰寫的方式完成，但本書在兩位執筆者進行思考交流的傳接球同時，覺得應該要一起挑戰語言這座高山，因此所有的章節都是共同執筆完成的。

希望讀者也能與我們同行，一起踏上這趟探索「語言的本質是什麼」的旅程。

# 第一章 擬聲詞是什麼

我們這些日語使用者都相當理所當然地使用著擬聲詞，而且只有少數人會覺得擬聲詞很了不起或是很厲害，大多數人都認為擬聲詞是兒童用的幼稚詞語，或者覺得作為日常生活使用是不恰當的詞語，這種看待方式實在令人感到有些遺憾。說到底，擬聲詞是不是一種正式（正統）的詞語呢？

## 「擬聲詞」的語源

讓我們從「擬聲詞是什麼」這個問題來思考一下吧。最初「擬聲詞」這個專有名詞是從何而來的呢？這個專有名詞來自源於希臘語的法語，在希臘語中，「onoma」（名稱、詞語）

＋「poiéō」（創造），意即「創造名稱」的意思。以這為基礎的法語「onomatopée」或英語「onomatopoeia」意思指的是模仿人或動物的聲音、事物聲音的擬音語。也就是說，原本「擬聲詞」就是「擬音語」[1]。實際上，在歐美的語言中所謂的「擬聲詞」，很多人只會想到擬音語的部分。

不過在日語當中，大多數的擬聲詞其實是擬態語[2]。另外，歐美以外的多數語言，例如像是歐美語言當中的巴斯克語（Euskara）[3]，被發現有很多像日語的擬態語一樣，表現狀態、動作、觸感等的擬聲詞。

如同前面所說，隨著擬聲詞研究的進展，世界上各種語言的擬聲詞也開始被研究，並且有報告指出擬聲詞不僅僅只是模仿聲音而已。學術界對「擬聲詞」的看法也有了改變。現在不只是擬音語，在日語中的擬態語、擬情語[4]（「ワクワク」[wakuwaku，興奮不已]等表現內在感覺、情感的詞語）也被當作「擬聲詞」使用著。

另外，日本的研究者們雖然將包含擬音語、擬態語、擬情語等在內的專有詞語用「擬聲詞」來概括，不過在歐美反而是「ideophone」（表示狀態與聲音）這個字比「onomatopoeia」更加普遍。

## 「擬聲詞」的定義

如果要舉例擬聲詞，會說日語的人應該馬上就會想得到吧。例如在下述對話中，有哪些是擬聲詞呢？

A來吃飯吧。
ご飯さあ、食べてね。
B啊，謝謝。
ああ、ありがとう。
A這麼多吃不完哪。

1 譯注：日語中將表現人或動物聲音的詞語稱為「擬聲詞」，表現自然界聲音或者事物聲音的稱為「擬音語」。此處保留使用日語漢字「擬音語」，以與外來語「擬聲詞」（onomatopoeia，中譯擬聲詞）區別。
2 譯注：日語中表現動作或狀態的詞語稱為「擬態語」。
3 譯注：一種非印歐語系的語言，使用於巴斯克地區（西班牙東北部的巴斯克和納瓦拉兩個自治區，以及法國西南部）。從語言上來說，巴斯克語是一種孤立的語言（與其他現有語言無關）。
4 譯注：日語研究學者金田一春彥在著作《擬音語・擬態辭典》（1978年出版）中，將擬聲詞分為五類，除了上述擬聲、擬音、擬態，另外還有表現人的心理狀態、感覺等的「擬情語」，以及表現生物狀態的「擬容語」。

こんなに食べらんない。

B　這個啊，比我想像中的還要那個，我以為要這樣煮到咕嘟咕嘟的，怎麼好像、好像（笑），煮到太爛的感覺。

これ、おれ、もうちょっとイメージ的にはこう、このぐつぐつしとるのかと思ったら、なんか、なんか、なんか（笑）なよっとした感じで。

A（笑）嗯，某個程度上，有種黏、黏稠的感覺。

（笑）うん、ある意味、べ、べ、べちょっていう。

B　應該再更有口感一點。

もっとジュージャーいって出てくる。

（名大會話資料庫）

在這段對話中使用到的擬聲詞，至少有「ぐつぐつ」（gutsugutsu）、「なよっ」（nayo）、「べちょっ」（becho）、「ジュージャー」（juja）四個詞。而且不一定像字典裡面寫的那種擬聲詞的用法。「なよっ」（nayo）通常是表示人很軟弱、不可靠的樣子，「ジュージャー」（juja）則是根據上下文產生意思的詞，儘管如此，只要是以日語為母語的人，對於這種擬聲詞，從感覺上就理解意思，而能夠對這段對話的情境產生鮮明的想像吧。說不定甚至有讀者會想像

到這是在講漢堡排的事。因為我們就是如此熟悉擬聲詞。

不過一旦要定義「何謂擬聲詞」的時候，就會變得很困難。至今有很多語言學者對此作出分析，但是都沒有出現令人滿意的定義。

第一個會想到的擬聲詞特徵，是重複的詞語型態，稱為重複形。「ぐつぐつ」（gutsugutsu，形容煮東西時沸滾的聲音與狀態）、「ブラブラ」（burabura，形容擺動、晃蕩、閒晃的樣子）、「キラキラ」（kirakira，閃閃發光）、「ホカホカ」（hokahoka，暖呼呼，形容溫熱的聲音與狀態）等，重複形的擬聲詞要舉多少有多少。另外在其他語言中也有很多有重複形的擬聲詞，例如巴斯克語的「Gurukaguruka」就是日語「ゴクゴク」（Gokugoku，形容大口吞嚥的聲音）；南美帕斯塔薩・喀珠亞（Pastaza Quechua）語中的「akiakiakiaki」，就像日語的「ユラユラ」（yurayura），表示前後搖晃的意思。不過像是「なよっ」（nayo）、「べちょっ」（becho），或是西非的埃維語（Ewe）中表示如日語「ザラザラ」（zarazara，形容小顆粒摩擦的聲音或摸起來粗糙的感覺）意思用的詞語「Tsakuli」就沒有用到重複的字。所以並不是「擬聲詞」就一定等於重複形的詞語。

現在，對於全球的擬聲詞的大致定義，被廣泛接受的是根據荷蘭的語言學家馬克・丁格曼斯（Mark Dingemanse）所提出的下述定義：

擬聲詞：能夠描繪感覺形象，具有獨特的形式，可以創造出新詞的詞彙。

這是相當抽象的定義。擬聲詞有很多是重複形態，因此對於「具有獨特的形式」這點似乎是可以接受的。關於「可以創造出新詞」這點，用先前所舉的「ジュージャー」（juja）為例就很清楚了。不過「描繪感覺形象」，究竟是什麼意思呢？

## 擬聲詞是表現感覺形象的詞語？

首先，我們來想想擬聲詞是否為表現感覺的詞語。一般而言，所謂「表現感覺」的詞語，最先會想到的是形容詞。在日語中也包括了形容動詞，就像「吵鬧的」（うるさい／urusai）、「安靜的」（静かな／sizukana）、「尖銳的」（甲高い／kandakai）是聽覺；「很大」（大きい／ookii）、「鮮明的」（鮮やかな／azayakana）、「紅的」（赤い／akai）是視覺；「滑滑的」（滑らかな／namerakana）、「熱的」（熱い／atsui）、「重的」（重い／omoi）是觸覺；「酸的」（酸っぱい／suppai）、「甜的」（甘い／amai）、「鹹的」（しょっぱい／shoppai）是味覺；「臭的」（くさい／kusai）、「香的」（芳ばしい／koubashii）是嗅覺，多數形容詞都在表現感覺特徵。

另一方面，與感覺有強烈相關的動詞，像是「聽」（聞く／kiku）、「看」（見る／miru）、「感覺」（感じる／kanjiru）、「品嚐」（味わう／ajiwau）、「聞」（嗅ぐ／kagu）等。名詞的話則是有「聲音」（音／oto）、「外表」（外見／gaiken）、「觸感」（手触り／tezawari）、「口感」（味／aji）、「味道」（匂い／nioi）等。而像是「跑」（走る／hashiru）、「吃」（食べる／taberu）、「吠」（吠える／hoeru）、「知道」（知る／shiru）等動詞則以事件的性質為核心，不與五感中的哪一個相關。「貓」（ネコ／neko）、「空氣」（空気／kuki）、「夢」（夢／yume）、「昨天」（昨日／kinou）等名詞也一樣，這些詞語關注的是對象為何，而非特定的感覺詞語。

那麼擬聲詞呢？所謂的擬音語就像「ニャー」（nya，貓叫聲）、「パリーン」（parin，啪哩，形容破碎的聲音）、「カチャカチャ」（kachakacha，喀啦喀啦，物體轉動的聲音）這類以表現聽覺訊息為主的詞語。在擬態語中，如果覺得「ザラザラ」（zarazara，沙沙的）、「ヌルッ」（nuru，滑溜）「チクリ」（chikuri，刺刺的）是在表現觸覺訊息的話，那麼也應該會注意到「スラリ」（surari，滑順的、細長的瘦長的）、「ウネウネ」（uneune，如浪般的波動）、「ピョン」（pyon，蹦跳，輕巧的跳動）這些是表現視覺訊息的詞語。另外，一樣屬於擬聲詞的擬情語，像「ゾクッ」（zoku，抖，形容感受到寒氣或恐懼）、「ドキドキ」（dokidoki，怦然，興奮、緊張、期待或心動的感覺）、「ガッカリ」（gakkari，失望或期待落空）這些應該算是表現第六感的身體感覺或心理經驗的詞語。

擬聲詞與許多形容詞一樣都是感覺的詞語，從這點來看，也可以理解我們很難想像表達非感覺上意思的擬聲詞。例如，「正義」、「愛」、「困擾」這些名詞表達的意思並不限於特定的感受。另一方面，不管是在日語還是其他語言，幾乎都找不到表現這些意思的擬聲詞。這些概念要用聲音來模仿可能太過抽象了吧（關於擬聲詞易於表達的概念和難以表達的概念將於第五章中說明）。如果是形容詞的話，像是「正確的」、「深愛的」、「困擾的」等詞語就可以表達那些概念。或許可以說，這意味著擬聲詞是比形容詞更以感覺為中心的詞語。

## 描繪中的符號？

根據先前的定義，擬聲詞是「描繪」感覺形象的詞語。但是，用詞語來「描繪」是什麼意思呢？我們可以思考這件事的線索，並從這個問題入手：擬聲詞是否為全球各國共通理解的呢？如果能夠像照片或影印機那樣，複製影像般地來複製詞語的話，那麼不管是什麼語言的擬聲詞應該都是相似的吧？若是如此，即使是陌生語言的擬聲詞，在某種程度上應該能夠猜到它的意思。

請試著回答下面五個問題。這些都是外文的擬聲詞的相關問題。

①在印尼的坎貝拉語（Kambera）[5]中，「nbuto」是用來表現物體在移動時所發出的聲音。這是指什麼物體、往什麼方向移動呢？

②在南美的帕斯塔薩・喀珠亞語中，「lin」是表現物體被移動的樣子。這是指在什麼樣的地方、以什麼樣的方式被移動的樣子呢？

③在中非的巴亞語（Gbaya）[6]中，「gengerenge」是用來表現人的身體特徵。這是指什麼樣的特徵呢？

④在南非的次瓦納語（Setswana）[7]中，「nyedi」是用來表現物體視覺上的樣子。這是指什麼樣子呢？

⑤在韓語中，「ozilozil」（韓語音譯 eojileoun）是表示某種症狀。這是指什麼樣的症狀呢？

答案如下：①「nbuto」是重物掉落的聲音。②「lin」是指物體被插入土、木、水、火裡

5　譯注：分布於印尼東努沙登加拉省松巴島東半部的坎貝拉族使用的語言。
6　譯注：主要在中非共和國西部和喀麥隆邊境使用的語言。
7　譯注：屬於班圖語系，主要使用於南部非洲。

的樣子。③「gengerenge」是骨瘦如柴的樣子。④「nyedi」是閃閃發亮的樣子。⑤「ozilozil」（韓語音譯eojileoun）是指頭暈目眩。如果換成日語，下列這些詞語似乎剛好能夠相對應：①「ボトッ」（boto）或「ドサッ」（dosa）。②「スッ」（su）。③「ゲッソリ」（gessori）④「キラキラ」（kirakira）⑤「クラクラ」（kurakura）。不過例如②的「スッ」（su）不只是指插入的動作，所以可以說日語當中並沒有剛好可以對應「lin」這個字的詞語。那麼，各位讀者可以正確回答出幾題呢？

通常，擬聲詞對該語言的母語使用者來說是自然而然的，會覺得就像是直接描繪感覺經驗一樣。不過，對於非母語使用者來說就不一定那麼簡單了。實際上，外國留學生在學習日語時，日語的擬聲詞往往是令人頭痛的根源，他們覺得「形容頭髮的柔順（サラサラ／sarasara）和滑順（ツルツル／tsurutsuru）到底哪裡不一樣？完全搞不懂！」

明明應該是描繪感覺，為什麼對非母語使用者來說難以理解呢？所謂的「描繪感覺」究竟是什麼意思呢？對於理解擬聲詞的性質，這是非常重要的課題。同時，這不只是對擬聲詞的疑問，包括對藝術在內的所有表現方式來說，都是一個被探究的深刻問題。

讓我們再進一步深入思考關於擬聲詞如何描繪感覺印象吧。作為描繪對象最直接且寫實的方式，應該是拍攝影片或照片吧？然而，「感覺」並不是存在於外界的事物，而是存在於表現者內在的東西。

繪畫又是如何呢？雖然不像照片那樣忠實呈現，但也可以說是一種對於對象的描繪吧。不過，繪畫的重點在於表現者的「感覺的表達」，在繪畫中或多或少可以看到表現者的「主觀感受」。因此繪畫在抽象程度上會產生很大的差異。極其細膩地描繪對象的具象畫，可以讓任何人都清楚理解那個對象（當然，光是這樣並不足以稱為藝術，不論對象被描繪得多麼具體，唯有表達出表現者的「感受」時，才能稱之為「藝術」）。另一方面，抽象畫則是側重於表現者內在感受的表達，所以常常無法識別特定對象。

擬聲詞是否就像繪畫那樣「描繪感覺印象」？因為擬聲詞至少對該語言的母語使用者來說，能夠直觀理解各種含意。以繪畫來比擬的話，比起無法識別具體對象的抽象畫，擬聲詞更接近具象畫吧。不過，原則上不論觀賞者的使用語言或文化背景是什麼，繪畫都應該能被接受，而擬聲詞則是在特定的語言架構內被理解的。

## 擬聲詞是「圖像」

圖像（icon）是什麼呢？在電腦畫面上表示app或是垃圾桶的圖示；在路上表示公共廁

所或是警察局等場所的圖案；在郵件或社群媒體等的數位溝通方式中用來傳達情緒的小圖，那些都是圖像。

圖像可以說是一種重視易於理解更甚於藝術性的符號吧。「圖像」的語源是希臘語的「eikōn」（拉丁語則是「icon」），具有「作為偶像、崇拜的對象之形象、象徵」的意思。從「描繪感覺印象」的觀點來看，圖像極為有趣之處在於它們明明非常抽象化，但仍非常容易理解。如同「☺」、「(^^)」這種圖形字（emoji）、表情圖（emoticon）[8]也是，即使已經相當變形了，表達笑臉的意思依舊讓人一目瞭然。

實際上，擬聲詞受到注目，很大原因正是這種「圖像性」（iconicity）。美國哲學家查爾斯・桑德斯・裴爾士（Charles Sanders Peirce, 1839-1914）對「圖像」這個字提出了「透過性質指示對象的符號」這個獨特的意思。簡而言之，就是「表現對象與被表現對象之間具有相似性的符號」。因為構成圖畫與圖形字的點與線的組合，與對象物體相似，所以在裴爾士的定義中也是「圖像」。肢體語言大多也是一種圖像。例如吃牛排的肢體語言，就算沒有實際拿著刀叉，也會像是在吃牛排的動作。

若是根據這個定義，擬聲詞簡直就等於「圖像」了。可以感覺到表現對象（聲音、形態，或稱音形）與被表現對象（感覺印象）之間的相似性。如果是以日語為母語的使用者，看到「喵」（ニャー／Nya）這個擬聲詞就會覺得是在模仿貓叫的聲音。表現聲音以外的擬聲詞也一樣，例如聽到「ピカピカ」(pikapika，閃閃發亮）這個連續的聲音會感覺到明亮的閃光，而「ぶらり」(burari，悠哉、無所事事）的音形也會覺得好像很適合輕鬆的外出。不過，仔細想想，這種「相似」的感覺本身就存在著曖昧又有趣之處。後面第二章與第五章將會深入探討這種感覺的來源。無論如何，從聲音和形態在感覺上與圖像性相連的角度來看，擬聲詞是一種「身體的」感覺。

## 擬聲詞的描繪方式——與圖像的不同之處

不過，在這裡我們可以試著思考看看，在訊息和社群網路上使用的圖像，或是在街上看到的圖像，與被裴爾士定義為「圖像」的擬聲詞，有著什麼樣的差異。圖像普遍作為視覺的媒介，用來表現視覺化的對象，就像「☺」這個圖形字是表示笑臉的視覺資訊。我們感受到圖像與其所代表的對象「相似」，進而透過這個感覺辨識圖像所要指示的對象。特別是在類

8 譯注：日文的「絵文字」是指包含表情在內的各種小圖示，譯為圖形字；「顔文字」則是以字母符號組成各種表情圖案，譯為表情圖。

似漫畫式的表現中，甚至可以比喻性地將聲音、觸感、心情等眼睛看不到的要素視覺化。例如，在這個表情圖「Σ（・□・;）」中，用「Σ」的鋸齒形狀來表示內心的震驚。無論什麼樣的例子，圖像都是視覺式的符號。

另一方面，擬聲詞使用的並不是視覺，而是聲音這種聽覺上的要素。在聲音與對象感覺「相似」的前提下，我們可以透過聲音來認知和想像對象。但是，視覺式的圖像則不同，聲音難以描繪出對象事物的整體樣貌。例如，以圖像表現狗和貓的時候，或許可以用「🐕」、「🐈」這種描繪了整體形象的圖案，而「汪汪」或「喵」這種擬聲詞，雖然可以模仿狗或貓的叫聲，卻無法描繪出這些動物的整體樣貌。「ギクッ」（giku，驚訝狀）這個擬聲詞也是，雖然表現強烈的驚訝，卻無法像表情圖「Σ（・□・;）」這樣連表情、冒汗的要素都表現出來。

也就是說，視覺上的圖像可以同時描繪多種要素，甚至可以描繪出輪廓。因此，根據狀況，是有可能將事物的整體，甚至細部都描繪出來。相比之下，聲音基本上只能描繪出事物的一部分而已，剩下的部分需要透過聯想來補充，例如「汪汪」聯想到狗，「喵」是貓，「驚」（giku）的話則是可以透過聯想來補充某個不想被人知道的事情被揭穿的情景（見圖1-1）。

這種聯想被稱為「轉喻」（metonymy），這是在國文課上教詩歌表現技法的時候會學到的一種概念。轉喻是指用另一個關係相近的概念來掌握某個概念的方式。例如「想吃鍋」，這裡的鍋指的是烹飪用的器具鍋子，同時也指其中的料理（見圖1-2）。而「汪汪」或「喵」

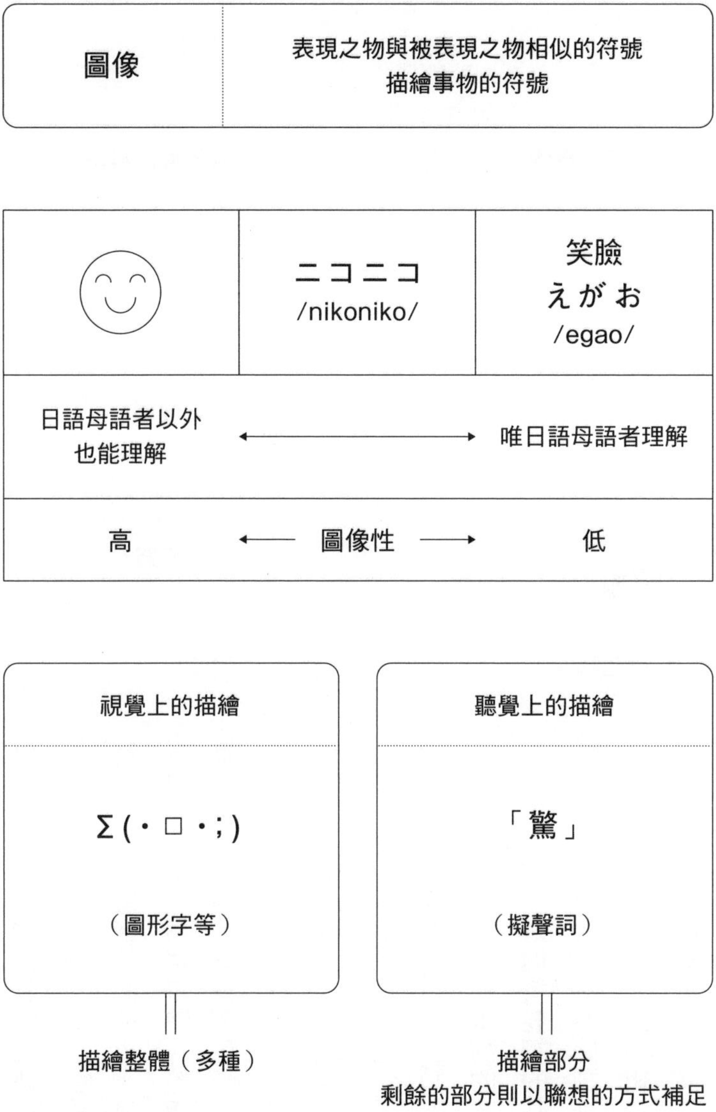

| 圖像 | 表現之物與被表現之物相似的符號<br>描繪事物的符號 |
| --- | --- |

| | ニコニコ<br>/nikoniko/ | 笑臉<br>えがお<br>/egao/ |
| --- | --- | --- |
| 日語母語者以外<br>也能理解 | ←→ | 唯日語母語者理解 |
| 高 | ←― 圖像性 ―→ | 低 |

| 視覺上的描繪 | 聽覺上的描繪 |
| --- | --- |
| Σ(・□・;) | 「驚」 |
| （圖形字等） | （擬聲詞） |
| ‖ | ‖ |
| 描繪整體（多種） | 描繪部分<br>剩餘的部分則以聯想的方式補足 |

圖 1-1 圖像是什麼

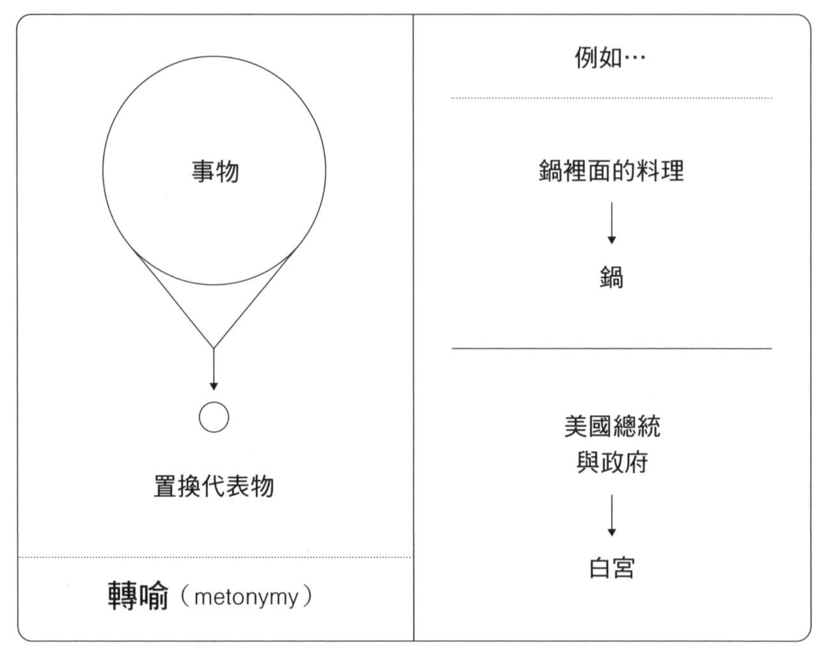


圖1-2 什麼是轉喻

也是如此，透過狗或貓特有的叫聲為線索，解讀出其叫聲擁有者的訊息。雖然「ギクッ」(giku，驚訝狀）這個字稍微抽象，但透過以聲音來模仿驚訝時身體微微顫動的樣子（或是關節發出的聲音），以轉喻的方式來表現造成這種動作的尷尬驚訝，可以說正因為能夠進行轉喻式的思考，人類的語言才能夠發展出擬聲詞吧！

擬聲詞只能描繪事物的一部分，這點被認為與擬聲詞的基本性質相關，也就是「擬聲詞是語言」這一性質。語言透過組合單詞來構築表現各種事物的文句和話語。當圖形字與表情圖詳細地描繪事物的整體樣貌時，就會有像「🐈」或「Σ(・□・;)」這種更複雜的形式。那麼，如果用擬聲詞來表達這些事物的話，又會如何呢？

我們的聲音原則上一次只能發出一個音。因此，如果要構成複雜的形式，「喵」或「ギクッ」(giku，驚訝狀）這樣的發音數量是不夠的，可能需要冗長的發言。然而複雜而冗長的詞語不僅難以記憶，溝通上可能也會造成困擾。擬聲詞作為語言的構成要素，為了更有效率的進行語言交流，必須更簡潔才行，而簡潔意謂能夠描繪的對象有限，也許這就是為什麼擬聲詞只能模仿事物的一部分吧。

同樣的情況也適用於手語。手語與圖形字等一樣，是一種視覺上的媒介。另外，雖然有程度上的差異，但根據裴爾士的說法，手語也被視為是「圖像式」的。例如，「雨」在日本手語的肢體語言中，就像模仿鬼一樣，雙手從臉部前面向下移動到胸部位置兩次來表示。這個手語的肢體語言模仿了雨滴大量落下，以及雨水從上到下移動的特點。

但是，它並沒有完全描繪出下雨情景的所有細節。天空、地面，或是用來遮雨的傘等相關要素就必須透過轉喻式的聯想來補足，除了因為現實中手語單詞的長度之外，也因為手和手指的數目，可區分的肢體語言和手指的方向、動作模式，以及臉部表情等都有限。這與圖形字「☔」可以用單一圖像描繪出雨滴和傘這兩個要素形成鮮明對比。手語與口語（spoken language，口說語言）一樣，都是自然語言，不是肢體語言或人工語言，這一點也反映在它們描繪事物的方式上。

## 總結

在本章中，我們概述了什麼是擬聲詞。語言學家將擬聲詞定義為「能夠描繪感覺形象、具有獨特的形式，並且可以創造出新詞的詞彙」，其中的關鍵特別是「描繪感覺形象」這一特徵。擬聲詞基本上以「圖像式」的方式描繪事物的局部，然後透過轉喻式的聯想來補足剩餘的部分，這一點與圖畫或圖形字等具有根本上的差異。

在下一章中，我們將更客觀且詳細地解讀在本章稍微以印象論的方式提到的擬聲詞的「圖像性」。由於擬聲詞的「描繪」特性，構成擬聲詞的每個部分都具有一定的圖像性，這就是擬聲詞作為語言所凸顯出的特徵。

# 第二章　圖像性——形式與意思的相似性

在上一章說明了擬聲詞是一種「圖像性」的表現方式。擬聲詞透過語言聲音，以模仿的方式來描繪對象，但是不能說它等同於圖形字那種視覺式的圖像。視覺式的圖像用點和線這種視覺媒介描繪訊息，它能夠捕捉事物的整體樣貌，且可以任意以複雜的方式呈現。像「☺」這種圖形字，哪條線代表笑臉的哪個部分是一目了然的。

那麼，擬聲詞呢？擬聲詞試圖透過聲音這種聽覺式的媒介來描繪各種感覺訊息，那它的「圖像性」（相似性）是如何形成的呢？擬聲詞的哪些要素能夠與事物的某些部分產生圖像性的對應呢？

本章將深入探討擬聲詞的圖像性問題，並進一步思考其普遍性與個別性。透過這樣的探討，將可以更清楚看出擬聲詞是極具語言性的。

## 單詞形式的圖像性

如同第一章提到的，擬聲詞常見於特殊性的語詞形式（詞形），例如「ドキドキ」（dokidoki，表示心跳加速，緊張或心動的意思）、「そろりそろり」（sororisorori，表示安靜緩慢的移動或行動）、「グングン」（gungun，表示迅速、有力，進展順利）、「ブーブー」（bubu，表示不滿、抱怨）這種重複形式就是典型代表。擬聲詞的語言形式是圖像性的，「ドキドキ」（dokidoki）是表現心跳的反覆鼓動，因此重複使用「ドキ」（doki）。「そろりそろり」（sororisorori）也是因為表現連續的步伐前進而使用重複形式。另外，如果查閱日語擬聲詞的代表性詞典《日語圖像性表現辭典》（Dictionary of Iconic Expressions in Japanese）[1]，會發現在收錄的一千六百二十個詞語中，有五百七十一個詞語（35%）是這種重複形式。

相反地，透過不重複來表現沒有反覆發生的事物也是語言形式的圖像性之一。例如「ドキッ」（doki）、「ドキン」（dokin）、「ドキリ」（dokiri）都用來表現一次的心跳，「ブー」（bu，這個詞也用來表現一次的豬叫聲。在前面提到的辭典裡，可以找到五百四十七個（34%）這種單一形式的詞語，可以說這種形式與重複形式一樣都是日語擬聲詞的主要核心。

重複形式與單一形式的圖像性很容易理解，透過語詞形式描繪時間的特徵，正因為易於理解，所以也可以在其他語言的擬聲詞中找到很多例子。在剛果共和國的盧巴語中，以

「kabakaba」表現擔心而眨眼的樣子，兩個「kaba」表現多次的眨眼。而相當於日語「ヨロヨロ」（yoroyoro，表示身體虛脫無力、搖搖晃晃的樣子）意思的巴斯克語「trinkulin-trinkulin」也是以重複「trinkulin」來表示多次搖晃之意。另外，在西澳的紐爾紐爾語（Nyulnyul）中，射擊一次是「bany」，射擊多次是「bany-bany」。

## 音的圖像性——清濁的語音象徵

擬聲詞的圖像性也具體展現在構成它的聲音中。這種音的圖像性，被稱為「語音象徵」（sound symbolism）[2]。在過去二十年左右，世界上對這方面的研究開始活躍起來，它的機制已經相當明確了，但仍有很多未知之謎。

日語的擬聲詞具備相當井然有序的語音象徵體系。最容易想到的是所謂「清濁」（有聲性）的語音象徵吧！比起用「コロコロ」（korokoro），「ゴロゴロ」（gorogoro）更能表現出大

1　譯注：Hisao Kakehi, Ikuhiro Tamori, Lawrence Clifford Schourup著，Mouton de Gruyter出版，1996。
2　譯注：也另會翻譯成聲音象徵或語音表義。

又重的物體滾動的樣子。而「ザラザラ」（zarazara）比「サラサラ」（sarasara）更能表現粗糙且不舒服的觸感。此外，「ドンドン」（dondon）相較於「トントン」（tonton）描繪出了強力的打擊所產生的巨大聲響。像「g」、「z」、「d」這種濁音的子音不僅表現程度大，也常伴隨負面的涵義。

像「コロ」（koro）、「ザラ」（zara）、「ド」（do）（或者「ドン」〔don〕）這種擬聲詞的核心要素被稱為「詞根」，不過在《日語圖像性表現辭典》中提取出的五百九十八個詞根中，有三百一十一個（52％）像「コロ／ゴロ」這種在詞頭有清濁音對立的配對。清濁音在日語的語音象徵中具有極為重要的地位，可以稱為「軸心」。

清濁音在日語的語音象徵中的重要性，還可見於擬聲詞以外的其他方面。例如，「子供が遊ぶさま」（kodomo ga asobusama，孩子玩耍的樣子）中的「さま」（sama）與「ひどいざま」（hidoizama，難看的樣子）中的「ざま」（zama）相比，後者帶有輕蔑的意思。而相較於「疲れ果てる」（tsukarehateru，筋疲力盡）的「はてる」（hateru），「ばてる」（bateru）帶有輕率、粗略的細微差異。

過去在某個電視節目裡，曾經罹患癌症的女演員大空真弓曾說過：「如果癌症不用『がん』（gan），而是『かん』（kan）的話，感受到的衝擊會比較小一點吧。」這也正是來自清濁音的語音象徵產生的感覺。

另外像「ブルドーザー」（burudoza/bulldozer，推土機）、「バズーカ」（bazuka/bazooka，火箭筒）、「ゴジラ」（gojira/godzilla，哥吉拉）、「どんぶり」（donburi，碗）、「仏壇」（butsudan，佛壇）、「ゾウ」（zou，象）、「ブリ」（buri，鰤魚）等，這些詞語都表示巨大的物體，不過在日語使用者聽起來，是否都能感覺到正確的濁音呢？若是變成「プルトーサー」（purutosa）、「パスーカ」（pasuka）、「コシラ」（koshira）、「とんぷり」（tonpuri）、「ぷつたん」（putsutan）、「そう」（sou）、「ぷり」（puri），似乎又有不足之處。而「ゴキブリ」（gokiburi，蟑螂）或許也因為這個名字，而使得這種生物看起來更加令人厭惡。

在寶可夢（Pokemon）的命名研究中，也有相關報告提到清濁音的語音象徵。體型為長形的寶可夢，或是體重較重的寶可夢名字很多會用到濁音，而且隨著進化，進化後的名字擁有濁音的機會也增加了。例如「ヒトカゲ」（hitokage/charmander，小火龍）進化為「リザード」（rizado/charmeleon，火恐龍）時，名字中的濁音由一個增加到兩個[3]。濁音與大小、重量、力量之間的關係，正是在「ゴロゴロ」（gorogoro）這個詞語中所看到的語音象徵。

3　譯注：小火龍進化為火恐龍，火恐龍可以再進化為噴火龍（リザードン／rizadon／charizard）。

## 續・音的圖像性——其他的語音象徵

語音象徵存在於各種的子音和母音當中。例如，在「のろのろ」（noronoro，慢吞吞）、「のたのた」（notanota，緩慢）、「のそのそ」（nosonoso，遲緩）、「のんびり」（nonbiri，悠哉）、「にょろにょろ」（nyoronyoro，細長物體蠕動狀）、「ぬるぬる」（nurunuru，滑溜溜）、「ぬめぬめ」（numenume，黏滑）、「ぬっ」（nu，表示突然的動作）、「ねばねば」（nebaneba，黏稠）、「ねちゃねちゃ」（nechanecha，很黏、黏性強）等詞語中共同出現的詞頭音「n」，具有什麼樣的意思呢？從這些以「n」開頭的擬聲詞中，似乎可以推斷出慢動作，或者有光滑、黏稠的觸感。同樣的，以「n」開頭的動詞如「塗る」（nuru，塗抹）、「練る」（neru，揉壓）、「舐める」（nameru，舔），以及如「滑らか」（nameraka，光滑）的形容動詞，也有相同意思的傾向。

母音「あ」（a）和「い」（i）又是什麼情況呢？例如，「パン」（pan）和「ピン」（pin）都可以用來表現擊打的動作。然而，相對於「パン」（pan）是指用手掌拍打那樣的大力擊打，「ピン」（pin）則是像用食指彈敲般的輕輕擊打。同樣地，「パチャパチャ」（pachapacha）和「ピチャピチャ」（pichapicha）也表現相似的「使水花濺起」的狀態，但是在動作的大小和飛濺的水量上，「パチャパチャ」（pachapacha）更勝一籌。接著再進一步比較看看「ガクガク」（gakugaku）與「ギクギク」（gikugiku），「ガクガク」（gakugaku）表示腳或是巨大柱子劇烈搖晃的樣子，而「ギクギク」（gikugiku）則表現像椅子等小幅度搖晃的情況。看來「あ」（a）與大的形象連結，而「い」（i）則與小的形象相連。

如此看來，構成擬聲詞的子音和母音各自與某種意思產生連結。那麼，這樣的語音象徵在什麼方面具有「圖像性」呢？子音和母音的哪些特點會讓我們覺得它們與大小或光滑度這類感覺訊息是「相似」的呢？

## 發音的圖像性

首先，為什麼「あ」（a）會與大的形象連結，而「い」（i）則與小的形象相連呢？其中一個原因是這些母音在發音（發聲）時口腔的大小。例如試著發出「あーーいーーあーーいーー」的聲音，會發現在發「い」（i）的時候口中的空間比發「あ」（a）的時候要小吧！在發「あ」（a）的時候，下顎會明顯向下，而發「い」（i）的時候，下顎往上，同時舌頭會向前移。口中的空間大小與形象的大小相對應，這是相當圖像性且易於理解的特點。

實際上，關於這種語音象徵不僅在擬聲詞中，在日語以外的其他語言也得到廣泛確認了。例如用來表現「大的」詞語大多會使用類似日語「おおきい」（ooki）中的「お」（o）或

「あ」（a）這種需要把嘴巴張很大的母音，如英語的「large」、法語的「grand」、匈牙利語的「nagy」等。

另一方面，用來表現「小的」的詞語通常會包含類似日語「ちいさい」（chīsai）中的「い」（i）的母音。例如，英語的「teeny」、法語的「petit」、匈牙利語的「kicsi」等。

關於大小的語音象徵，已經透過實驗進行檢證。美國的人類學家兼語言學家愛德華・沙皮爾（Edward Sapir, 1884-1939）在大約一百年前，就曾對美國的英語使用者提出「mal」和「mil」這樣的新奇詞語，然後問他們這兩個詞各是指大小兩張桌子的哪一張。結果發現，百分之七十以上的受試者將「mal」與大的桌子連結，而「mil」則是與小的桌子連結。

發音的方式具有圖像性這點，不只表現在大小的語音象徵上，例如熄滅蠟燭時用的擬聲詞「フーッ」（fu，吹氣的聲音或樣子）明顯模仿了從口中「呼——」地吹出空氣時的嘴型。另外，像「ニッ」（ni，沒有出聲只有嘴角微笑上揚的樣子）這個擬聲詞也是利用了微笑時形成的嘴型。

此外，日語的擬聲詞如「コロコロ」（korokoro，物體滾動的聲音或樣子）、「クルクル」（kurukuru，物體轉動的樣子）、「ポロポロ」（poroporo，小型粒狀物體掉落的樣子，掉眼淚狀）、「ヒラヒラ」（hirahira，輕的物體掉落的樣子，或指火光搖曳狀）、「チュルチュル」（churuchuru，滑順流暢的樣子）這種第二個子音是「r」的詞語非常多。這些擬聲詞通常表

示旋轉、掉落、吸引等順暢的動態。在日語中「r」的發音是一種稱為彈音（tap，叩き音），伴隨著舌尖瞬間觸碰到上顎後向前放下的動作，這種發音的特徵可能以圖像性的方式與動作的意思聯繫在一起吧。

## 尖銳的阻塞音，圓潤的響音

聲音不只是透過發音的方式來描繪事物，這個聲音在物理上（聲學上）是什麼樣的聲音，或者人會聽到什麼樣的聲音也很重要。例如，「ぬるぬる」（nurunuru）或「ねばねば」（nebaneba）中的發音「n」與滑順的觸感產生連結，被認為是受到這種聲音的物理特性和「聽覺方式」的影響。

子音大致可分為「阻塞音」（obstruent）和「響音」（sonorant）兩種類型。可以想成阻塞音通常是有棱有角且聲音堅硬的音，而響音則是圓潤、聲音柔和的音。阻塞音包括p、t、k、s、b、d、g、z等，而響音則包括m、n、y、r、w等。子音只有阻塞音的擬聲詞包括「パタパタ」（patapata）、「カサカサ」（kasakasa）、「ゴトゴト」（gotogoto）、「ブチブチ」（buchibuchi）等。不管哪個詞語聽起來都是感覺堅硬的聲音。另一方面，「ムニャムニャ」（munyamunya）、「ユラユラ」（yurayura）、「リンリン」（rinrin）、「ワンワン」（wanwan）這些是只包含響音的柔和擬聲詞，即使這些詞語是無意思的連續音也沒關係。由阻塞音構成的「ザカド」（zakado）、「クシポチ」（kushipochi）、「テスッソ」（tesusso）是感覺堅硬的聲音，而由響音組成的「メレノ」（mereno）、「ヨヌルナ」（yonuruna）、「ワモンニ」（wamonni）則是柔和的聲音。

請嘗試念出這些詞語，感受口中空氣的流動。包含阻塞音的「パタパタ」（patapata）、「カサカサ」（kasakasa）、「ザカド」（zakado）、「クシポチ」（kushipochi）在發音時，來自肺部的空氣流動會突然且不規則地變化。反之，子音中響音的「ムニャムニャ」（munyamunya）、「ユラユラ」（yurayura）、「メレノ」（mereno）、「ヨヌルナ」（yonuruna），發音時空氣的流動是流暢的。

透過將吐氣壓力（expiratory pressure）的變化轉為波形就能夠清楚地理解其中差異（見圖2－1）。阻塞音與周圍母音之間的差異明顯可見，而響音則可以看到與母音連續性地連接。這就是為什麼阻塞音會讓人產生「尖銳且堅硬的聲音」，而響音則是「圓潤且柔和的聲音」的感覺。

可以說我們透過耳朵與嘴巴感受這些特徵，並將它們與視覺乃至於觸覺的形象連結在一起。阻塞音聽起來堅硬而尖銳是因為吐氣壓力的變化較為劇烈，響音聽起來柔和而流

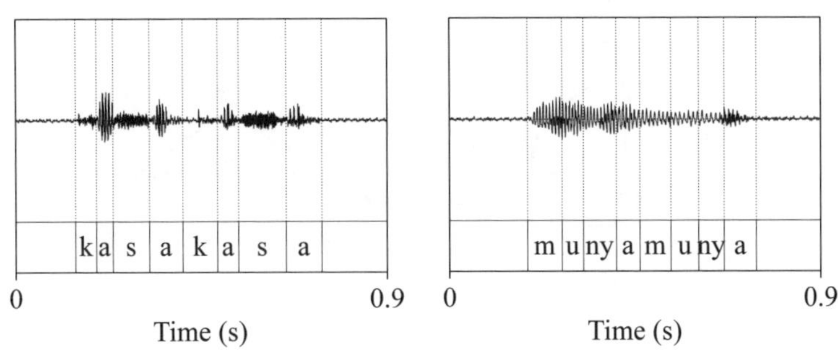


圖 2-1 阻塞音（左：カサカサ）與響音（右：ムニャムニャ）

暢也是因為吐氣壓力變化較為和緩之故。像「ぬるぬる」（nurunuru）和「ねばねば」（nebaneba）中的「n」是響音，因此這些擬聲詞表現出順暢感。

阻塞音和響音的語音象徵也在擬聲詞以外得到確認。例如，日語的形容詞「かたい」（katai，硬的）感覺非常硬，而「やわらかい」（yawarakai，柔軟的）則讓人覺得非常柔軟。其中「かたい」包含了阻塞音「k」和「t」，而「やわらかい」包含了響音「y」、「w」和「r」。因此，如果問不懂日語的外國人「哪個字是soft，哪個字是hard？」，很多人都能正確回答。出於相同的原因，像「とがる」（togaru，尖銳的）、「かくばる」（kakubaru，有稜有角的）、「カクカク」（kakukaku，僵硬的）、「ギザギザ」（gizagiza，鋸齒狀）等都可以稱為「堅硬的詞語」；而像「なめらか」（nameraka，光滑的）、「なだらか」（nadaraka，平緩、圓滑的）、「ゆるやか」（yuruyaka，鬆弛的、緩慢的）等都是「柔軟的詞語」。所有構成詞語的聲音都是圖像式的。

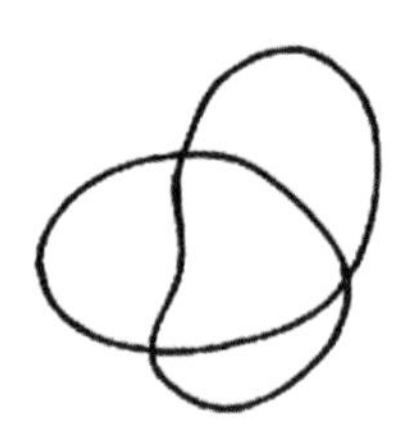

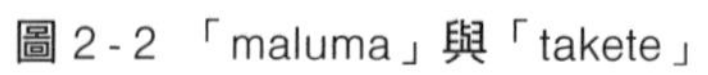

圖2-2　「maluma」與「takete」

這正是音與意思之間的連結構成了一種絕對的語音象徵。這一理論是由德國著名心理學家沃爾夫岡・柯勒（Wolfgang Köhler, 1887-1967）在近一百年前提出的[4]。請參考圖2-2。如果其中一個圖形的名稱是「maluma」，另一個是「takete」，那麼哪一個是「maluma」？哪一個是「takete」呢？

對於這個提問，許多語言的多數使用者會判斷左邊的曲線形狀為「maluma」，判斷右邊的尖銳形狀為「takete」。這是因為「maluma」包含響音m、l、m，感覺很適合圓形的形狀；而「takete」包含阻塞音t、k、t，因此感覺與直線構成的銳角形狀相符吧。

先前提到的語音象徵（「a」表示大，「i」表示小）是從口腔大小的角度來解釋的，但或許也可以從聲音本身的物理性特徵來解釋。這次試著用低語的方式說「a——i——a——i——」。或許會覺得「i」聽起來好像比「a」的聲音高吧？用低語的方式，可以確認的是被稱為第二共振峰（Second Formant，簡稱F2）頻率的高點，這個的頻率「i」比「a」更高。

讓我們試著思考聲音的高低與物體大小的關係吧。不管是自然物還是人工物，都傾向小的物體會發出較高的聲音，而大的物體會發出低沉的聲音。請試著比較看看雛鳥與大象的叫聲，或是手鈴與教堂鐘聲的音色。在「a」表示大的，「i」表示小的印象的背景下，這不僅與口腔空間的大小有關，還存在著這種一般音高和聲源之間的相關性吧。

另外，對於清濁的語音象徵，也可以從兩個方面來說明，以發音特點來看，在發音時「ザラザラ」(zarazara）這種濁音會比「サラサラ」(sarasara）這種清音口腔稍微變大。而在聲音本身的特點方面，濁音比清音吐氣壓力的變化更大，頻率更低。這兩種特點都導致清音給人小而弱的印象，而濁音則給人大而強的印象。此外，大的物體也有沉重的傾向，而且過大或過強通常都是不受歡迎的，一般認為濁音所具有的各種印象可能與這種比喻式的聯想相關。

## 連嬰兒也了解的語音象徵

母音與尺寸大小之間的關係，在發音和聲音本身的特徵中都清楚地呈現出圖像性。或許

4 譯注：柯勒於一九二九年提出。後來被沿用的此一實驗中，兩個無意義的詞彙「maluma」和「takete」被改為「bouba」和「kiki」，因此稱為「波巴／奇奇效應」(Bouba/Kiki effect)。

正是因為有這些支撐，尺寸大小的語音象徵似乎連嬰兒都能感受到。

在智利進行的一項實驗中，實驗對象是在西班牙語環境中長大、平均年齡為四個月的嬰兒。研究人員讓嬰兒坐在父母的膝上，讓他們聽「ri」、「ro」、「fi」、「fo」、「dei」、「do」等各種聲音，同時在電腦螢幕上顯示兩個圖形。這些圖形可能是圓形、橢圓形、正方形或三角形中的一種，每次呈現的兩個圖形只有尺寸不同，但形狀相同。

測量嬰兒的視線結果顯示，當聽到包含「o」的聲音時，比包含「i」的聲音更長時間地注視比較大的圖形。同樣地，當聽到包含「a」的聲音時，比包含「e」的聲音更長時間地注視比較大的圖形。嘴巴張開很大且第二共振峰較低的「o」和「a」會連結到較大的圖形，而嘴巴張開較小且第二共振峰較高的「i」和「e」則會連結較小的圖形。這個結果顯示即使是幾乎沒有語言經驗的嬰兒，也能察覺到母音與尺寸大小之間的關係。

## 聽覺障礙者的語音象徵感覺

有趣的是，透過我們的實驗發現，即使是有聽覺障礙的大學生也可以共享語音象徵的感覺。我們調查的是圖形的語音象徵，除了「maluma」、「takete」之外，我們還準備了各種詞語，如「buba」、「moma」、「kiki」、「kipi」等。我們在紙上用片假名顯示這些單詞，然後詢問每個單詞與圓形相符、不符，或是無法確定；對於尖銳的圖形，我們也使用了三個相同的選項。令人驚訝的是，實驗的結果顯示聽覺障礙的學生能夠像聽力正常的大學生一樣，進行語音象徵性的連結，例如他們也認為「maluma」符合圓形，而「takete」符合尖形。

聽覺障礙者會接受日語的發音方式訓練，因此他們能夠嘗試各個詞語的發聲，所以我們認為聽覺障礙者在感知語音象徵時，首先使用的是發音的圖像性。例如在發音「maluma」或「takete」時，他們可能是以發音時的口腔、嘴唇、舌頭的形狀，或者氣流的觸感作為提示，而與圖形產生連結。

儘管如此，許多聽覺障礙者會因為使用助聽器或人工電子耳而擁有聽覺式的經驗。因此他們也可能透過從各種聲音各自的物理性特徵中獲得聽覺印象，從而感覺到語音象徵。因此，接下來我們試著研究，在使模擬發音變得困難的情況下，是否也會使感知語音象徵變得更加困難。受試者是與先前不同的另一組聽覺障礙者以及一般聽力者，他們將湯匙的凹陷處放在舌頭上，並在閉上嘴巴的情況下參加與之前相同的語音象徵實驗。在這種狀態下，試圖發出各個音會變得相當困難。結果顯示，聽覺障礙者和一般聽力者對於「maruma」這種響音與圓形連結的語音象徵感覺都同樣減弱了，然而這種減弱程度尤其在聽覺障礙者身上更為顯著。

由此結果可以得知，聽覺障礙者相當依賴發音的方式來感知語音象徵，這個結果顯示了發音的圖像性可從聲音中提取意思，是重要的發現。

## 透過發音的方式提高圖像性

如第一章所述，圖畫和圖形字不一定要簡單，透過點或線條的加筆，或者在顏色上琢磨的方式，可以使描述更加精確。然而，語言中的擬聲詞和手語的單字，在某種程度上必須要相對簡單才行。過於複雜的單字不僅難以記憶，過長的表現方式會成為流暢溝通的障礙，正因為必須要簡單，擬聲詞和手語所模仿的圖像性是聲音、動作等事物的一部分。

另一方面，擬聲詞和手語也可以透過改善發音來使部分描繪變得更加真實。以下是來自NHK節目《課外教學　歡迎前輩》中資深天氣主播森田正光先生的上課片段，他正在愛知縣的一所小學裡講述伊勢灣颱風的情況：

半夜的時候啊，風突然變大，前面房子的鐵皮啦、鐵皮屋頂啦、瓦片啊，「啪——」（パァーーーッ／pa——————）被風吹走了喔。驚訝地看著時，人也是哪，大概啊像你們的話，風速二十五公尺左右就會被吹走了。是真的喔，二十五公尺就「哐——」（クァーーー／kua———）地吹走。然後，真的，大概四十公尺，從四十變到五十公尺時，車子就會「嘩——」（ファーーッ／fua———）地飛走了。

森田正光用了三個擬聲詞。每一個都是延長了「ア」（a）的母音，而且還不只如此，在「啪——」（パァーーーッ／pa———）和「哐——」（クァーーー／kua———）的地方，聲音比其他部分更高，並且發音更有力，應是為了要描繪颱風的強烈。另外，有三個擬聲詞都以其他假名無法完全表達的子音和母音發音：「パァーーーッ」的「ア」（a）發音類似英語cat中的æ音，介於「エ」（e）和「ア」（a）之間；另一方面「クァーーー」的「ア」（a）發音類似於英語cut的發音，介於「ア」（a）和「オ」（o）的之間以ʌ發音；再來是「ファーーッ」的聲音聽起來像是力量被抽走了一樣，巧妙地捕捉到了應該是很沉重的汽車輕盈地漂在天空的情景。這個聽起來不知是「ファ／ɸa」、或者是「ブァ／bua」、還是「ワ／wa」的擬聲詞發音，微妙又絕妙。

除了中間的發音外，像是以低聲細語、以用力的聲音，或是用假聲來說、甚至是快快說、慢慢說的方式來發擬聲詞時，可以賦予詞語微妙的意思。例如，要用「ヒラッ」（hira）來表現花瓣飛舞的情景時，如果用低語呢喃方式瞬間發音，似乎會比使用正常的聲音更能巧妙地表現花瓣的輕盈和飄渺感。

在手語中，也會透過表情和手部動作，分階段地表達事物的程度和次數；儘管都是對事物的局部描繪，但在試圖提高圖像性的寫實性上，與圖畫和圖形字是有共通之處的。

## 用肢體語言提高圖像性

在使用擬聲詞時，要增強圖像性不僅限於巧妙運用發音，當我們觀察擬聲詞的實際使用情況時，往往會發現有相當高的比率會伴隨著使用肢體語言。肢體語言作為一種視覺上的媒介，與聲音的擬聲詞不同，然而在試圖以圖像性的方式表現事物這點上，卻和擬聲詞是共通的。擬聲詞和肢體語言結合在一起，可以讓事物的描繪更加精準化。

擬聲詞和肢體語言的同步在先前提到的課程片段中清楚可見，圖2－3是三個擬聲詞發音的情景：

在「哐——」的例子裡，森田先生自己扮演被風吹走的人。另一方面，在「啪——」和「嘩——」的例子裡，森田先生則是透過宛如用兩手抱著物體並投擲的肢體語言，分別展現了鐵皮屋頂和車子被風吹走的情景。從這兩種肢體語言的特徵可以推斷鐵皮屋頂被吹走的劇

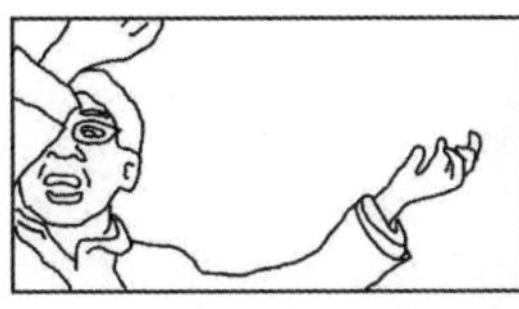

「啪——」（鐵皮屋頂飛走的樣子）

「哐——」(人飛走的樣子)

「嘩——」(車子浮在空中的樣子)

圖 2-3　擬聲詞和肢體語言的同步

烈情景，而汽車卻意外地輕盈浮起的樣子。

此外，在圖2-3中，我們還可以觀察到擬聲詞的發聲會伴隨著臉部表情的大幅變化。在表現鐵皮屋頂被風吹走的「啪——」時，森田先生透過睜大眼睛和張開嘴巴，以出色的臨場感表現出颱風的可怕和驚嚇。相反地，在表現人被風吹走的「哐——」裡，則是閉上眼睛，清楚地再現了人在風中無可奈何而被吹走的場面。這種臉部的表情也經常成為圖像性肢體語言的一部分，與擬聲詞同時表現。

總之，擬聲詞雖然以聽覺為

主，但同時與作為視覺媒介的肢體語言互為對比，形成一種多模態（multimodal，多元手段式）的溝通方式，這種多模態性，使得擬聲詞比圖畫或圖形字還更接近帶有聲音的動畫。

## 擬聲詞的腦部活動

接下來，讓我們從腦部活動來思考關於擬聲詞的圖像性。大家都知道單詞的聲音和意思主要由大腦的左半球控制，那麼擬聲詞是否像一般詞語一樣在腦中被處理呢？還是因為它具備圖像性，會有不同的處理方式呢？

大腦的顳葉（Temporal lobe）構造中的顳上溝（Superior Temporal Sulcus）一帶，扮演著處理聲音的重要角色。我們也已經知道語言聲音的處理主要發生在左半球的顳葉，而環境聲音的處理則分布在右半球的顳上溝附近（圖2－4）。擬聲詞既是語言，又像模仿聲音和動作的詞語，這麼說來擬聲詞的處理應是由語言聲音和環境聲音並行處理的。筆者（今井睦美）便抱持著這樣的看法，使用腦功能成像技術，進行擬聲詞和一般詞語的訊息處理方式之間的差異研究。

具體來說，我們透過被稱為「功能性磁振造影」（fMRI）的高磁場測量大腦血流中的血

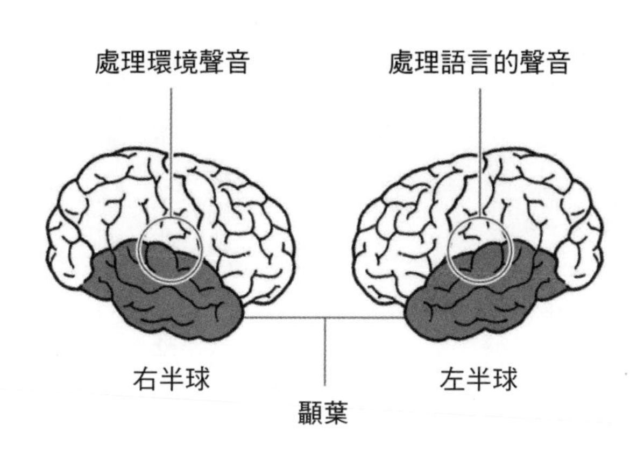


圖 2-4 人類的腦

紅素量，評估大腦的哪些部分參與認知處理。參加實驗者以平躺的姿勢進入高磁場的膠囊掃描儀中，觀看刺激用的提示。這些刺激包括展示不同行走姿態的影片，以及描述影片中人物行動的文字。在挺胸闊步行走的影片中，設定了六個條件：①與該動作相符的擬聲詞「ずんずん」(zunzun)、②與動作不符的擬聲詞「ちょこちょこ」(chokochoko)、③配合動作但不是擬聲詞的副詞「速く」(hayaku)、④不符合動作的副詞「ゆっくり」(yukkuri)、⑤正確表達動作的動詞「歩く」(aruku)、⑥不符合動作的動詞「這う」(hau)。

參加實驗者一邊觀看動作和文字的視覺刺激，同時按鈕選擇文字是否與動作相符，以測量當下大腦的反應。在受試者判斷一般動詞和副詞與所見動作相符的情況下，左半球顳上溝的活動很明顯。另一方面，當動作與擬聲詞相符時，便會與一般動詞和副詞的狀況有所不同，會在右半球顳上溝顯示出強烈的活動；

但在這種情況下，左半球並非沒有活動，而是左右兩半球都有活動，只是相對而言，右半球顳上溝的活動更為明顯而已。而在與動作不相符的文字出現時，大腦的活動值較低。

換句話說，擬聲詞透過聲音以圖像性的方式表現外界的感覺訊息，而這時候大腦將這些聲音以環境聲音和語言聲音進行雙重處理。這種雙重性顯示了大腦將擬聲詞視為語言符號，同時也會將其判斷為如同肢體語言一般、非語言符號的圖像性要素。擬聲詞可以說是一種連結了類比式的非語言聲音的處理、以及數位式的語言聲音處理的詞語。從這個意思來看，擬聲詞可以被視為同時具有環境音和語言兩方面特性的詞語。

## 語音象徵的語言個別性

一些語音象徵因為基於身體的圖像性，即使在日語和英語這種系統上沒有關聯的語言（語言使用者）中，也能看到共通性。例如，「マル／ミル」（maru/miru）這種用母音來表現大小的語音象徵，以及像「マルマ／タケテ」（maruma/takete）這樣以子音來表現形狀的語音象徵，就是最好的例子。正因為在發音方式或聲音本身的特徵上，都能找到與目標對象之間的明確相似性，因此在不同的語言中都能被共享。

然而，到目前為止，尚未有關於完全普遍存在於各國的音與意義之間連結的報告，全球有六千多種語言，因此即使是擁有明確圖像性的語音象徵，也無法一定放諸四海皆準，會有例外。

例如，在韓語中，會用「チグンヂグン」(chigunjigun)而不是「チャグンヂャグン」(chagundyagun)這種擬聲詞來表現用力踩著大步伐的樣子。即使是貓的叫聲，日語的「ニャー」(nya)，英語的「meow」，韓語的「yaong」這些擬聲詞，雖然都包含鼻音(例如吐氣從鼻子噴出的子音，如n、m、ng等)，有相似之處，但卻並非完全相同。此外，在「maruma/takete」的實驗中，也不是所有受試者都給出相同的答案。

那麼，語音象徵的多樣性是如何產生的呢？

## 日語的音韻體系——ha行、ba行、pa行

語音象徵會在不同語言之間產生差異的最大原因，在於音韻體系的語言差異。例如，日語並沒有區分s和θ，也沒有區分æ和ʌ，因此「sad」(悲傷)和「thud」(砰的一聲)都發音為「サッド」(Saddo)。同樣地，因為b和v，l和r也沒有區別，以至於「belly」(肚子)

和「very」（非常）都被發音為「ベリー」（beri）。因此，在英語的擬聲詞中可以詳細劃分的事物，在日語的擬聲詞中就會有可能無法區分的情況。例如，在英語漫畫中被用來表現顫抖的「brrr」、表示車子引擎聲的「vrrr」，這兩種在日語裡都會被音譯為「ブルルル」（burururu），因此無法完全表現出它們各自微妙的差異。

然而，不是只有日語在聲音的區別上較為粗略。例如，在日語中，對於「カ／ガ」（ka/ga）、「タ／ダ」（ta/da）、「サ／ザ」（sa/za）這種清濁音是有系統地進行區分的。然而，世界上約有百分之三十的語言據說完全沒有清濁音的對立。例如，阿伊努語有p、t、k、s的音，但沒有b、d、g、z的音。在日語的擬聲詞中，可以明確表現出「サラサラ」（sarasara）和「ザラザラ」（zarazara）的差異，但在阿伊努語的擬聲詞中，似乎無法區分出來。

在這個脈絡下，日語中的ハ（ha）行值得特別一提。日語使用者理所當然地將ハ（ha）行視為バ（ba）行和パ（pa）行形成的三組對比關係之一[5]。實際上，用來表示某種東西掉落的樣子的「ハラハラ」（harahara）、「バラバラ」（barabara）、「パラパラ」（parapara），用來表示說話方式等的「ヘラヘラ」（herahera）、「ベラベラ」（berabera）、「ペラペラ」（perapera），以及用來表達輕鬆外出狀態的「フラリ」（furari）、「ブラリ」（burari）、「プラリ」（purari）都表現了微妙的細微差別。其中，強烈表現毫無目的感的是「フラリ」（furari），悠閒愉悅的感覺比較強烈的是「ブラリ」（burari），而「プラリ」（purari）則略顯隨便的感覺。

然而，從語音學的角度來看，ハ（ha）行的h與バ（ba）行的b的關係，比起バ（ba）行的b與パ（pa）行的p的關係相當不同。b和p都是雙唇先閉合的音，它們之間的區別在於是否帶有濁音。如同發音時透過觸摸喉嚨可以感受到一樣，這是取決於聲帶是否有振動（有聲或無聲）。另一方面，h是透過不靠唇閉合，將來自肺部的吐氣從嘴巴向外排出的音。

在日語中，h與b、p之間的對立有其歷史上的背景。ハ（ha）行在過去曾經被用パ（pa）行來發音。如沖繩的一些地方，至今依然存在這種發音，將「花」（hana）發音為「パナ」（pana）。隨著時間過去，短暫閉合雙唇的p的發音逐漸減弱，在奈良時代變成「ふぁふぃふふぇふぉ」（fua fui fu fue fuo）的子音ɸ。這個子音雖然雙唇會呈圓形，但不會閉合。之後，到了江戶時代，捲成圓形的唇形逐漸消失，「はひふへほ」（ha hi fu he ho）演變成h音（但「ふ」（fu）仍以ɸu留存至今）。

ハ（ha）行、バ（ba）行、パ（pa）行的三組對立是源自於上述歷史變化的產物。因此，在「フラリ」（furari）「ブラリ」（burari）「プラリ」（purari）中，「フ」（fu）、「ブ」（bu）、「プ」（pu）的音產生微妙的差異，以及意思上的對立，也是日語特有的歷史產物，絕不是世界通用的。實際上，在英語中，「beep」表示電子設備的嗶嗶聲，而「peep」表示小鳥等的嘰嘰聲，

5 譯注：指ハ行的清音、バ行的濁音和パ行的半濁音。

兩者都是擬音語。然而，「heep」這種單詞並不存在。在巴斯克語中，可以找到「bulunbatu」描述水「嘩啦」（パシャッ／pasha）濺起的樣子，而「pulunpatu」描述「噗通」（ドボン／dobon）跳入水中的樣子，但卻找不到「hulunhatu」這樣的擬聲詞。

在タ（ta）行的語音象徵中也可以找到歷史的產物。根據赫本式羅馬拼音（Hepburn romanization）[6]的寫法，現代日語的タ（ta）行用了「たてと」（ta te to）、「ち」（chi）、和「つ」（tsu）三種不同的子音。這些音都是由舌尖的部分接觸上顎而產生的，但接觸的位置「ち」的ch比「たてと」的t和「つ」的ts都更後面。此外，ts和ch在舌尖與上顎之間的空間會產生空氣的摩擦。在奈良時代，タ（ta）行的發音被認為是「たてぃとぅてと，ta ti tu te to」，全都以t發音。之後，由於イ（i）段和ウ（u）段的音變，形成了「ち」（chi）與「つ」（tsu）。

然而，在「た」（ta）「ち」（chi）「つ」（tsu）「て」（te）「と」（to）中，作為相同タ（ta）行的成員，仍然可以看到共同的語音象徵。例如，「カタカタ」（katakata）、「コトコト」（kotokoto）、「カチカチ」（kachikachi）、「コツコツ」（kotsukotsu）都是由カ（ka）行音和タ（ta）行音組成的擬聲詞。這些擬聲詞都模仿了堅硬物體之間的碰撞聲音。換句話說，「カタカタ」（katakata）和「コトコト」（kotokoto）中的t，以及「カチカチ」（kachikachi）中的ch和「コツコツ」（kotsukotsu）中的ts，都與相同的意思相連結。

這種日語特有的語音象徵，在與其他語言進行比較時可以明顯看出差異。例如，在英語中，「titter」是竊笑的聲音，而「chitter」模擬的是鳥叫聲，t與ch這兩者有著不同的語音象徵意思。

因此，在語音象徵中聲音的使用方式上，特別是在聲音的對比方法，存在語言間的多樣性。這確實表明了語音象徵是語言現象。由於語音象徵源自於語言音，因此受到每種語言的音韻系統的限制是必然的。

這種特性在擬聲詞的語音象徵中或許特別明顯，因為擬聲詞的系統發展程度因語言而異。像在日語和韓語這種擬聲詞高度發達的語言中，擬聲詞的語音象徵系統也會獨自發展。日語中的ハ（ha）行、バ（ba）行、パ（pa）行的三者對立就是一個例子。

6　譯注：一八五九年美國牧師詹姆斯．柯蒂斯．赫本（James Curtis Hepburn, 1815-1911）到日本傳教時，設計了使用羅馬字母來為日語的發音進行標註的方式，稱為「赫本式」，於一八七二年出版的《和英語林集成》中發表。後來日本物理學者田中館愛橘（1856-1952）提出以日語音韻為主的「日本式」標音方式。一九三七年兩者被統一為「訓令式」，現在日本小學教的標音雖然是訓令式，但一般大眾生活當中常見的多為赫本式。例如「ち」，赫本式為chi，訓令式與日本式為ti。

## 韓語和波蘭語的音韻體系

前面提到的韓語中的母音象徵也可以用同樣的方式理解，例如，「チグンヂグン」（chigunjigun）比「チャグンヂャグン」（chagundyagun）更強烈地表現強有力的腳步聲。在韓國，「陰陽」這種東方思想的對立，在傳統上是根深蒂固根，「陽」和「陰」的對立概念，也反映在韓語的「陽母音」和「陰母音」的對立。在擬聲詞中，「陽母音」結合著明亮、小巧、輕盈等概念，而「陰母音」則與陰暗、巨大、沉重等概念相連結。其中，a 是陽母音，i 是陰母音，因此，「チグンヂグン」比「チャグンヂャグン」更能表現出強烈的腳步聲，原因就在於這種獨特的語音象徵體系。

而在波蘭語和捷克語等斯拉夫語系的語言中，存在一些日語所沒有的子音和母音，而且有時候在不夾帶母音的情況下，會重疊使用兩個、甚至三個子音。留下了包括《愛之夢》等許多知名作品的偉大作曲家李斯特（Franz Liszt, 1811-1886），他在同時代被譽為「鋼琴詩人」的蕭邦（Fryderyk Franciszek Chopin, 1810-1849）過世後，為了追悼他而寫了一本書。這本書不僅讚揚了蕭邦的成就，還鉅細靡遺地分析了孕育出蕭邦這位可稱為人類至寶的藝術家誕生的背景，這不只是一本蕭邦論，也是藝術論，更是專業養成論。在這本書中，李斯特對於波蘭語的語音象徵，寫下饒富深意的一段描述（日語版由八隈裕樹翻譯）[7]：

在波蘭語中，許多詞語的意思都是根據它的聲音而形成的。即使〈CH〉、〈SZ〉、〈RZ〉、〈CZ〉這些可怕的字母不斷重複排列，但它們的聲音卻一點也不野蠻。這些字母實際上是像「fu」、「syu」、「jyu」和「chu」的發音，對於模仿各種事物的聲音有很大的幫助。其中，〈DŹWIĘK（jibuienku）〉這個詞，意指「音」，可以說就是一個典型的例子。像這樣能夠如此精確地再現音叉的音色在耳中回響時的感覺的詞語，不是那麼容易能夠找到的吧。這些複雜的子音有時會像金屬音一樣，有時會像昆蟲的翅膀聲、蛇的吐息，或者雷聲一樣，產生出各式各樣的聲音。其中還夾雜著許多母音和複母音，偶爾還可以聽到輕微帶有鼻音的聲音。例如，〈A〉和〈E〉，如果帶有軟音符（cédille）而寫成〈Ą〉和〈Ę〉，則發音為「on」或「en」。此外，〈E〉（e）有時會發音像〈C〉（tsue）那樣柔和，而〈Ś〉（eshi）幾乎像是鳥兒的鳴囀聲。

〈DŹWIĘK〉這個詞包含了波蘭語特有的〈DŹW〉（jibu）子音連結，以及〈Ę〉（en）這種

---

7 譯注：此書原文於一八五二年出版。日語版根據英語版 *Frederic Chopin*, Franz Liszt, tr. M. W. Cook (1863). Life of Chopin (2nd edition). Philadelphia: F. Leypoldt, New York: F. W. Christern 翻譯而來。

帶有鼻音的母音。透過運用這些獨特的音，這種語言能夠描繪出音叉微妙的音色，這是不使用這些音的日語或英語無法實現的語音象徵。

## 能理解其他語言的擬聲詞嗎？

在擬聲詞的語音象徵中，如果說有「i」等於「小的」這種在許多語言都相通的例子，那麼也會有像「i」等於「大的」這種只在特定的語言中才有的例子。由此可推測而知的是，對於母語使用者來說，自然而然很習慣的擬聲詞，對其他語言的使用者而言，可能會被共享或者被忽視，我們在第一章已經體驗過這一點，在次瓦納語中表示閃爍的樣子的「niedei」，對於日語使用者來說就很難立刻理解。

關於日語的擬聲詞，在一些實驗中也得到了相關結果。例如，一項研究調查了不懂日語的英語使用者對於「アハハ」（ahaha）「フフフ」（fufufu）「ケラケラ」（kerakera）「クスクス」（kusukusu）這些表示笑聲的擬聲詞，以及「ブラブラ」（burabura）「ノッシノッシ」（nosshinosshi）「スタスタ」（sutasuta）「ヨロヨロ」（yoroyoro）這些表現走路方式的擬態語等詞語意思的理解程度。實驗中對於每個擬聲詞，提供了意思的程度選項，包括〈快↕不快〉、

〈繼續的↕瞬間的〉、〈吵鬧↕安靜〉、〈快速↕緩慢〉、〈男性化↕女性化〉等，讓參與者從七個階段來評判每個詞語。[8]

結果顯示，對於「ゲラゲラ」（geragera）或「ケタケタ」（ketaketa）中e所帶來的否定式印象，以及在「ウフフ」（ufufu）或「クスクス」（kusukusu）裡u表現的女性特質和優雅感，在日語使用者和英語使用者之間的評判有很大的差異。另外，英語使用者也無法推測「シャナリシャナリ」（shanarishanari）或「カツカツ」（katsukatsu）中的清音與女性化優雅的走路方式的關聯性。

導致這些結果的原因正是語音象徵的語言差異。在日語的擬聲詞中，e帶有負面意思，也是因為擁有這個母音的擬聲詞比其他母音更少。而對於u和清音所具有的女性特質，似乎與笑的方式、走路姿態是否高雅等文化因素相關。例如「シャナリシャナリ」（shanarishanari）是穿著和服的樣子，而「カツカツ」（katsukatsu）則是女性穿高跟鞋走起路來的聲音，讓人

8　譯注：擬聲詞的實驗是給受試者一些擬聲詞，然後在這幾組相對的形容詞裡設定層級，從形容詞的層級裡選出擬聲語帶來的感受。在語音象徵和擬聲詞調查等收集人類感性數據的方法中，最常被用到的是「語意差異法」（Semantic Differential Method，SD法），主要目的是測量人們對於某個概念、物體、事件等的感知或印象。通常使用一組相對立的形容詞（如「堅硬—柔軟」、「快樂—悲傷」、「快速—緩慢」），設定五級或七級來形成尺度，例如「ヨロヨロ」這個形容走路狀態的詞帶給你的感覺是（0：極快，1：非常快，2：有點快，3：不確定，4：有點慢，5：非常慢，6：極慢）。

印象深刻而喚起女性特質。由於這些語音象徵深植於日本文化中，英語使用者無法想像到這些也是很合理的。

## 語音象徵的使用方式在語言之間是否存在差異

截至目前為止的討論中，我們已經知道語音象徵的感覺方式因語言而異。我們作為傾聽者，可以直覺認定某個聲音符合某種印象的感覺。另一方面，我們作為說話者，每天都在努力創造適合特定場合的擬聲詞。我們積極地運用語音象徵。那麼，這種語音象徵的創造和使用方式，在語言之間是相似還是不同呢？

為了回答這個問題，我們的研究團隊進行了一項實驗。首先，我們製作了七十部簡短影片，讓日語和英語使用者觀看，並要求他們用直覺編造與每個動作相符的兩字（兩拍）詞語，例如「ホピ」（hopi）或「レソ」（reso）等。此外，為了讓每個動作的特徵能夠量化，我們要求參與者以〈大↕小〉、〈快↕慢〉、〈重↕輕〉、〈有精神↕沒精神〉、〈規則的↕不規則的〉五個階段評判每段影片。

在這個結果中，兩種語言的使用者對於緩慢且沒精神的動作，都顯示了共同傾向，給予用「有聲子音」開頭的名稱，如「ムヌ」（munu）或「メディ」（medei）。有聲子音是指聲帶振動的子音，包括濁音（如：b、d、g、z）和響音的子音（如：m、n、w、l、r、y）。而這種關聯性在日語使用者中尤其明顯。

之所以得出這些結果，可能是因為清濁音的語音象徵雖然具有語音學上的基礎，但同時也具備日語獨有的特點吧。正如先前提到的濁音，有聲子音具有吐氣壓力變化大、口腔擴張、頻率相對較低等特點。因此，它與〈大小〉的視覺印象相符，並與〈緩慢〉或〈沒精神〉等相連結，日語和英語使用者都能共同感受得到這種圖像性。

另一方面，由於日語中清濁音的語音象徵體系已經建立得非常穩固，因此這種語音象徵特別被大力使用。在英語中，幾乎不存在像「コロコロ／ゴロゴロ」（korokoro/gorogoro）或「サラサラ／ザラザラ」（sarasara/zarazara）這樣的組合。如前面所舉的例子，「peep」和「beep」，或者表示步履蹣跚的「totter」與表示走路搖搖晃晃的「dodder」，可以說只是少數的類似例子。相反地，英語中更常見的是母音對立的組合，例如表現金屬音的「jingle/jangle」，表現切斷的聲音「snip/snap」，表現不同硬物接觸的聲音「click/clack」等。

像這樣透過強制性活用語音象徵的實驗，我們就能夠了解到語音象徵的普遍性和語言特殊性。語音象徵和擬聲詞共存於超越語言差異且能夠感受到的圖像性，以及經過調和以適應各個語言，同時唯有該語言的使用者才能更強烈感受的圖像性。

我們能夠自行利用語音象徵創造出擬聲詞的能力，也是語言演化的特徵之一。或許過去人類是依賴圖像性來連結聲音和概念，從而創造出語言的基礎。而這種圖像性可能是在特定的語言環境中培養和調和出來的。這個觀點在思考語言演化和兒童的語言習得之符號接地問題時，將成為非常重要的提示。

## 總結

本章探討了關於構成擬聲詞的各種圖像性特徵。擬聲詞依靠與事物之間局部的相似性來描繪感覺印象，由於擬聲詞的模仿特性，它們的語形、發音、組成音本身的特徵，甚至同時出現的肢體動作和表情都具有圖像性。換句話說，擬聲詞利用其語形、聲音以及非語言行為的圖像性，試圖模擬感覺印象。

在擬聲詞中，圖像性被高度體系化。由於日語的擬聲詞圖像性已經發展成熟，因此對非母語使用者來說，有著難以共享的感覺。這點支持了在第一章中提出的「擬聲詞是極具語言性的」的看法。在下一章裡，我們將從「語言是什麼」這個更普遍的觀點出發，正式深入探討擬聲詞的語言性。

# 專欄1　主食是「pa」「ba」「ma」「fa」「wa」

最近幾年，我們收集了世界各地許多語言的基本詞語，並持續進行這些詞語的構成音的比較調查。例如，調查在某個語言裡，「頭」的稱呼方式，「母」的稱呼方式，以及「我」的稱呼方式，然後計算在表達各個概念的詞語中，哪個音被用了多少的比率。在這些研究中，除了確定「い」（i）有與小的概念相連結的傾向之外，在以下的音和意思的對應關係上也有了新的發現：

〈鼻〉：n，日語「はな」（hana）、英語「nose」

〈舌〉：l，土耳其語「dil」、泰語「lín」

〈粗糙〉：r，拉脫維亞語「raupja」、蒙古語「shirüün」

在表示主食（如煮熟的米、麵包、地瓜、玉米等）的詞語中，會發現以pa-、ba-、ma-、fa-、wa-開頭的單詞在統計上比偶然出現的機率還高。例如西班牙語的「麵包／

pan」、中文的「飯／fan」、韓語的「飯／bab」、周邊蒙古語的「肉／max」、納瓦霍語[9]的「pɑ:x」、阿馬納布語[10]的「fane」等都是其例。

以使用唇音的子音p、b、m、f、w開頭並接著類似「ア」（a）音的母音的詞語，在收集的數據中佔據了百分之二十五（16／63）。這個數字看起來不算高，或許也可能被認為有很多例外。然而，從語言學的大前提來看，原本音與意思之間的關係就是任意的，亦即單詞的音與意思之間沒有關係，這個數字從統計的角度來看非常之高，無法用偶然來解釋。實際上，觀察一百個基本詞彙詞首的音，有這種音的機率僅有百分之七。

專欄1　「用餐」的嬰兒語

為什麼表示主食的單詞經常以「パ」（pa）或「マ」（ma）開頭呢？可以想到的其中一個可能原因是發音的圖像性。當我們吃東西時，像在發「パ」（pa）或「マ」（am）的音，會把嘴巴張得很大。

另一個可能性是源於嬰兒語。表示〈用餐〉的嬰兒語往往以ma或pa開頭，如日語的「まんま」（mamma）、土耳其語的「mama」、西班牙語的「papa」等，幾乎都以ma或pa開頭。尋求食物對嬰兒來說是攸關生死的問題，而這些音對嬰兒來說應該也是比較容易發音的。

無論如何，正因為存在以「パ」（pa）或「マ」（ma）開頭的原理，許多語言都傾向選擇了類似的音。

9　譯注：納瓦霍語（Diné bizaad）是美國西南部的印地安部族納瓦霍族的語言。
10　譯注：巴布亞紐幾內亞地區的部族語言。

# 第三章 擬聲詞是語言嗎

到目前為止，透過擬聲詞語以外的詞語和視覺上的圖像之間的比較，已經說明了關於擬聲詞的特點。在本章中，將進一步探討「擬聲詞是否具有被視為語言的資格」這個觀點。不只是一般人，甚至連在學者之間也會聽到「擬聲詞只是孩子氣的模仿聲音，並不是語言」這樣的意見。

先從結論說起吧。擬聲詞儘管在某些方面是特殊的，但它仍然是語言，與一般詞語（非擬聲詞）之間的差異性相比，兩者的共通性更多。為什麼呢？透過深入探討這個問題，我們不僅可以看到擬聲詞的特性，同時也能對「語言是什麼」這個大哉問有更深刻的理解。因為如果思考「擬聲詞是語言嗎」這個問題，自然而然地也會去想「語言究竟是什麼」這個問題。

## 語言的十大原則和擬聲詞

或許對於日語使用者來說，可能比較容易接受擬聲詞是語言的看法。在日語中，擬聲詞作為句子的組成要素而經常出現。例如像「雲がフワフワ（fuwafuwa）と浮かんでいる」（雲輕飄飄地飄浮著）以副詞出現；如「子どもがニコニコ（niconico）している」（小孩笑嘻嘻）以作為說明主詞狀態的述語之一出現；如「よちよち（yochiyochi）歩き」（步履蹣跚）作為複合詞[1]；或者像「コロコロ（korokoro）がついた机」（有輪子的桌子）這種擬聲詞單獨成為名詞的例子。事實上，許多文法學者並不會將擬聲詞視為特殊的要素，而是像其他詞語一樣，視其為一種副詞或名詞。

然而，正如前面所述，在單詞而非句子的層級上，擬聲詞具有體系性的圖像性（聲音與意思的相似性）這點上，與其他詞語有一些差異。那麼，可以說擬聲詞有多少程度的「語言性」呢？在第一章中，我們闡述了擬聲詞不是描繪事物的整體輪廓，而是只模仿部分特點的「語言性」；在第二章中則是從語音象徵的語言個別性和體系性裡找到了「語言性」的特點。

接下來，我們將著眼於使人類語言成為語言的幾個特徵，並思考擬聲詞到底有多少「語言性」。特別是，除了類似語言的語言例子，透過比較擬聲詞和我們發出的非語言聲音——口哨聲、咳嗽聲、哭聲、聲音模仿——突顯出擬聲詞的語言特性。具體來說，我們將從**溝通**

**功能**、**意思性**、**超越性**、**繼承性**、**習得可能性**、**生產性**、**經濟性**、**離散性**、**任意性**和**雙重性**這十個關鍵字，來探討擬聲詞是否足以成為一種合格的語言。

除了經濟性外，這些指標都是美國語言學家查爾斯・霍克特（Charles Francis Hockett, 1916-2000）在二十世紀中葉討論人類語言如何異於其他動物的溝通方式時提出的。這些被視為黃金準則的「語言的大原則」(design features of language)，在語言學界至今仍被廣泛討論著。至於經濟性，在功能語言學（Functional linguistics）[2]的創始者法國語言學家安德烈・馬汀涅（André Martinet, 1908-1999）之後，這是一個長期受到關注的語言特徵。接下來將會談談較抽象的漢語，但對於理解語言究竟是什麼這個問題來說非常重要，希望各位能稍微耐著性子來閱讀。

1　譯注：此處是副詞（よちよち）＋動詞（歩き）。

2　譯注：《語言功能主義》(A Functional View Of Language)1962

## 聲音性・聽覺性

在進入十大原則之前，有必要先討論一下關於語言的聲音性和聽覺性。語言是透過聲音這種媒介來實現，並在聽覺模式下處理，這個說法，在過去曾被認為是語言的大原則之一。不過，在近代語言學和認知科學中，這個原則已經被明確指出是錯誤的，這是因為手語的存在。手語是一種由慣用性的詞彙和文法構成的自然語言。它不是突發性創造出來的肢體語言，也不是像世界語（Esperanto）[3]那樣的人工語言。

手語的媒介主要是手，但另外也會利用臉部表情和口部的動作等來表現語言。近年來，在口語中，語言不只是以單詞的發音進行表達，為了凸顯意思，還會透過調節聲音的高低、強弱，或者快速說話、拉長特定音節，並利用時間上的緩急和長短，甚至使用了肢體語言、眼神、表情等聲音以外的模式創造意思，這種「多模態」（multimodal）的觀念也逐漸被接受了。正如在第二章中所說的，擬聲詞與一般詞語一樣透過聲音來表達並以聽覺來處理，但比起一般詞語，擬聲詞更容易伴隨肢體語言，具有較高的多模態性。因此，這意味著擬聲詞是相當符合現代對於「語言」的定義。

## 溝通功能

讓我們開始進入語言的十大原則吧。在論及語言時的其中一個重要觀點是，發出訊息的目的是專門用於溝通。霍克特稱之為「特定性」，毫無疑問，不管是口語還是手語，我們的發言都是以讓對方理解意圖為目的。

例如，說出「我喜歡貓」這句話，就是要告訴聽者自己的喜好。即便僅僅是「貓！」這個單字的發言，在沒有特別的脈絡下，也能將說話者（也可能是聽者）在視線內看到一隻貓的事傳達給聽者。雖然自言自語或是日記似乎不符合這一點，但無論如何都可以認為這是一種與自己進行模擬溝通的性質。

把這些發言拿來和口哨或咳嗽相比，會更容易感受到這一點。口哨和咳嗽都像口語一樣從口中發出，並以聽覺來感知。然而，在許多情況下，並沒有預期有人會聽到，也沒有意圖進行溝通。從這一點來看，口哨和咳嗽是非語言性的。

當然，也有人會為了向運動員的高超技巧表示感動而吹口哨，或是為了警告他人的無禮

3 譯注：世界語又稱「希望語」，「Esperanto」在該語言中是希望的意思。波蘭醫生柴門霍夫（L. L. Zamenhof, 1859-1917）於一八八七年以印歐語系為基礎創造的人工語言。

行為而咳嗽示意。這些口哨或咳嗽或許更具有語言性。不過，無論如何，比起總是用於溝通的發話，口哨或咳嗽的語言性可說是比較低的。

那麼，擬聲詞呢？例如，「雷がピカッと光った」（kaminari ga pikatto hikatta，雷發出閃光）[4]、「床がツルツルしているね」（yuka ga tsurutsurushiteirune，地板光溜溜的呢）、「黄身がトロッとしていておいしい」（kimi ga torottoshiteite oishii，蛋黃濃濃稠稠的很好吃）等例句，都向聽者或讀者傳達了關於閃光的方式、地板的外觀和滑溜度、蛋黃的口感等訊息。即使是「ドーーン！」（doーーN，咚——！）這樣的單詞，也是為了想與聽者共同分享並感受爆炸的樣子。換句話說，在傳達訊息給溝通對象的這個目的，擬聲詞和其他詞語並沒有什麼特別不同。反而是擬聲詞在對話或育兒場景中，比書面文字更常被使用，或許可以說擬聲詞是特別具有高度溝通性的詞語。

以溝通作為目的，許多語言的擬聲詞共同具備的特徵。以下是一個南美喀珠亞語使用者的發言（秋田喜美翻譯），他向美國研究人員講述一條巨大的「森蚺」（anaconda，生活在南美洲熱帶雨林中的蟒蛇）在池裡抓到一隻貘的故事。

「噗咚——」……貘正朝著某個方向前進時，森蚺就要從水中出現了，快看！

一開頭的「トゥプーー」（twupu—，噗咚——）是擬聲詞。這個詞語以上揚的音調發音，描繪了森蚺跳入水中時可怕的聲音和樣子。「噗咚——」後面停頓了四秒，聽者不禁懷著緊張感和恐懼感，不知道潛伏在水中的森蚺何時會現身。這樣的擬聲詞具有讓聽者如臨現場的積極性的溝通功能。

## 意思性

霍克特提出的下一個語言的大原則是「意思性」。意思性指的是特定的音形與特定的意思連結的性質。「イヌ」（inu）這個日語名詞連結「狗」這個概念。英語形容詞「soft」（柔軟的）連結「柔軟」這個屬性概念。

這裡用口哨和咳嗽來比較看看。雖然兩者都是從口中發出的聲音，但除了在非常有限的情況下，它們並不與特定的概念連結。對照之下，「イヌ」（inu）這個音形總是與「狗」這個概念連結。

4　譯注：日語漢字中的「雷」包含了放電瞬間的光與聲音，而「稲妻」（閃電）是指雷向地面落下的光束，單純只有光而已。

與口哨或咳嗽不同，擬聲詞在日語社群中是與特定的意思有著明確的連結。擬聲詞不僅僅是發出聲音。「ワンワン」（wanwan）這個擬聲詞與狗叫聲連結，而「フンワリ」（funwari，輕飄飄軟綿）這個擬聲詞則與雲或棉花般的柔軟度連結。因此，從具備意思性這點來看，擬聲詞也是一種語言。

## 超越性

語言不僅能談論眼前的事物，還有不在場的事物、過去和未來發生的事也都能成為話題。換句話說，語言不受物體或事情是否存在於此時與此地的限制，是可以超越時空來談論事物的。例如，即使說者和聽者人都在日本，可以說「倫敦是一個既時尚又漂亮的城市」；也可以說「昨天下了很多雪」把過去發生的事當作話題。甚至對於尚不存在的建築，說「這裡好像很快就會蓋公寓了呢」也是非常自然的發言。霍克特稱這種特徵為「超越性」。

讓我們想像一下狗叫聲。你的寵物狗正在激烈地吠著，想要告訴你那裡有可疑人物。這不是三十分鐘前或一個小時後，也不是在另一個地方，而是狗狗感覺到現在這裡出現可疑人物。從這個意思上來說，狗的叫聲即使是一種溝通媒介，但不能說它具有超越性。

用口哨表示讚賞，或者用咳嗽指責無禮行為，都只在此時與此地有效。在回想昨天的運動比賽時吹口哨是很奇怪的行為；而在安靜的圖書館裡，就算對在五分鐘前打電話的人咳嗽，也沒有任何效果吧。

如果是擬聲詞呢？擬聲詞顯然不受此時與此地的限制。「昨天，我家的狗狗汪汪（ワンワン，wanwan）叫，讓我很困擾」這句話描寫過去的叫聲；「入學典禮時，學校的櫻花應該會翩翩飄落（ザラザラ，zarazara）吧」這句話可以描繪未來櫻花花瓣的情景；「現在澳洲應該正是陽光閃耀（ギラギラ，giragira）的時候吧」這句話也能夠表現遠方國家的陽光。

具有超越此時與此地的特性，是霍克特所提到的語言特徵裡其中最重要的一點。擬聲詞確實完美地符合這個最重要的標準。

## 繼承性

言語是一種學習的東西。孩子不是天生就能理解並使用語言的。他們透過與父母和周遭大人的日常互動，接觸到他們說的母語，進而了解單詞和單詞的組合方式。例如，狗在日語中是「イヌ」(inu)，在英語稱為「dog」，孩子必須透過學習才會知道這些稱呼。霍克特稱之為「傳統上的傳達」或「文化上的傳達」，因為這指的是在特定的傳統或文化中被教導和習得的意思，所以稱之為「繼承性」。

那麼，口哨呢？與歌曲一樣，口哨大多是從朋友或周遭大人那裡學來的吧。在這個意思上，口哨和語言共同具備繼承性的特徵。但是，目前尚不清楚特定的口哨聲在文化上的傳承是否能像語言那樣可以跨越多個世代。

另外，哭泣聲和咳嗽呢？嬰兒出生後馬上就會發出哭聲，他們並不是在父母每次的催促或教導下才哭的。因此，嬰兒的哭聲不太可能算是繼承性的例子，在這個意思上，它是非語言的。然而，用於人際交往的咳嗽聲，因為是在社會文化中學習到的一種信號，具有繼承性，這也是與語言的共通點。

最後，擬聲詞也是繼承和習得的一部分。即使是還不能說話的嬰兒也會指著狗說「ワンワン」（wanwan），指著車子說「ブーブ」（bubu）。這是因為他們學習了周圍環境中父母等人所說的日語。事實上，如果周遭環境是使用英語，那麼狗的叫聲可能會用「bowwow」或「woof-woof」，車子的聲音可能會用「vroom」等。其他還有「チュンチュン」（chunchun）表示麻雀的叫聲，「そよそよ」（soyosoyo）表示微風，「くよくよ」（kuyokuyo）表示不斷煩惱的樣子，這些在日語的生活環境中，都需要一個一個地習得。從這一點來看，擬聲詞也是非常語言性的。

## 習得可能性

孩子必須透過與父母等人的溝通，學習母語的結構。這就是霍克特所說的「繼承性」。另一方面，「習得可能性」則是指除了母語之外也能學習的特徵。例如，許多日語使用者雖然無法完全掌握英語或西班牙語，但他們能夠學會「sky」指的是天空、「señorita」是對未婚女性的稱呼等。

即使長大成人，也可以學習到其他的溝通工具。例如，日本人到歐美留學後，常常會帶著誇張的表情和肢體語言回來。他們可能會揚起眉毛表達高興或驚奇，或者用揮動雙臂表示生氣等。

另一方面，基本上人類被認為無法習得貓或狗的叫聲，或是海豚發出的溝通聲音。即使能夠模仿這些聲音，實際上也無法真正與動物自由地進行「對話」。此外，蒙古有一種可以同時發出高音和低音，稱為「呼麥」[5]的歌唱方式，雖然這是人類的發聲，但並非每個人都能習得。換言之，這種習得可能性很低。

5 譯注：「呼麥」（蒙古文為Khöömii），原義指「喉嚨」，引申義為「喉音」（throat singing），一種藉由喉嚨緊縮而唱出「雙聲」的泛音詠唱技法。「雙聲」（biphonic），指一個人在歌唱時能同時發出兩個高低不同的聲音。

接著讓我們來思考一下擬聲詞。外國語的擬聲詞雖然有些困難，但是是可以習得的。例如，應該有人知道在英語中，烏鴉的叫聲是用「caw」，關上門的聲音用「slam」，火車的嘈雜聲是用「rumble」來表達吧。在南非祖魯語中，撕扯物品的聲音是用「monyu」的擬聲詞；而表示安靜則會用「nya」。雖然對於日語使用者來說會覺得這些字有點奇怪，但如果說明這是祖魯語的表達方式，就不難記住。至少相較於掌握海豚的溝通或是「呼麥」的歌唱，學習擬聲詞要容易得多吧。從這點來看，擬聲詞是語言性的。

## 生產性

我們不是只把聽到的語句照本宣科地背下來、然後說出來而已，我們每天都在創造新的說話內容。因為說出來的內容有無限大的可能性，語言的此一特徵被稱為「生產性」。

例如，有人這麼說：「現在疫情平息了，而且正好是閱讀的季節，不如帶著《語言如何誕生和進化》去河邊的咖啡廳吧。」這可能是以前從沒有人說過，也沒有人聽過的一句話。儘管如此，這句話卻毫無異樣之處，也很容易理解。

同樣的情況不只是語句，也可以用在單詞的層次上。我們可以根據已經知道的單詞和單詞形成的規則來創造新的表達。例如，根據「book」的複數形式是「books」，「cat」的複數形式是「cats」這樣的模式，我們可以從之前從未聽過的單數名詞——防疫豬隊友「covidiot」（指不遵守新冠肺炎防疫措施的蠢人）中創造出複數形式「covidiots」。在日語中也有從「就活」（就業求職活動）、「婚活」（結婚相親活動）、「朝活」（晨間活動）、「妊活」（妊娠活動，備孕）這樣的模式中，每天不斷創造出新的詞語，比如「腸活」（調理腸道的活動）、「瑜珈活」（瑜伽活動）、「讀活」（讀書活動，讀書會）。

接著讓我們來思考一下口哨、咳嗽和哭聲吧。這些都是從口中發出的聲音。然而，即使我們可以用新的模式發出類似「ピーピピ、ピーーピーーーピピー」（pi—pipi、pi——pi———pipi—，嗶—嗶嗶、嗶——嗶———嗶嗶—）的聲音，但很難想像這樣的創意可以讓我們傳達多少種的訊息。口哨、咳嗽和哭聲缺乏體系性的組合規則，因此無法像語言那樣有生產性地創造出新的表達。

如第二章所述，在日語和韓語等擬聲詞發展較成熟的語言中，其圖像性是相當有體系的。讓我們回想一下語形的圖像性，超過百分之三十的日語擬聲詞，如「ブラブラ」（burabura）「キラキラ」（kirakira）「テクテク」（tekuteku）「ドキドキ」（dokidoki）「ポチポチ」（pochipochi）等，透過重複形式來表現事件的重複或持續。此外，在不是很正式的對話或漫畫裡，也有很多新的重複形式擬聲詞被創造出來。例如用來描述被柔軟毛髮覆蓋的動物的

「モフモフ」（mofumofu）是在二〇〇〇年左右創造出的新詞語。筆者在漫畫中發現的「コシコシ」（koshikoshi），是用來描寫撒嬌揉頭的樣子，而「ふるふる」（furufuru）則是為了表現快速搖頭的樣子而新創的擬聲詞。前者可能是從「ゴシゴシ」（goshigoshi，用力反覆摩擦物品時的聲音），後者可能是從「振る」（furu，搖動）衍生而來的。擬聲詞的重複形式非常具有生產性。

讓我們再來思考音的圖像性。在日語的擬聲詞中，我們可以看到語首清濁音的語音象徵呈現了顯著的體系性。「ゴロゴロ」（gorogoro）比「コロコロ」（korokoro）聲音更沉重，「ザラザラ」（zarazara）比「サラサラ」（sarasara）更粗糙。可以從半數以上的擬聲詞的詞根（如「コロ／koro」「ゴロ／goro」）看到這種對立。就剛才提到的「コシコシ」（koshikoshi，輕柔的摩擦）的例子來說，如果是從作為「ゴシゴシ」（goshigoshi）的對比衍生而出的話，那麼就是巧妙地利用了清濁的語音象徵。

如上所說，無論是語形的圖像性還是音的圖像性，擬聲詞的體系性和生產性都非常明顯。可以說，這些是擬聲詞作為語言的強力依據。

有趣的是，擬聲詞的體系性可以用在語言習得的早期階段。一個名為《輕鬆語言學廣播》（ゆる言語学ラジオ）[6]的熱門 YouTube 節目曾以「日本兒童錯誤賞」（JAPAN AKACHAN'S MISTAKE AWARDS）為名目，募集兒童的有趣錯誤時，收到了「ばよっばよっ」（bayo

bayo bayo）這個詞語。這是一個三歲的孩子編造出用來表現挖土機樣子的擬聲詞。如果是大人的話，通常只會用「ガシャーン」(gashan）或「ウィーン」(win）等慣用的擬聲詞來表現而已。

值得注意的是，不論是意圖表現吊臂部分還是履帶部分，為了表現挖土機的大動作和噪音，這個孩子用了「バ」(ba）這個音。正如在第二章中提過的，日語中的濁音子音「b」和母音「a」都與大的形象結合在一起。此外，在詞尾加上促音並重複的做法，也是日語擬聲詞中常見的表現方式。這個孩子讓我們看到了他在三歲時就掌握了日語具有的這些體系上的圖像性，並且比大人更有創造性地使用它們。

## 經濟性——語言為何需要經濟性

我們透過語言來交流彼此的想法。剛才我們將之稱為語言的「溝通功能」。為了以溝通

6 譯注：雖然名為廣播，不過是可以看見主持人的網路節目，所以譯為觀眾。（節目連結：https://www.youtube.com/@yurugengo）

為目的，我們會盡可能地在語言中加入更多的訊息。訊息豐富的說話內容應該比缺乏訊息的發言更有價值。

另一方面，語言也有盡可能讓形式愈簡單愈好的一面。過於複雜的語言不僅難以記憶，也不適合溝通，我們會想要讓事情簡單化。語言的此種特徵通常被稱為「經濟性」，希望用少量的表現來傳遞大量訊息的方向性，與前一段談到的生產性相關。

經濟性體現在語言的各個方面。其中之一是多義性。不管是哪種語言，都存在著大量具有多重相關意思的詞語。例如，「さがる」（sagaru）這個日語動詞不僅有「向下移動」的意思，還有具有其他多種意思。例如在「危ないから下がっていてください」（很危險，請退後）中的「下がっていて」表示「向後移動」的意思；「無礼者、下がりなさい」（無禮之徒，退下）中的「下がりなさい」表示「遠離大人物的面前」的意思；「物価が下がる」（物價降低）中的「下がる」（sagaru）則表示「價值變小」的抽象意思。同樣地，英語形容詞「strong」，除了表示「力量強大」外，也有其他不同的意思。「strong bookshelf」可以用來形容「堅固的書架」、「strong relationship」是表示「深厚的關係」，「strong coffee」則是指「濃的咖啡」。

語言中存在許多多義詞有其原因。如果每種意思都對應不同的形式，那會怎麼樣呢？這樣變成必須要記住與意思數量相同的形式。例如，明明是要表現咖啡的濃度，已經用於表示「強大」意思的「strong」這個形式就無法使用。因此，可能就需要有「nampy」這種新的單詞。

換句話說，英語使用者不得不記住新的形式，這樣效率非常低。

如果一個形式可以對應多個相關的意思，那麼只要記住一個形式就可以了。此外，對於多種意思，也可以變得不混亂零散，且有條理地記住。例如，對於「さがる」（sagaru）先具備「向下移動」這樣的中心意思，然後以此可以掌握住衍生出的其他意思。就像「あがる」（agaru，向上移動）也可以用來表示「物価が上がる」（物價上漲）一樣，這種意思衍生的方式存在一定的模式。

意思的衍生模式之一是在第一章提到的「換喻」（metonymy），例如「吃鍋」，就是以某個概念（鍋）為提示，表現與之密切相關的概念（鍋中的料理）。「舉手」這個表達同時包含「參選」和「施以暴力」的意思，就像用「汪汪」來指狗也是換喻。

此外，還有一個廣泛可見的衍生模式是「隱喻」（metaphor）。隱喻通常是試圖用具體的概念來描繪抽象概念，將原本看不見的物價波動，以上下方向的空間移動來比喻就是隱喻之例。

由於意思衍生的方式具有一定程度的模式，多義詞對於語言使用者的記憶來說很方便。即使有人不知道「strong」具有「濃厚」的隱喻之意，但當聽到「strong coffee」時，依然能從「強大」的意思推測出比起「淡咖啡」，更可能是指「濃咖啡」吧。像這樣，語言的經濟性幫助我們將必須記得的形式數量控制在最少的程度。

接下來，讓我們再來想想前面提到的口哨、咳嗽和哭聲。例如，「ヒュー↗」（hyu-）這種低音調的口哨可能隱含著「做得好」的讚賞之意。同樣的口哨聲中，也可能暗示著「鬆了一口氣」的意思。或者，「ヒュー↗」（hyu-）這種口哨聲，也許是要吸引眼前的小孩注意。然而，無論如何口哨聲的意思都不像「さがる」（sagaru，退下）或「strong」那樣的詞語被習慣化。另外，在讚賞、安心或喚起注意之間，也找不出是哪一個是從哪一個產生出來的自然的衍生關係。因此口哨很難被認為具有語言上的多義性。

關於咳嗽，似乎也沒有分化出引起注意以外的功能。如果對著在圖書館裡打電話的人咳嗽，可能暗示了「你造成困擾了喔」的訊息。當某人在說Ａ壞話，實際上Ａ就在附近時，咳嗽可能會傳達的是「Ａ會聽得到喔」的訊息。又或者，在人群中讓正在抽煙的人聽到咳嗽聲的話，可能有傳達「煙很嗆，請不要吸煙」的意圖。然而，這些解釋是根據狀況來解讀的，並不是咳嗽本身與「你造成困擾了喔」或「煙很嗆，請不要吸煙」這種具體的多義性有所關聯。

關於哭聲也是，可以透過聲音的大小來區分悲傷程度，但無法準確區別更深層次的感受。例如，無法單憑哭聲確實判斷出是因為被欺負而哭泣，還是因為看了電影而哭泣，或者是因為撞到了櫃子尖角而哭泣，只憑哭聲要確實區別出原因是不可能的吧。

那麼聲音模仿呢？就像在第五章中會提到，擬音語可以視為是根據物體聲音或動物鳴叫的忠實模仿而產生的。聲音模仿或許具有前面所提到的「意思性」，是為了使特定的聲音與特定物體的聲音或動物叫聲產生關聯。但是，這種聲音的聯繫僅限於單一的物體聲音或動物叫聲。麻雀叫聲的聲音模仿，僅僅是模仿麻雀的聲音，而無法用來表現孩子的說話聲音。從這個角度來看，聲音模仿不是語言性的。

## 續・經濟性——擬聲詞和經濟性原理

從擬聲詞可以發現多義詞的豐富性。例如，「カチカチ」（kachikachi）用在「カチカチと氷を叩く」（喀啦喀啦地敲打冰塊）這句話裡可以用來描述敲打硬物的聲音。然而，在「この氷はカチカチだ」（這個冰塊硬邦邦的）這句話中，「カチカチ」（kachikachi）則表達了「硬到敲打時會發出喀啦喀啦的聲音」的觸感意思；而在「社長は頭がカチカチで困る」（社長的頭腦硬邦邦，真令人困擾），則意味著「不知變通」；進一步地，在「受験生はカチカチに緊張している」（考生硬邦邦地緊張著）這句話裡，則表示「極度緊張」的意思。有趣的是，可以使用形容詞「硬い」（katai）來代替「カチカチ」（kachikachi），例如換成「社長は頭が硬い」（社長的腦筋很硬）或「受験生は緊張で硬くなっている」（考生緊張得全身僵硬）這樣的說法。換句話說，「カチカチ」（kachikachi）和「硬い」（katai）共享部分的意思衍生模式，我們可以說「カチカチ」（kachikachi）與「硬い」（katai）一樣，都是語言的表現方式。

表現物體聲音的擬聲語，很多也會表現出該聲音可能產生的觸覺特徵。從「ザラザラという音」（zarazara，沙沙的聲音）到「ザラザラした手触り」（粗糙不平的觸感）；從「パリパリという音」（paripari，酥酥脆脆的聲音）到「パリパリした食感」（脆脆的口感）；從「カリッという音」（kari，喀哩的聲音）到「カリッとした歯応え」（喀哩喀哩的咬勁」；從「カサカサという音」（kasakasa，乾乾沙沙的聲音）到「カサカサした肌」（乾巴巴的肌膚）等，幾乎都已經形成了固定模式。

讓我們再看一個例子。「ゴロゴロ」（gorogoro）這個擬聲詞具有非常多的意思。最先想到的可能是像「岩がゴロゴロと転がる」（岩石喀隆喀隆地滾動）這樣的旋轉意思吧。像「雷がゴロゴロ鳴る」（雷聲轟隆轟隆）或者「ネコがゴロゴロいう」（貓咪發著呼嚕呼嚕的聲音）中的「ゴロゴロ」（gorogoro）雖然描述了聲音，但與其說這個字是多義詞，不如說只是剛好用一樣的聲音來描述的同音異義的關係。而且，像「ゴロゴロしていないで働け」（不要滾來滾去的，去工作）這個用法則是表現躺著的懶散樣子，這可能是從旋轉意思的「ゴロゴロ」（gorogoro）衍生而來的吧。「この地域にはいい選手がゴロゴロいる」（在這個地方到處都有優秀的選手）這句話裡的「ゴロゴロ」（gorogoro）是表示有很多的意思。這可能是基於像岸邊的石頭一樣滾動而來的想像，所以這個意思也是基於旋轉意思而來的。「コンタクトで目がゴロゴロする」（隱形眼鏡在眼裡動來動去）這種說法指的則是隱形眼鏡在眼球表面好像在旋轉而引起的不舒服感覺，可以說這是基於旋轉意思的觸覺意思。

像這樣，從「カチカチ」（kachikachi）或「ゴロゴロ」（gorogoro）的單一擬聲詞中，意思可以自然衍生出來，實現了精彩的多義性。這使得我們可以使用較少的擬聲詞，就能夠與經濟性產生連結。此外，正如我們在「カチカチ」（kachikachi）這個字所看到的，類似的意思衍生模式也常見於其他擬聲詞或一般詞語中。這種特徵也顯示擬聲語除了原本的意思，也為一般語言的經濟性做出了貢獻。

詞語的意思變化經常會導致誤解。雖然有多義性的模式，但因為語言、方言、世代等因素，對意思的擴散方式都會產生一定的差異。在社群內部特有的意思的發展上，也包含了加深成員之間的連結。

例如，年輕世代將「やばい」（yabai）[7]用於表示「非常好」或「非常好吃」的意思已有一段時間了，然而，對於不熟悉這種用法的人來說，不知道這是正面的還是負面的意思，因此在解讀上可能會產生困惑吧。此外，像「普通にかわいい」（相當可愛）或「普通にいいね」（很不錯啊）這樣的說法可能也有些人會覺得很奇怪。這似乎是因為年輕人把「普通に」

7　譯注：原本是指危險、糟了、感到困擾等負面意思。

（futsuni）用來表示「超乎預期的（可愛・好）」的意思。[8]進一步來說，二〇一九年ＮＨＫ放送文化研究所的一篇網路文章[9]介紹了關於年輕人用語的調查報告，例如「カレーがほんとに好きで、なんなら毎日食べてます。」（我真的很喜歡咖哩，甚至每天都吃）對於只熟悉用於提議時的「なんなら」（nannrana，原本是指如果可以的話……）的讀者來說，可能只會認為這是單純的誤用。年輕人使用這些詞語時似乎意圖表達「甚至可以說」或者「不小心的話」的含意，在這些人當中，似乎很多人並不了解這個字在傳統意思中的「提議」意思。

因此，雖然詞語的意思具備某種程度的衍生模式，但特定群體的遊戲性用法已經廣泛流行並定型了，以結果來看，這導致了他們與上一代之間出現幾乎看不見連結的隔閡。對於上一代來說，這些詞語更像是同音異義詞而不是多義詞。

這種伴隨著時代變化而產生的意思轉變，也可以在擬聲詞中看到。像「サクッと済ませる」（saku，速速做完）或「サクサク仕事をこなす」（sakusaku，乾淨利落地做完工作）這樣的表達也已經深入年輕人以外的世界。另一方面，像「毛がワサワサしたイヌ」（毛茸茸的狗）或「草がワサワサしてきた」（草生長茂盛）這樣的表達似乎相對較新。在二十世紀初期，「ワサワサ」（wasawasa）表示的是一種與「ソワソワ」（sowasowa）相似的焦躁不安感。然而現在，幾乎完全與焦躁不安無關，似乎都用來描述毛髮或草的數量了。這可能更像是同音異義而非多義的例子吧。

在語言的十大原則中，上述特徵對於懷疑擬聲詞是否屬於語言的語言學家來說可能不是太大的問題吧。因為爭議點更多集中在接下來的三個特徵——離散性、任意性、雙重性。許多語言學家認為擬聲詞不符合這些原則，因此不被視為正式的語言，或者即使被視為語言，也是一種次要的存在。然而，這真的是這樣嗎？

## 離散性

「離散性」是從數學引入語言學的概念，指的是表達方式不具連續性的這個特徵，換句話說，就是數位式而非類比式的。

舉例來說，我們可以試著思考一下色彩詞的意思。在色彩空間或我們的感知中，紅色、橘色和黃色之間存在著連續的層次變化關係。然而，在語言的世界中，我們通常會說這裡到那裡是「紅色」、這個區域是「橘色」，然後到那個地方是「黃色」等，劃出界線。實際上，

8 譯注：《三省堂國語辭典》對「普通」這個詞的解釋包括了「非常自然的感覺，相對的。『——好吃』。」、「沒有什麼奇怪之處。相當。」也就是這個詞語從「沒有什麼奇怪之處」的意思演變出「相當」、「非常」的意思。

9 譯注：原文出處 https://www.nhk.or.jp/bunken/research/kotoba/20190701_12.html

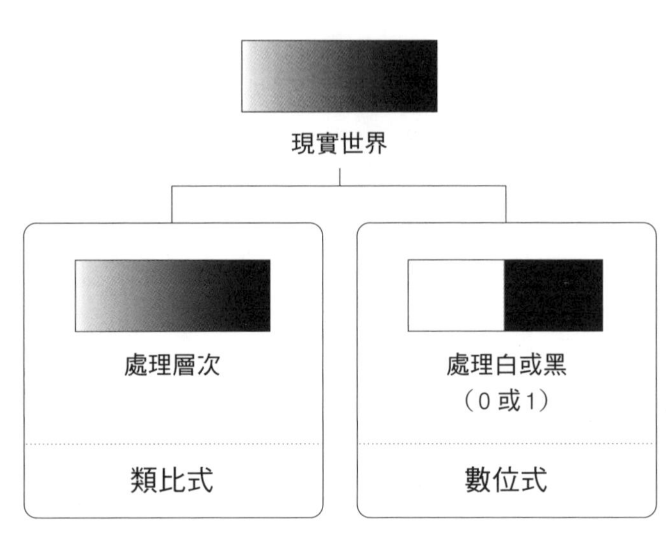


圖 3-1 類比式與數位式

即使存在偏紅的橘色或是偏黃的橘色，我們通常也會將它們概括成「橘色」。藍色和綠色也是如此，雖然在物理上和感知上存在著層次變化關係，但在日語等語言中，我們會將它們二分為「藍色」和「綠色」。這就是語言的離散性（圖3-1）。

在文法要素中也可以看到離散性。例如，英語中有可數名詞和不可數名詞的區別。名詞的可數性有著奇妙的一面。例如，「豆子」可以用「a bean」和「beans」來計數，但形式相當類似的「米」卻不可數，不會有「a rice」和「rices」這種用法。在英語這種語言中，每個名詞都被離散地分類為可數或不可數，沒有中間的狀態。

另外，像「beer」或「lunch」這樣的名詞通常是不可數的，但在高中階段，我們學過當指涉種類或具體例子時可以用「beers」或「lunches」來計數。然而，這並不意味著這屬於可數和不可數之間的中間狀態，而是表示「beer」或「lunch」有可數和不可數兩種意思，分別指涉不同的概念。

對於可數名詞，在其計數方式上也展示出了離散性。例如，單數形式的「bean」和複數形式的「beans」如字面所示，僅僅只是區別一個或兩個以上的情況，畫出了一個與兩個之間的界線。複數形式並不區分數量的多寡。這是數位化而非類比的表現方式。

現在式和過去式的關係也是數位化的。例如，「kick」和「kicked」之間沒有中間的階段，並未區分多久以前算是過去。由此可見，語言通常具有離散性的特質。

另一方面，用口哨或聲音模仿鳥的鳴叫聲時，那種模仿的方式是連續性的、類比式的，口哨或聲音會仿照鳥在鳴叫時叫聲的長度和重複的次數。如果鳥重複鳴叫了五次，那麼口哨也會連續重複五次。這一點與英語中可數名詞只區分單數和複數形式的情況形成對比。因為聲音的高低也可以階段性的調整，所以是類比式的。

擬聲詞是離散的還是類比式的呢？它更接近一般語言還是口哨或聲音模仿？在第二章中，我們提及了擬聲詞的圖像性，凸顯了其類比式的一面。然而，在擬聲詞的意思上，聲音的強弱、部分音節的延長、以及伴隨著肢體語言等類比式的面向，實際上是我們使用擬聲詞時的特點，而非擬聲詞本身的特性。擬聲詞確實容易引發類比式的情境描述，但就擬聲詞作為詞語的性質而言又是如何呢？

如果從結論來說，擬聲詞被認為具有明確的離散性。首先，從詞形來看，在詞形上可以透過「コロコロ」（korokoro）、「コロッ」（koro）、「コロン」（koron）、「コロリ」（korori）等形式區分旋轉一次還是旋轉多次。就像可數名詞的複數形一樣，重複形式的「コロコロ」（korokoro）表示旋轉多次。因此，我們既可以說「コロコロと二回転した」（喀啦喀啦地滾了兩次）也可以說「コロコロと十回転した」（喀啦喀啦地滾了十次）。而「コロッ」（koro）、「コロン」（koron）、「コロリ」（korori）等單一形式，就像單數形式的名詞一樣，明確地表現旋轉一次。因此，我們可以說「コロンと一回転した」（喀啦地滾了一次），但不能說「コロンと二回転した」（喀啦地滾了兩次）或「コロンと十回転した」（喀啦地滾了十次）。

擬聲詞使用的音的對比也表現出離散性。擬聲詞為了對比出意思，會對比特定的音。讓我們來想想看清濁音的語音象徵吧。詞頭的清濁音只有「コロコロ」（korokoro）和「ゴロゴロ」（gorogoro）兩種選擇，因此，它們能夠區分的意思也只有「小的、輕的、弱的」和「大的、重的、強的」兩種。我們很難想像一個既不是「コロコロ」（korokoro）也不是「ゴロゴロ」（gorogoro）、可以表達在兩者中間微妙的意思的音。

如果與其他詞語相比，擬聲詞具有各種圖像上的特徵。然而，從離散性，也就是數位式或類比式的角度來看，它比許多肢體語言、口哨、聲音模仿等更離散。就這點來看，我們可以說擬聲詞具有很強烈的語言特徵。

## 任意性

霍克特認為，語言形式和意思之間的關係是任意的（缺乏必然性），這是語言之所以為語言的關鍵。確實，一般來說，詞語的形式和意思之間並不具備必然性。在日語中，被稱為「イヌ」（inu）的動物，在英語是「dog」，法語是「chien」，中文是「狗」，其發音形式完全不同。日語中和「食べる」（taberu）相當的動詞，在英語是「eat」，法語是「manger」，中文是「吃」，發音形式顯然也各不相同。

眾所周知，早在二十世紀初，近代語言學之父索緒爾（Ferdinand de Saussure）就指出語言符號的「任意性」。這個概念在之後一百年的語言學世界中，作為思考語言的主要原則，一直據有主導地位，而霍克特也繼承了此一概念。

而任意性原則的例外，必定會提到的就是擬聲詞。例如，狗的吠叫聲，在日語中是「ワンワン」（wanwan），英語是「bowwow」，法語是「ouafouaf」，中文是「汪汪」，甚至韓語也有「mengmeng」，捷克語是「hafhaf」，越南語是「gâugâu」，都相當接近。和模仿叫聲一樣，不僅重複的語形上有相似之處，使用的聲音上也有共通性。這些擬聲詞中的子音大多為「w」、「b」、「m」、「f」等唇形的音（唇音），母音則多為嘴巴張開較大的「a」或雙母音的「au」。語言之間存在此種相似性，當然是因為擬聲詞是相當圖像式的。因為聲音形式是基於具備圖像性這個理由而產生的，所以即使在系統上相距甚遠的語言之間也會呈現相似之處。

在現代語言學中被視為神一樣存在而被重視的索緒爾、霍克特等大師所主張的「語言的任意性」大前提下，擬聲詞是與之相悖的，因此在語言學中，擬聲詞通常被視為不足以成為主要議題的次要存在。本書可以說是顛覆這個大原則的挑戰。

對於擬聲詞具有與語言的任意性相反的特徵，因此它不是語言性的，或者不值得嚴肅看待的此種立場，可以從以下幾個觀點來進行反駁。

首先，正如第二章所討論的，擬聲詞在不同語言中存在差異。例如，日語中是「ワンワン」（wanwan）而韓語中是「mengmeng」。換言之，雖然之前提到擬聲詞在語言之間存在相似性，但是擬聲詞的圖像性也被認為是任意性的。

因此，「具有圖像性」並不意味著會導出「不具任意性」這樣的結論。特別是擬聲詞在語言間常常有相似之處。然而，這僅在抽象的共鳴音或鼻音等程度上相似，並非所有口語都有完全相同的語音形式。原因之一是不同語言擁有不同的音。例如，捷克語中使用的「hafhaf」中的「f」子音在日語中不存在，因此無法使用。

另一方面，英語中的「bowwow」所包含的子音「b」、「w」以及母音「aʊ」，在日語中也有相近的音。儘管如此，在日語中卻用「ワンワン」（wanwan）來表現，而不是「bowwow」。雖然日本和英語系國家可能因為犬種不同，所以吠叫聲不一樣。然而，更重要的是，「ワンワン」（wanwan）或「bowwow」是詞語，聲音的選擇並非完全必然，因此在語言間有不同的聲音選擇也是合理的，事實上，並不存在一個世界各國普遍通用的擬聲詞。

總之，擬聲詞雖然具有圖像性，卻也同時具有任意性的特徵，關於這一點將在第五章進一步深入探討。

## 雙重性

語言的最後一個大原則是所謂的「模式的雙重性」。這指的是，構成口語的每個音本身並不具意思，但它們組合在一起形成單詞或單詞的一部分時才具有意思。

舉例來說，試著思考一個日文單詞「ノライヌ」（norainu，野狗）。這個詞由n、o、r、a、i、n、u七個音組成，n、o、r這些音各自並沒有特定的意思。然而，「nora」和「inu」這種連續音的組合則分別與「野」和「犬」這兩個意思連結。換句話說，就是

「norainu」這個聲音形式具有純粹作為音的層面、和作為有意思的詞語組成部分的層面這樣的概念。另外，雙重性這個名詞，因來自提倡經濟性理論的馬汀涅所提到的「雙重分節」（double articulation）這個用語而廣為人知。

雖然這種思維方式可能有些難以理解，但判斷擬聲詞是否具有雙重性則相對較容易。就像前面所提到的，擬聲詞的聲音形式具有圖像性。「ワンワン」（wanwan）之所以使用w、a、n等音有其原因，這些構成音是有意義的，因為中型犬或大型犬發出很大的吠叫聲，因此用w和a來表現，而且聲音很響亮，因此以n結尾。就像第二章中看到的那樣，選擇「ふわふわ」（fuwafuwa）這種擬態詞的音，即使不像擬音語那麼明確，卻也有其圖像性的理由。用h來表現輕盈、美麗的雲或棉花，用w來表現柔軟的部分。這些圖像性的特徵與「音本身不具意思」的雙重性是相反的。

另外，口哨、咳嗽、哭聲和聲音模仿在使用其音時具有明確的原因這點，與擬聲詞相似。例如，高音的口哨表現出積極的情緒。另一方面，「音組合在一起形成單詞或單詞的部分時才具備意思」這樣的特性在「ノライヌ」（norainu）、「ワンワン」（wanwan）和「ふわふわ」（fuwafuwa）則不存在。表現佩服的口哨聲、咳嗽、哭聲和聲音模仿等並不具有部分和組合的結構，因此可以說這些是違背了雙重性的特性。在這一點上，與口哨、咳嗽、哭聲和聲音模仿等之間畫出了界限，擬聲詞更傾向於屬於語言的範疇。

在書寫體系中雙重性也被提出來討論。接下來思考一下「やま」(yama）這個平假名吧。整個「やま」(yama）一詞與「山」這個意思結合而成為語言文字。不過，「や」(ya）和「ま」（ma）這兩個文字本身並不被視為是有意思的。從無意思的部分中創造出有意思的整體，這與在聲音的範疇看到的雙重性是相同的。

有趣的是，文字當中也存在著被認為違反雙重性的情況。表示意思的文字，即「表意文字」(ideogram），不僅是古埃及的象形文字（Hieroglyph），我們熟悉的漢字也具有表意性。例如，眾所周知，「山」這個漢字模仿了山的形狀，「傘」這個漢字也是模仿傘的形狀而成的表意文字。

剛才提到，在口語中，擬聲詞之所以被視為雙重性的例外是因為每個構成音都具有意思。表意文字也同樣因為其構成元素與特定概念結合這點，所以也可能被視為雙重性的例外。這種共同性意味的擬聲詞被稱為「表意音」(ideophone）[10]也並不矛盾。

10 譯注：中文多譯為擬態詞。

## 結論

本章從擬聲詞是否符合語言的十大原則——溝通功能、意思性、超越性、繼承性、可習得性、生產性、經濟性、離散性、任意性、雙重性的觀點，來思考「擬聲詞是否屬於語言」這個問題。

我們將本章的探討總結如表3－1。我們不僅將擬聲詞與普通詞語進行比較，也比較了明顯不屬於語言的口哨、咳嗽、聲音模仿、哭聲等非語言音。對於口哨和咳嗽，雖然通常是個人式的行為，但在特定情境下可以表達出讚賞或警告等明確的溝通功能。因此，對於咳嗽，在溝通功能、意思性，甚至是繼承性，都同時標記了「×」和「○」。擬聲詞在體系上由於兼具圖像性和任意性，因此我們在任意性和雙重性方面標記為「△」。另外，對於因為難以得出明確結論而被排除在討論範圍之外的部分則是留空。

從表3－1可以看出，與口哨、聲音模仿等進行比較，擬聲詞顯然符合了許多語言特徵。此外，自二〇〇〇年代以來，語言學界陸續提出了對索緒爾、霍克特的觀點表示反對的看法，已經累積了證明語言與身體相連結的實證數據。換句話說，語言的任意性這一黃金標準本身開始動搖，「語言是身體性的」這一理論已開始廣泛被接受了。

在眾多實證數據中，特別突顯這一點的是關於兒童的語言習得中，闡明擬聲詞作用的一

表 3-1 一般詞語、擬聲詞、非語言音的語言性

| | 一般詞語 | 擬聲詞 | 口哨 | 咳嗽 | 聲音模仿 | 哭聲 |
|---|---|---|---|---|---|---|
| 溝通功能 | ○ | ○ | ×／○ | ×／○ | | |
| 意思性 | ○ | ○ | ×／○ | ×／○ | × | × |
| 超越性 | ○ | ○ | × | × | | |
| 繼承性 | ○ | ○ | ○ | ×／○ | | × |
| 可習得性 | ○ | ○ | | | | |
| 生產性 | ○ | ○ | × | × | × | × |
| 經濟性 | ○ | ○ | × | × | × | × |
| 離散性 | ○ | ○ | × | × | × | × |
| 任意性 | ○ | △ | × | × | × | × |
| 雙重性 | ○ | △ | × | × | × | × |

系列研究，以及擬聲詞的大腦內處理的相關研究，這兩個都是作者（今井睦美）負責的研究。這些研究將在下一章中介紹。

從語言與身體相連結的觀點來看，擬聲詞的性質在具備相當多語言性的特徵的同時，又包含了非語言的要素，是非常符合這個觀點的。當我們一再強調語言的身體性時，似乎會不可避免地問到：「語言的全部都與身體連結嗎？」但正如「前言」中所明確表達的，語言僅僅是極度抽象式的符號體系，這一點是無庸置疑的。因此，我們需要用某種東西來填補身體與抽象式的符號體系之間的空白。

請回想一下本書一開始提出的問

題。這個問題就是，從最初的形成來看，很難想像語言是如此抽象、複雜且巨大的系統，兒童一開始也不可能擁有如此巨大的系統。兒童最初學會哪些詞語？他們如何理解語言是符號的系統？他們如何學習這種具有抽象式意思的巨大系統，並將其變成自身的一部分？

在思考這個問題時，擬聲詞既具有語言特徵，又與身體相關，同時具有任意性和圖像性，在具備離散式特點的同時又擁有連續性的這些特性，成為填補失去環節（missing link）關鍵要素。不管是在語言的演化、或是當下兒童的語言習得方面，擬聲詞在語言從身體發展出來，演

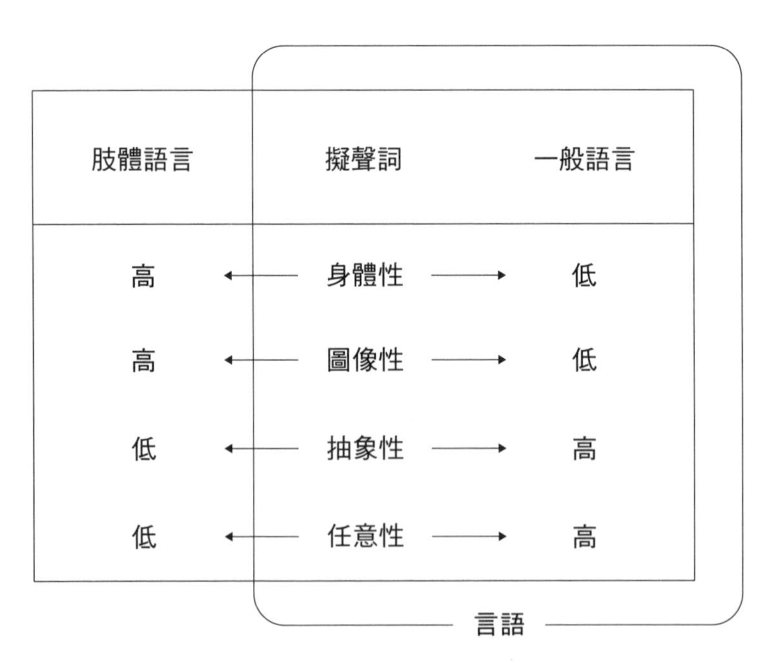


圖 3-2　連結身體與一般語言的擬聲詞

化、成長、到離開身體的抽象式符號體系的過程中，應該扮演著連結的角色。（圖3－2）

實際上，在作者（今井睦美）觀察了二至三歲兒童與其父母之間互動的研究中，父母在表達不存在的事物時，比起現場已有的東西，更常使用擬聲詞和肢體語言。擬聲詞和某些肢體語言都是圖像式的符號。父母的這種行為就是依賴與對象的相似性，引導孩子進入超越當下的世界。

在接下來的章節中，將探討擬聲詞如何促進語言習得和語言演化，以及思考被促進的語言習得和演化是如何展開的。在語言習得這個爬山的過程中，擬聲詞可能是一個在相對較早的起點階段，被認為是有效的輔助手段。然而，只光靠擬聲詞並不能習得語言，同樣地，也不是僅僅有了擬聲詞就可以從擬聲詞當中自動產生抽象式的人類語言。

要沿著這條路線繼續往前走，必須要超越擬聲詞，跨越任意的語言體系這道巨大岩壁。是什麼使得這成為可能呢？這是人類這個物種所具備的能力嗎？透過回答這些問題，我們將會得到使用語言的人類特有的思考本質。

在第四章，首先我們要探討的是，兒童是如何習得抽象式符號體系的語言？以及在這個過程中擬聲詞可能扮演著什麼樣的角色。

# 第四章　兒童的語言習得1——擬聲詞篇

第三章之前已經探討了擬聲詞的特性，特別是擬聲詞擁有多少的語言特徵。從本章開始，我們將爬上山坡，進入本書的核心——語言的習得和演化的問題。在本章中，我們將探討兒童在語言習得過程中擬聲詞是如何產生作用的。

しーん　もこ　もこもこ　にょき　もこもこもこ　にょきにょき……

（依日文拼音：shīn moko mokomoko nyoki mokomokomoko nyokinyoki……）

這是由詩人谷川俊太郎和畫家元永定正合作的長銷繪本《膨　膨膨》（もこ　もこもこ）中的一段文字。「しーん」（shīn）表現的是無聲的寧靜，接著是「もこ」（moko，東西膨脹、隆起的感覺）一詞，地面稍微凸起。翻開頁面，隆起的地方增加好幾倍，變成「もこもこ」

（mokomoko）。接著是「にょき」（nyoki，東西長出來、發芽的樣子），小小的東西長出來。隆起的部分又變得更大了，變成「もこもこもこ」（mokomokomoko）然後，長出來的東西被吃掉了，卻又「つん」（tsun）地從隆起來的東西頭上冒出來了。最後再度「しーん」（shin）地回歸寧靜。

在聲音的節奏中，搭配鮮豔的色彩與簡單畫面展現強而有力的形式。要說有故事，也可以說沒有故事，對嬰兒和幼兒來說，會如何接受這個故事呢？

兒童的繪本充滿了擬聲詞。兒童喜歡擬聲詞。曾經養育過孩子的人或身邊有孩子的人，可能會記得他們口中念唱著擬聲詞的樣子。為什麼兒童喜歡擬聲詞呢？擬聲詞對兒童的語言發展有何好處呢？

## 年紀越小的兒童越常使用擬聲詞

成年人在與兒童交談時真的會經常使用擬聲詞嗎？首先，為了弄清楚這個單純的問題的真相，我們進行了實驗。我們準備了十二種日常動作的動畫，比如用叉子刺香腸、揉紙團、用剪刀剪紙、戴游泳圈浮在水上等。

表 4-1 在對成人的說話 vs. 對兒童的說話的比較實驗中使用的動畫

| | 動作 | 擬聲詞的詞根 | |
|---|---|---|---|
| 1 | 揉紙團 | クシャ（kusha） | 擬音語 |
| 2 | 用叉子刺香腸 | ブス（busu） | |
| 3 | 用鋸子切割板子 | ギコ（giko） | |
| 4 | 拍手 | パチ（pachi） | |
| 5 | 用剪刀剪紙 | チョキ（choki） | |
| 6 | 轉動手臂 | ブン（bun） | |
| 7 | 用抹布擦地板 | ゴシ（goshi） | 擬態語 |
| 8 | 丟垃圾 | ポイ（poi） | |
| 9 | 用游泳圈浮在水上 | プカ（puka） | |
| 10 | 吃飯掉滿地 | ポロ（poro） | |
| 11 | 躺在地板上打滾 | ゴロ（goro） | |
| 12 | 戳昆蟲 | ツン（tsun） | |

圖 4-1 動畫「用叉子刺香腸」

這些動作雖然可以用動詞來表現，也可以用「ブスッ」（busu）、「クシャッ」（kusha）、「チョキチョキ」（chokichoki）、「プカプカ」（pukapuka）等擬聲詞表達。我們邀請了十九對親子組合參加調查，其中有十組孩子是兩歲，九組孩子是三歲。由父母看完全部十二種動畫（見表4－1，圖4－1）之後，對著自己的孩子講述動畫的內容。然後，父母再對實驗者（成人）說明同樣的十二種動畫內容。

研究發現，父母對孩子說話時比起對成人的說話，更加頻繁地使用擬聲詞。而且，從實驗中也發現，年紀越小的兒童，使用擬聲詞的頻率越高（見圖4－2）。

此實驗還發現，父母的擬聲詞使用方式因孩子年齡不同而有所變化。

為了探究擬聲詞在不同說話情境中的使用方式，我們對父母以何種詞性使用擬聲詞進行了分類。針對兒童和成人說話中使用擬聲詞的使用方式進行比較，我們發現了在感嘆詞式和副詞式的使用上有很大的區別。感嘆詞在句子中不負責文法的角色，而是如「啊」或「唷咻」這類脫口而出的發聲詞，大多是情感或態度在不經意時發出聲音來表現的感覺。在對兒童的說話中，經常可以看到像「くしゃくしゃー、くしゃくしゃー」（kushakusha，形容搓揉得皺巴巴、亂糟糟，或者咀嚼的聲音）這種完全只用單獨使用擬聲詞的情況。這也屬於感嘆詞式的使用方式。

相對的，在對成人的說話中，我們反而常見到的是像「くしゃくしゃに、丸めています」

（kushakushani, marumeteimasu，皺巴巴地搓揉成一團）這種作為修飾動詞的副詞使用方式。另外，像「くしゅくしゅしてるよ」（kushukushu-siteruyo，弄得皺皺的喔）這種與動詞結合、擔任動詞角色的擬聲詞，不管是在對兒童還是對成人的說話中也很常見。

在第五章中將詳細討論，當用於描述事物的擬聲詞被活用於述語[1]中時，擬聲詞的圖像性（音與意思的相似性）就會變得薄弱，而使聲音和意思之間的聯繫變得困難。反過來說，出現在述語之外的詞語則更容易具有高度的圖像性。其中，感嘆詞原本就獨立於述語之外，並且由於語氣易於靈活地調整，更容易保持擬聲詞的圖像性。根據這點，我們可以判斷父母在與孩子說話時，有盡可能以提高圖像性的方式來使用擬聲詞的傾向。

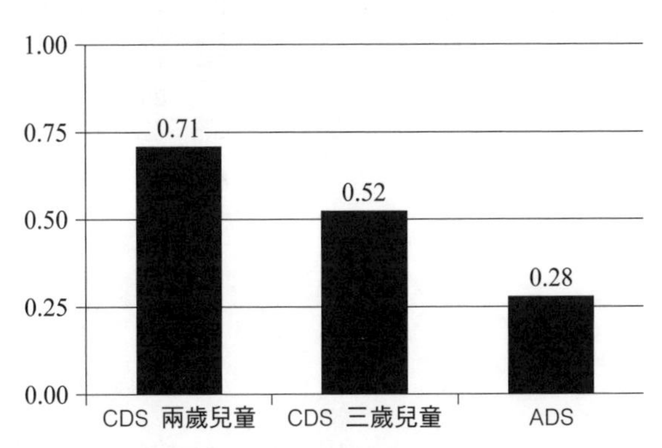


圖 4-2 說明動作的時候使用擬聲詞的比例
CDS：Child Directed Speech 是對孩子的說話
ADS：Adult Directed Speech 是對大人的說話

1 譯注：通常一個句子具備主詞（主語）和述語（或稱謂語）

## 繪本中的擬聲詞

有趣的是，在繪本中，隨著閱讀對象兒童的年齡層變化，擬聲詞的使用方式也有所不同。零歲兒童的繪本，比如在《膨　膨膨》裡，引人注目的是一頁當中只用一個讓人印象深刻的擬聲詞。這些擬聲詞不是在句子中使用，而是單獨呈現。兒童專注於以感覺的方式享受擬聲詞的聲音與圖畫之間的完美搭配。

以兩歲半以上的幼兒為對象的繪本，詞語會組合在一起，並使用簡單的單語或句子，在這裡，擬聲詞扮演了稍微不同的角色。例如《小白熊做鬆餅》（しろくまちゃんのほっとけーき）就是一本如書名所述，描述主角小白熊作鬆餅的繪本。

當黏稠的麵糊倒入平底鍋中，點火加熱之後，就開始冒出氣泡，發出聲音。一面煎好之後，「咻地」迅速翻面，「啪地」落在平底鍋裡。等到另一邊也加熱煎到澎起來，散發出香氣。最後把平底鍋倒過來讓鬆餅裝到盤子上，美味的鬆餅完成了。

如果要描述這一連串過程，會變成冗長又複雜的文章，對一兩歲的嬰幼兒來說是非常難以理解的。但如果用擬聲詞來堆疊呢？

「ぽたあん　どろどろ　ぴちぴちぴち　ぷつぷつ　しゅっ　ぺたん　ふくふく　くん

くん　ぽいっ」

（依日文拼音：Potaan dorodoro pichipichipichi putsuputsu shu petan fukufuku kunkunpoi）

（中文版譯：吧唧　攤開來　滋滋滋滋　噗哧噗哧　咻　啪嗒　鼓起來了　香噴噴起鍋了）[2]

已經了解這些擬聲詞的成人當然不用說，對即使是不了解這些詞的嬰兒，也可以感受到聲音、氣味、觸感、煮熟變好吃的過程。這些詞語跨越了視覺、嗅覺、觸覺等多種感官，將鬆餅變化的樣子，一幕幕鮮活地浮現在眼前。即使是不了解單詞或句子結構的嬰兒也能充分樂在其中。

若是以再稍微大一點的幼兒（三歲至五、六歲）為對象的繪本，會如何使用擬聲詞呢？

「たまごは　やまを　ころがって、　ころころ　ころころころがって、　いわに　ぶつかり、　ぽーーーんとはねて、　ようやく、　ストンと　とまりました。」

（依日文拼音：tamagoha yamawo korogatte, korokoro korokorokorogatte,

2　譯注：節譯取自中文版（作者：若山憲、森比左志、和田義臣，九童國際文化出版）。

iwani butsukari, po——ntohanete, youyaku, sutonto tomarimashita）

（英文原文：The egg rolled gently down a hill, slow at first, then until—
It bumped a rock and spun around and came to land on level ground.）

（中文版譯：蛋連滾帶摔，摔下山崖。越滾越快，停不下來——
蛋撞上石頭，高高彈起。轉來轉去，到了平地。）[3]

（依日文翻譯：蛋從山上滾下來，滾啊滾啊，滾啊滾啊滾啊，
撞到了石頭，蹦——地彈了起來，最後，碰咚地停了下來。）

這是來自「說故事人慶太郎」翻譯艾力克斯．拉提蒙（Alex Latimer）的繪本《迷路的蛋》（原文：Am I yours?／日文：まいごのたまご）日文版中的一段話，是大家一起尋找迷路恐龍蛋的父母的故事。這本繪本與《膨　膨膨》或《小白熊做鬆餅》不一樣，它的故事相當長，每段話也長，還用了很多動詞。僅僅這兩段就包含了「滾動」、「撞到」、「彈起」、「停下」四個動詞。

前面提到了一個讓父母描述日常情境的影片實驗，對兩歲兒童說話時，他們會使用單獨的擬聲詞，但對三歲兒童說話時，把擬聲詞作為修飾動詞的副詞使用的情況增加了。

繪本的製作方式也用了相同的結構。零歲嬰兒的語言學習重點在於掌握母語的發音和韻律的特徵，建立音韻的系統，所以零歲嬰兒的繪本更重視聲音的享受而非傳達意思。

等到迎接一歲生日後，正式開始學習詞語的意思。在剛開始學習意思且幾乎不瞭解單詞意思的階段，並不容易記得單詞的音與指涉對象之間的連結，而擬聲詞的音與意思之間的連結有助於單詞意思的學習。

接近兩歲之後，詞語量急速增加，開始能理解文句的意思。然而，即使在文句中，要推斷動詞的意思仍然困難，此時擬聲詞有助於意思的推斷。育兒的父母和繪本作家們都直覺地了解這一點，所以他們巧妙地配合兒童的語言發展階段使用擬聲詞，在無意識中提供兒童所需的支援。

3 譯注：此段譯自中文版（格林文化出版）。

## 擬聲詞對語言的學習有幫助嗎？

成人像這樣對兒童使用擬聲詞必然有其原因。究竟是什麼原因呢？

這個問題其實相當深奧。因為要思考這個問題，我們必須考慮到，兒童在出生時是在什麼樣的能力基礎上理解擬聲詞所包含的音與意思的配對問題。同時，我們也必須思考在詞語的學習上，擬聲詞能有什麼樣的幫助。如果從「兒童為何喜歡擬聲詞」這看似簡單的問題開始思考，就會產生越來越多新的問題。

以下，我們將探討多用擬聲詞對語言學習的哪些方面有幫助。

## 能否理解音與形的一致或不一致

當聽到某個對象（物品）的聲音時，嬰兒到底是如何認知它的呢？首先，我們想要探討這一點。即使是四、五歲的兒童，要讓他們用詞語表達自己的想法也並不容易，更何況是沒有辦法說話的嬰兒，我們如何去瞭解他們的認知呢？

這個年齡的嬰兒所知道的詞語非常少，而且訊息處理能力也有限。即使曾經聽過某個詞語，也很難立即找到正確的對象。例如，在螢幕上顯示球和香蕉的圖像，然後告訴他們「看球」，他們也無法立刻就看向球。被指示「看球」，然後為了看球，需要進行相當複雜的訊息處理。

①把這句話分解出單詞，提取出「球」這個詞。

②與在自己的記憶儲藏庫裡的「球」的音依序進行比對。

③進一步找出與這個音連結的物品形象，判斷現在看到的物品是否與自己記憶中的形象「相同」。

④根據上述判斷，看被判斷為「球」的對象。「看」這個行為本身是需要做出轉動眼球，將視線對準對象並停留的運動控制。

因此，要對「看球」做出「正確反應」需要進行複雜的訊息處理。對於十一個月大的嬰兒來說，在是否知道「球」這個詞之前，反而是解決這個訊息處理能力的問題難度更高。

要如何研究（測量）「看見」這個動作呢？發展心理學家通常會利用腦部反應來判斷。腦部的訊息處理是透過電信號（electrical signal）傳遞完成的，從外界接收到視覺和聽覺訊息的瞬間開始，腦部訊息處理便沿著一個時間軸，在腦部的不同區域的電信號會發生變化。這種變化是可以測量的，而且這種腦部反應（腦波）有一個優點，就是嬰兒不需要做出特別的行動，例如依照指示去看指涉對象，或是伸手去拿取物品，在不增加訊息處理負擔的情況下就可以研究嬰兒的認知。

另外，過去利用腦波進行的研究也發現了有趣的現象。例如讓已經超過一歲的嬰兒聽到熟悉的單詞並讓他看物品時，物品與單詞相符時，以及兩者不相符時，可以看到腦波呈現出不同的模式。

例如，當嬰兒聽到「狗」的發音，圖像卻是貓的圖片，與聽到「狗」的發音同時讓他看到狗的圖像時，相比之下，在聲音開始後約零點五秒（四百至六百毫秒）處，腦部的左右半球的正中央附近、沿著中線（midline）上部分的電位會下降。即使是成人，當單詞與指示對象不匹配或不符合脈絡時，也會有同樣的反應，通常被稱為N４００。N代表負（負電位變化），４００表示四百毫秒。總之，這種反應表明嬰兒將聲音認知為「詞語」，當視覺刺激（圖像）不符合詞語所指示的對象時，會產生「奇怪」的判斷。基於這些發現，筆者們以出生後十一個月大的嬰兒為對象，進行了以腦波作為認知指標的實驗。

圖4-3 哪個是「moma」，哪個是「kipi」？

## 詞語的音與身體接地的第一步

在圖4－3中的兩個圖形中，哪個是「kipi」（キピ），哪個是「moma」（モマ）呢？幾乎所有人都直覺地認為圓形是「moma」，尖銳形是「kipi」。這種直覺與之前在第二章看到的「maluma/takete」一樣，而且這種直覺不只是以日語為母語的人，在世界各地不同語言的人之間也有相同的感覺。這種直覺式的聲音與形狀的配對，十一個月大的嬰兒是否也能感受得到呢？

為了研究這一點，我們將詞語（音）和對象的組合逐一展示給嬰兒。其中一半是「正確的」組合（圓形對應「moma」，尖銳形對應「kipi」），剩下一半是「不正確的」組合（圓形對應「kipi」，尖角對應「moma」）。我們以無規則性的隨機順序呈現正確和不正確的配對。我們的預測是：如果嬰兒能夠認知聲音和形狀是否符合，那麼我們應該能觀察到在這兩種情況下不同的腦部反應。

事實上，這個假設是正確的。而且不只如此，實驗竟然還讓我們看到了N400的腦波反應，即當呈現「不正確的」組合時，出現了我們在觀察成人聽到「狗」這個詞卻看到貓的圖像時的相同反應。

這個結果指出了一個有趣的可能性。即使是幾乎還不會任何詞語的十一個月大的嬰兒，他們也隱約地知道人類發出的聲音指示著某物的這個行為。而且，他們能夠辨識「聲音感覺符合」的物體是否是詞語指示的對象。因此，當詞語的聲音與「聲音感覺不符合」的物體對應時，他們會有異樣的感覺。

在第二章中，我們提到成人會將擬聲詞作為語言和環境音進行雙重處理。當對象和詞語的聲音相符合時，大腦左半球負責語言聲音處理的區域會運作，但右半球負責處理環境音的區域（顳上溝）也有強烈的運作反應。

實際上，即使是還沒有正式開始學習語言的嬰兒，當詞語的聲音和對象符合時，右半球的側頭葉也會有強烈的運作。大腦天生就會將聲音和對象進行配對，這或許是詞語的聲音成為與身體接地的第一步的契機吧。

## 命名的覺知——海倫．凱勒的啟發

當聲音與對象的對應自然而然地被理解時，會產生出什麼結果呢？經過無數次的經驗後，嬰兒能夠獲得「詞語是有意思的」這樣的覺知。

一般來說，無法從詞語（單詞）的發音直接推斷出意思。例如，「fish」、「poisson」、「魚」這些單詞在英語、法語和中文各代表了「魚」的意思。這些詞語的發音並不直接暗示「魚」的意思，它們的發音也並不相似。換句話說，詞語的音與意思之間並沒有直接的關聯。

但擬聲詞則不然。「トントン」（tonton）、「ドンドン」（dondon）、「チョコチョコ」（chokochoko）、「ノシノシ」「noshinoshi」等，每個詞的音都與其意思相關聯，這意味著音可以傳達意思。即使稍微改變發音，比如把「チョカチョカ」（chokachoka）、「ノスノス」（nosunosu），也能保持輕快或沉重緩慢的感覺。一般的詞語就無法如此，例如，把「サカナ」（sakana，魚）的最後一個母音改成其他字母，比如變成「サカノ」（sakano），就會完全變成與「魚」無關的意思。

對於已經熟練掌握語言的我們這些成人來說，聲音有其指示的對象，且具有意思的「命名」這件事，似乎是理所當然的。然而，仔細想一想，嬰兒是如何意識到這種「命名」呢？

事實上，每個對象都有自己獨特的名稱，這是一個偉大的覺知。失去了視覺和聽覺的海倫．凱勒，當她的老師蘇利文在她的手掌上滴了冷水時，用手指拼寫「water」之後，她突然意識到這個手指拼寫的動作代表著流在手掌上的冰冷液體的名稱。許多人都知道這個故事吧。

在此之前，海倫已經意識到當物品交給她時，蘇利文老師的手指有不同的動作，但是，她並沒有意識到蘇利文老師的手指拼寫形成了該對象的「名稱」。雖然她學會了手指拼寫，當物品交給她時她也能拼寫出來，但她後來回憶說這只是「有樣學樣」而已。當她意識到「water」這個拼寫代表著名稱時，她得到了一個啟發，即所有的事物都有名稱。這個啟發就是「命名的覺知」。

命名的覺知是語言習得的重要第一步。人類透過發現視覺、觸覺和聲音之間的相似性，自然地對應並連結起來的語音象徵能力，引導出物體有名稱的意識。這種意識讓人會想要記得身邊的事物與行為的所有名稱而帶動詞彙的急速增長，產生所謂的「詞彙爆發」現象。當詞彙增加時，兒童會注意到詞彙中潛藏的各種模式。這種意識進一步幫助他們推斷新單詞的意思，成為推動詞彙增長的原動力。

當聲音與意思自然連結起來時，即使是嬰兒也能感覺得到，或許這就是引發「單詞是有意思的」這種「命名的覺知」的契機。因此，成人才經常對嬰兒使用擬聲詞吧。（然而，雖然這很重要，但這只不過是一個契機，嬰兒要獲得「命名的覺知」還需要設想更多的認知能力，這部分將在第六章中詳細說明。）

## 奎因的「Gavagai問題」

實驗結果確實表明，嬰兒即使沒有特別訓練，也能建立起聲音和對象之間的連結。但嚴格來說，僅僅找到一個對象並不等於學會了「詞語的意思」，也無法使用該詞語。為了使用詞語，不僅要知道最初連結的指稱對象，還必須能夠辨別該詞語可用於其他哪些對象，不可用於哪些對象。

這是一個相當困難的問題，特別是對動詞來說更困難。因為動詞主要指的是動作或行為，而動作或行為必定包含很多除了動作以外的訊息，比如對象物（動作主體、動作對象、工具）或背景等。

舉例來說，在圖4－4中，我們可以區分插畫A表示「踏踩竹子」，B表示「壓扁罐子」這兩種表達方式。但事實上，在這兩個場景中，腳對於對象施加壓力這一點是非常相似的。然而，「踏踩」有著「用腳」向下施力的核心（中心）意思；而「壓扁」的情況則是不一定是

圖 4-4 「踩踏」（左）與「壓扁」（右）

圖 4-5 「ノスノスしている」（nosunosushiteiru，形容動物正在走路的某種姿態）

用腳施力，也可以用手，所以「用腳」並不包含在這個詞的核心意思裡。在後者的情況下，施力的結果原本就包含了讓本來有厚度的物體變得扁平的核心意思在內，所以「在初始狀態下物體有厚度」是核心意思之一，如這幅插圖，在只能看到一個場景的情況下，即使是成人也很難理解意思吧。

這個問題被美國哲學家威拉德・范奧曼・奎因（Willard Van Orman Quine, 1908-2000）作為一個「邏輯上無法解決的問題」提出，並將他提出的例子命名為「Gavagai問題」[4]。一個完全不知道說著何種語言的原住民指著在草原上跳躍的兔子，大喊「Gavagai」。「Gavagai」是什麼意思呢？我們直覺地會認為理所當然指的是「兔子」。但這原住民可能是用「Gavagai」來指「跑過草原的小動物」；也可能是「披著白色蓬鬆皮毛的動物」，或是「白色的毛」；甚至或許是「兔肉」的意思。奎因要指出的是，從一個指稱對象到可以被概括的可能性幾乎是無限的，而這正是兒童們在學習詞語時經常面臨的問題。

即使是要表現如圖4－5中一個角色的簡單動作的動詞也不容易。當看到這個情景時，

4 譯注：在《詞與物》（Word and Object）中，奎因提出了一個著名的案例「gavagai」：以澳洲土著的發音「gavagai」來說明我們以為語詞的意思可以從所應用的事物決定，然而一旦我們仔細分析就會發現，由於使用該語詞時的脈絡，有太多不同的經驗同時刺激著我們，以至於我們無法確定一個特定的語詞到底是用來表示哪個特定的經驗，因而造成翻譯上的困難。所以他論證說，刺激意思無法決定「gavagai」要翻譯成「兔子」、「兔子的出現」、或其它語詞。

聽到的不是擬聲詞，而是「ネケっている」（neketteiru）[5]這種聲音與意思之間沒有關聯的動詞時會怎麼樣呢？「ネケっている」（neketteiru）這個動詞是指「兔子做出來的動作」或「正在走著」，還是「像蹲踞[6]的樣子慢慢地交替踏出腳步行走著」呢？根據不同的解釋，「ネケる」（nekeru）可使用到的範圍就會有很大差異。

讓我們看一個實驗。給一個大約三歲的孩子看圖4－5中兔子的動作，一邊教他們「ネケっている」（neketteiru）這個動詞。之後讓他們看一隻熊做同樣動作的影片，以及同一隻兔子用小跑步快速前進的不同動作的影片，然後問：「『ネケっている』（neketteiru）是哪一個影片？」孩子可能無法分辨。但是，我們發現，如果教他們一個實際上不存在的擬聲詞動詞「ノスノスしている」（nosunosushiteiru），他們就會毫不猶豫地選擇熊做的那個動作。因為「ノスノス」（nosunosu）的聲音與意思是有對應的，他們直覺地知道動詞應該與哪個動作連結對應。

而且，令人驚訝的是，這個效果不只在日本的兒童身上。以英語為母語的三歲兒童在學習動詞時也面臨了與日本兒童相同的困難，像圖4－5那樣的動作，如果不是使用像「fepping」這種擬聲詞的新創動詞時，當動作主體發生變化的時候，他們也無法將新創動詞用於相同的動作上。英語中的擬聲詞並不像日語這麼豐富，而且即使這些兒童完全不了解日語的擬聲詞，但當他們聽到像「doing nosu-nosu」這個句子時，仍然能夠將這個新奇的動詞概括化地用在能做的相同動作上。

換句話說，在究竟是關注人物、關注動作方式還是關注移動方向的這些曖昧性當中，擬聲詞的發音自然而然地教會兒童應該要關注哪個要素。因為擬聲詞與動作之間有對應關係，有助於幫助兒童掌握做為概括化標準的意思之核心。

## 也可以學到單字是具有多義性的

如第三章所述，每個單字都在廣泛的脈絡中使用，具有廣泛的意思，所以多義性也是語言的重要特徵之一。例如，日語動詞「切る」(kiru)可能有哪些意思呢？

①用菜刀切蔬菜（野菜を包丁で切る）

②把洗好的蔬菜水分瀝乾（洗った野菜の水を切る）

5 譯注：「ネケ」和「ノスノス」都是作者為了舉例而編造、實際上並不存在的字。

6 譯注：日文用「しこを踏むように」，這裡是指如相撲力士站在土俵上，雙腿彎曲輪流抬高、踏地的動作。

③掛斷電話（電話を切る）
④關掉電腦的電源（パソコンの電源を切る）
⑤終止合約（契約を(打ち）切る）
⑥試著在期限前完成（期限を切って試してみる）
⑦打頭陣（先陣を切る）

稍加思考就能想到這麼多不同的用法。

兒童光是要記住動詞的一個意思就很困難了，更不用說記住一個動詞的多種意思，難度可想而知。當他們記住一個單字的意思後，一旦讀到一個句子中使用了與自己所知意思不同的相同單字時，他們會依據已知的意思誤解（自行推斷）句子的意思，而不是根據句子的意思來理解該單字的新意思。他們原本並不理解一個單字可以有多種意思，也就是不懂單字具有多義性這件事。

擬聲詞可以幫助兒童理解單字具有多義性。因為擬聲詞也是多義性的，可以在不同的脈絡下使用。讓我們以「コロコロ」（korokoro）為例：

①球滾來滾去（ボールがコロコロと転がる）

②社長的話經常變來變去（社長の話はコロコロと変わる）
③我們的隊伍持續一直輸（僕たちのチームはコロコロと負け続けた）
④圓滾滾的可愛小狗（コロコロとしたかわいい子犬）
⑤雨蛙嘓嘓地叫著（アマガエルがコロコロと鳴いている）

各別看這些不同句子脈絡中的「コロコロ」（korokoro），意思差異很大。分別指的是：小而輕的物體邊轉邊移動；敘述的內容就像物體旋轉般變化著；形容就像圓滾滾又輕巧的東西自然地轉動般容易失敗；像球一樣圓滾滾的可愛小狗；像輕巧的物體旋轉一樣輕快且持續的叫聲。

就像「切る」（kiru）一詞，聲音和意思之間的關係不容易理解，從「用剪刀等刀具切分對象物」的意思到關掉電器或切斷電源，或日期的截止意思之間的關係性，都很難理解，對於兒童或學習日語的外國人來說應該會感到很困惑。但是，如果是「コロコロ」（korokoro）這個詞，由於它的發音帶有輕盈、圓滾滾的形象，因此即使意思相距甚遠，也能感覺得到大致意思。

可以說這種經驗能為兒童帶來洞察力，察覺「詞語的意思會隨著句子脈絡而變化。因此，不應該強加自己已知的意思來勉強解釋句子，而是應該根據句子脈絡調整意思」。

## 擬聲詞是語言學習的基礎

擬聲詞在聲音與意思的連結，可以幫助嬰兒的不僅僅是學習單詞的意思，擬聲詞（特別是在日語裡）基於各種不同的規則被使用著。

如第三章所述，擬聲詞從要素中創造具有新意思的新詞語，生產力相當驚人，而且是有系統性的。例如，以「パ」（pa）為詞根可以衍生出「パッ」（pa）、「パッパ」（pappa）、「パン」（pan）、「パンパン」（panpan），以及「パーッ」（paa）、「パパッ」（papa）、「パーン」（pan）、「パパーン」（papapan）等多樣的形式。即使只有一拍的詞根，也可以產生這麼多的變化。

當詞根增加到二拍（例如「チク」（chiku）、「パチ」（pachi）、「パク」（paku））時，生產性進一步增強。假設有四個子音和五個母音的組合，那麼一拍的「子音＋母音」組合可以產生二十個詞根，而二拍的組合則可以產生四百個詞根。透過重複和附加接詞等方式，可以形成多種不同的形態，例如從「パク」（paku）到「パクッ」（paku）、「パクン」（pakun）、「パクリ」（pakuri）、「パックリ」（pakkuri）、「パクパク」（pakupaku）、「パクパクッ」（pakupaku）、「パックン」（pakkun）等等。

當觀察到一些詞根具有這種變化模式時，兒童會毫不遲疑將其應用於其他詞根，並開始自己創造擬聲詞。第三章提到的以「ばよっ　ばよっ　ばよっ」（bayo bayo bayo）描述挖土機的故事就是一個例子。

不只是擬聲詞，核心要素（詞根）上有規則性地附加小型要素（接詞）可以改變意思，也是所有詞語都具備的重要特徵。例如，「確か」（tashika，確定）可以衍生出「確かさ」（tashikasa，確實性）、「確かめる」（tashikameru，查明、確認）、「不確か」（futashika，不準確、不確定）、「不確かさ」（futashikasa不確定性）等。同樣的情況也存在於動詞的詞形變化中，如「笑う」（warau，笑）→「笑わす」（使役，warawasu，逗人笑）→「笑わされる」（被動，warasareru，被人逗笑）→「笑わされます」（禮貌形，warasaremasu，被人逗笑）→「笑わされました」（過去式，warasaremashita，被逗笑了）。

藉由結合接詞來改變單詞的意思。透過用這種方式創造的單詞，根據文法規則組合成句子。原本語言的意思就是由各種要素的組合構成的。

**擬聲詞是語言的微型世界**，與一般詞語一樣，擬聲詞也透過加上接詞來變化。在繪本中，擬聲詞被廣泛使用，讓兒童閱讀繪本時，他們會發現核心要素上還有很多小要素。他們意識到詞語是由要素的組合構成的，並從大塊中抽取小要素來思考其意思。從繪本中常見的擬聲詞中，他們不只會思考單詞的意思，還會練習思考文法上的意思。

## 總結

兒童學習語言不僅僅是記住單詞的發音和其表示的對象之間的對應關係。他們自己也會發現構成語言的各種機制，然後記住使用自己發現的東西來創造意思的方法。

兒童最初需要發現的是，他們今後要學習並使用的語言是有意思的，語言的意思基本單位是單詞，單詞是由聲音組合而成的，而組合中存在規則（語法），改變組合就可以產生不同的意思等，兒童必須要靠自己的力量一一學習這麼多的東西。

兒童都很喜歡擬聲詞，這不只是因為擬聲詞是感覺的、且易於理解，還因為它可以用一個擬聲詞以換喻式的方式來表現整個場景，而且容易在聲音的強弱、語速、節奏等方面表達情感。擬聲詞吸引著兒童進入語言的世界，因而激發了兒童對語言的興趣，使他們想要聽更多、想要說話、想要使用語言。光這一點就是非常重要的作用，而且透過熟悉擬聲詞，兒童還可以學習語言的各種特性。例如，他們可能會有以下的發現：

①從擬聲詞的節奏和聲音，他們會注意到母語的發音特徵和發音的排列方式等特點。

②透過感覺上「感受」聲音和視覺訊息的對應，他們會意識到由人發出、進入耳朵的「聲音」，所「指的」是什麼。這會讓他們理解到「語言具有意思」的概念。

從擬聲詞得到的領悟

① 母語的發音、排列方式的特徵

㋻ニ（wani，鱷魚）、㋻イシャツ（waishatsu，襯衫）…（一般詞語）

‖

「ふわふわ」（fuwafuwa，輕飄飄、軟綿綿）

‖

㋫トン（futon，棉被）、㋫グ（fugu，河豚）、トウ㋫（toufu，豆腐）…（一般詞語）

② 人發出來的「聲音」所「指的」是什麼

→ 意識到詞語擁有意思

③ 母語特有的音與意思的結合

ゴトゴト＝大きい（gotogoto ＝大的）←→ コトコト＝小さい（kotokoto ＝小的）

→ 能夠自己創造擬聲詞

④ 兒童應該注意的部分、
使詞語意思更容易被發現的作用

圖 4-6 擬聲詞的角色

③他們會以感覺來記住母語特有的音與意思的結合（例如聲音的清濁與對象的大小之間的對應），這對於成年後能夠有效地創造和使用擬聲詞，亦即成為可以根據情況即興創作新的擬聲詞的基礎。

④在擁有過多要素的情況下，擬聲詞的圖像性有助於引導兒童注意單詞指示的部分，使他們更容易找到意思。動詞和形容詞將眼前所見對象的一小部分擷取出來形成意思。學習動詞時，必須只專注於動作主體、動作對象、工具、背景等許多要素中的動作和行為；學習形容詞時，必須只從物體的觸覺、樣貌、大小、重量等挑選出特定特徵。擬聲詞成為兒童為了「擷取」眼前訊息的武器。

綜合來看，擬聲詞在語言習得中的角色（見圖4－6）可以說是給予兒童對語言整體大局的觀點。對於不得不從一無所知的狀態開始的兒童，面對抽象式符號的龐大且複雜體系的語言，剛開始別說走路，連站立都無法的兒童，他們要用什麼方法才能攀登語言這座高山呢？要窮究這個祕密，就要解開符號接地問題，以及語言習得之謎。

在本章中，我們談到了有助於聲音和其他感覺型態（sensory modality）對應的擬聲詞的圖像性，對於助嬰兒一臂之力踏入這個龐大且抽象的語言符號體系，扮演了擔任基礎的重要角色。然而，光是這樣並不能習得語言。在第六章中，我們將探討語言學習的初學者如何在離開擬聲詞的同時，將為數龐大的抽象式詞語變成自己身體的一部分。

然而，在那之前，接下來的第五章暫時先將視角從兒童轉移到「語言」，探討語言是如何脫離擬聲詞，並逐漸發展成龐大的符號體系。一起來思考語言的演化過程吧！

# 第五章　語言的演化

即使是嬰兒也能理解擬聲詞的音與意思之間的聯結。在前一章已提到，這意味著嬰兒對於自己即將學習的母語，成人發出的聲音具有什麼樣的意思，以及該聲音擁有何種特徵等，他們能概略地以直覺來理解。

然而，語言並不是只由擬聲詞構成，大多數的詞彙是指「聲音本身無意思的普通詞彙」，且這些詞彙並非獨立存在，而是組成一個彼此之間產生關聯的龐大系統。從整體性的觀點來看語言習得的問題時，兒童記得擬聲詞以外的大量詞彙，並進一步發現這些詞彙與系統中其他詞彙的關係，最終必須自己建立起一個龐大的意思系統。兒童在沒有圖像性（即音與意思的相似性）的幫助下，如何能夠記得如此龐大數量的符號體系呢？

筆者們從「擬聲詞是什麼」這個問題出發，如同一個套著一個的俄羅斯娃娃般，不斷產生出新的疑問。進行探究，即是與更本質性的問題相遇。因此，筆者們想要弄清楚擬聲詞的性質和作用的探究，轉變為思考「語言習得」、「語言演化」，不知不覺變成追尋「語言的本質」這如同以攀登聖母峰為目標的旅程。這座山無法以直線最短距離的方式來攀登，在不斷遭遇困難時咬牙克服、或者繞道而行，必須一邊開拓新路，一邊前進。

在本章中，我們將探討為何在語言演化的過程中，許多詞彙的「擬聲詞性」逐漸減弱，且詞彙的大部分轉變為「任意的符號體系」。然而，作為進行這種考察的前提，我們必須重新思考語言的身體性。

到目前為止，我們已經闡述了擬聲詞所具有的身體性。但是，所有擬聲詞的身體性是否真的與身體直接相關呢？反之，普通詞彙與身體的聯繫是否不存在呢？當我們思考這些問題時，我們最終會回到「身體性是什麼」的這個疑問上。

## 語言的理解需要身體性嗎

語言是否具有身體性？或者說是否必須要有身體性呢？傳統上，語言學界的主流觀點認為語言與身體並無關聯，亦無其必要性。然而，擬聲詞違背此種觀點；實際上，擬聲詞的存在本身就是對這種觀點的挑戰。關於此一見解，在第三章已經談過傳統語言學將擬聲詞視為語言的邊緣部分，擬聲詞被認為是不太重要的例外。

這種看法在早期（一九九〇年以前）的人工智慧（ＡＩ）研究中也得到了一定的共識。那個時代的ＡＩ，設想人類的知識可以透過簡單概念的符號來表現，只要透過組合這些符號，就可以創造出任何複雜的概念。

然而，一旦將語言視為「傳遞意思的媒介」，並開始思考意思是如何產生的這個問題時，對於人類說話的語言是從身體分離出的抽象式符號展開的這個想法，令人很難直覺地接受。語言作為人類的溝通工具，為了對他人傳達各種意志和情感、形成社群共識，用重要的語言構成的符號體系，應該具有源於透過身體獲得的感覺、知覺、運動和情感等訊息的意思。要從什麼樣的途徑才可能理解這種語言的雙重性呢？

## 永遠的旋轉木馬

這個問題一直被認知科學界視為一個尚未解決的難題。它是我們在「前言」中提到的，成為激發我們探究契機的「符號接地問題」。

認知科學家史蒂芬．哈納德批評了人類試圖透過給予機器符號來解決問題的人工智慧

（ＡＩ）的符號取向（approach），並指出只用符號來描述符號的意思是不可能的。他的論點是，要讓語言這種符號體系有意義，基本的一組詞語的意思必須在某個地方與感覺接地（ground）。為了具體描述這個問題，他舉了學習外國語言時只能從該外國語言的符號來學習的情況為例（今井睦美譯）：

假設你想學習中文，但你可以得到的資訊來源只有中文詞典（以中文解釋中文的詞典），那麼你將永遠在毫無意思的符號序列的定義之間徘徊，永遠無法理解其中的「意思」。

完全無法理解毫無意思的符號的意思，而且也無法用其他同樣毫無意思的符號來理解。另一方面，透過母語的詞語是可以理解中文的，因為母語的詞語能夠「以感覺接地」，透過接地的詞語，我們可以理解未接地的外國語言符號。

哈納德提出的符號接地問題，實際上也是兒童在學習母語時會遇到的問題。完全不了解任何詞彙意思的兒童無法透過完全沒有意思的符號來獲得新的符號。對於完全不了解語言和感覺之間聯結的兒童來說，是不可能使用詞典來學習語言的。

然而，成人卻能夠將一些似乎與感覺沒有接地（連結）的概念，以彷彿它們與感覺接地的方式進行語言表達。事實上，我們的語言中包含許多用來表現眼睛看不見、沒有物理性實體的抽象概念的詞彙。舉例來說，想想看「愛」這個詞，「愛」這個詞語所指示的概念並沒有物理性的實體。不知道「愛」這個詞的兒童就不能理解「愛」這種情感嗎？

從直覺上來看，即使不了解「愛」這個詞，至少兒童對於自己所感受到的「愛」是能夠理解的。

接下來，讓我們來思考機器是否能理解「愛」。如果將「愛」的定義以詞語形式輸入到自然語言處理系統中（例如輸入日本出版的所有辭典中關於「愛」的解釋等），那麼機器是否能夠理解「愛」的意思呢？

另外，在前面我們經常使用到「身體性」這個詞，但究竟「身體性」指的是什麼呢？實際上，這是在思考語言是什麼的時候，一個本質上的問題。反過來說，擬聲詞的意思是「身體性」的嗎？

哈納德指出，機器僅依靠詞典的定義來「理解」詞彙的意思，就像是坐在完全沒有接觸地面的旋轉木馬上，不斷地「從符號到符號的漂流」一樣。然而，他也提到為了避免永遠坐在旋轉木馬上的狀態，並不是所有的符號都需要直接與身體連結，只需最初的一組詞彙與身體接地即可。而只要在某種程度數量上擁有與身體相連結的詞彙，透過組合這些詞彙，或者將它們與其他詞彙對比，即使沒有直接的身體經驗，也可以作為與身體接地的方式學會新的詞彙。

這種想法從發展心理學的角度來看非常合理，但為了理解語言習得的機制，更重要的是後續的細節。我們需要更詳細地了解語言是如何從身體脫離的，我們想要詳細理解這個過程。然而，關於這點，哈納德自己的研究已經在此處結束，留下了許多問題。最初與身體接地的那一組詞彙是什麼？語言如何從身體脫離？這兩個問題對於語言習得，甚至是語言演化來說都是非常重要的。

## AI能夠解決符號接地問題嗎

實際上，身體性是一個複雜的概念，因此這裡稍微介紹一下其歷史背景並加以整理。

正如前面所述，AI對於「身體性」這一概念的關注，是作為對「符號主義」的反思而出現的。那麼為了讓「機器具有身體性」，該怎麼做呢？在早期的AI中，只有負責計算的「大腦」，由於電腦沒有身體，無法與身體相連，所以只要讓大腦擁有身體就好了。因為視覺訊息非常重要，因此我們可以為機器裝上作為眼睛的相機，以取得視覺上的訊息。或者，讓它們擁有裝上感測器的手腳，以取得感覺訊息，特別是觸覺訊息。這就是一些ＡＩ的研究者推動的機器人研究。

然而，有一個困擾，那就是情感問題。表現情感的表達在交流中非常重要。直接表現情感的詞彙很豐富，例如，擬聲詞中的「ワクワク」（wakuwaku，興奮）、「ドキドキ」（dokidoki，緊張）、「イライラ」（iraira，煩躁）、「ムカムカ」（mukamuka，厭惡）、「カーッ」（ka，生氣）；一般詞彙如「うれしい」（ureshii，開心）、「悲しい」（kanashi，傷心）、「楽しい」（tanoshi，愉快）、「怒る」（okoru，憤怒）等等。此外，表達情感的詞彙不僅限於直接表達情感的「情感詞」。

例如，將櫻花花瓣飄落的情景用「ひらひら」（hirahira）或「はらはら」（harahara）來表現，這兩個詞彙都是常見的表現方式，但是，「はらはら」（harahara）包含了某種悲傷、哀愁感的意思，而「ひらひら」（hirahira）則沒有。大多數人對於「さらさら」（sarasara，乾爽流暢）、「すべすべ」（subesube，光滑的）、「もふもふ」（mofumofu，柔軟蓬鬆）會感覺到舒適的觸感；而對「ざらざら」（zarazara，手感粗澀）、「べたべた」（betabeta，黏糊糊）則抱著討厭的印象。這種「情感價值」是詞彙意思中非常重要的一部分。

筆者（今井）從詞典中收集了大量觸覺的擬聲詞，並請大學生根據硬度、凹凸感、摩擦感、彈性、黏性（黏著感）、潮濕度、喜好度等七個指標軸來評估這些詞語，並使用主成分

分析[1]等統計方法來研究這七個指標軸之間的相互關係。視覺化的結果就是圖5－1。圖中的數字代表評估觸覺相關擬聲詞。例如，1是「さらさら」（sarasara，乾爽流暢），2是「すべすべ」（subesube，光滑的），26是「ぬるぬる」（nurunuru，滑溜溜），27是「ぎとぎと」（gitogito，黏稠油膩）。

從圖中可以看出，「喜好度」與其他六個評估軸相較是獨立且最具分量的。換句話說，喜好度在理解表現觸覺的詞彙意思時，不只是附加的訊息，在意思上更是不可或缺的訊息。

透過相機和感測器測量取得

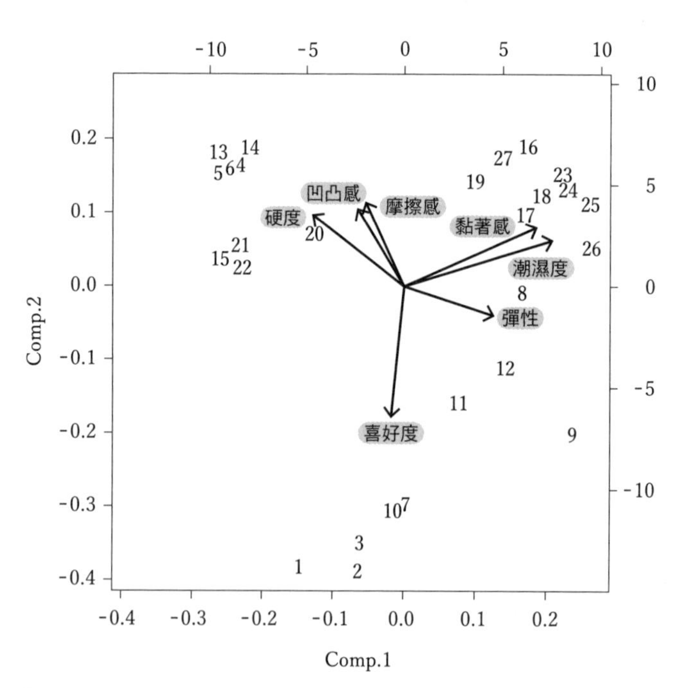


圖5-1 45名母語為日本語者的觸覺擬聲詞的質感評估

的感覺訊息，是否能夠將符號接地到身體上呢？雖然直接用感測器測量情感似乎很難，但是利用腦部活動、心跳、出汗等物理性的指標來推測人類情感的研究正積極的進行中。如果對機器人（AI）提供這些詞彙聽到時的腦活動值、心跳、出汗訊息，那麼機器人是否能夠體驗情感，將詞彙與身體接地呢？

雖然我們將在第六章討論AI中的符號接地問題，但現在暫時先記住，在詞彙的意思中，尤其是一部分擬聲詞的意思裡，情感價值佔據了非常重要的比重。

接下來，讓我們來思考一個問題，那就是與身體連結的詞彙是否僅限於擬聲詞，一般詞彙與身體並無連結嗎？

## 一般詞語和身體性

在第二章裡，我們指出了以日語為母語的成人在處理擬聲詞時，同時將其視為語言聲音

1 譯注：主成分分析（Principal Component Analysis, PCA）是一種統計分析、簡化數據集的方法。它利用正交變換（orthogonal transformation）來對一系列可能相關的變數測值做線性變換，從而投影為一系列線性不相關變量的值，這些不相關變量稱為主成分。

和環境聲音。進一步地在第四章中，介紹了正在開始學習語言的嬰兒與成人一樣，將擬聲詞視為環境聲音在大腦右半球進行處理的研究結果。因此得到的結論是，擬聲詞被認為是將非語言和語言聲音處理相連接的詞彙，並且比一般詞彙更緊密地與身體相連。

然而，具有身體性的詞彙，即哈納德所說的「最初與身體連結的一組詞彙」，是否僅限於擬聲詞？一般詞彙是否完全與身體沒有連結呢？讓我們繼續探討本章開頭的這個問題。

## 音與意思的聯繫

例如，「やわらかい」（yawarakai，柔軟的）和「かたい」（katai，堅硬的）不是擬聲詞，然而正如我們在第二章中看到的那樣，「やわらかい」（yawarakai）這個詞的音，尤其是開頭的y、w、r聽起來比較柔軟，「かたい」（katai）中的k、t聽起來比較硬。同樣，「おおきい」（ookii，大的）的「お」和「ちいさい」（chisai，小的）的「い」作為長母音出現在詞首，分別給人大和小的印象。因此，即使是對日語完全陌生的人，也可以大致猜測每個形容詞對應的意思。這僅僅是巧合嗎？

我們希望讀者也能體驗到類似的事情。以下的測驗涉及不太熟悉的語言中相反意思的形容詞，試著看看能正確回答多少題：

①印度的泰盧固語（Telugu）中，「caturasraṁ」和「guṇḍraṅgā」，哪個詞彙表示圓形？

②丹麥語中，「tæt」和「langt」，哪個詞彙表示近的？

③越南語中，「mềm」和「cứng」，哪個詞彙表示柔軟的？

④蘇丹的卡洽語（Katcha）中，「itilli」和「adagbo」，哪個詞彙表示多數的？

⑤愛沙尼亞語中，「vaikne」和「lärmakas」，哪個詞彙表示安靜的？

⑥亞馬遜的皮拉哈語（Pirahã language）中，「piʔi」和「tʃoihii」，哪個詞彙表示短的？

⑦巴布紐幾內亞的格拉斯．科亞里語（Grass Koiari）中，「gomugo」和「iha」，哪個詞彙表示髒的？

⑧美國西北部的內茲珀斯語（Nez Perce）中，「hɪcaaw̰ɪc」和「wɪʔxwɪʔx」，哪個詞彙表示重的？

⑨美國東南部的那齊茲語（Natchez）中，「məjokup」和「pelalneken」，哪個詞彙表示明亮？

⑩大洋洲所羅門群島的薩爾薩沃語（Savosavo）中，「bo̞bo̞raɣa」和「se̞ɾe̞」，哪個詞彙是指黑色？哪個是白色？

正確答案如下：

①「guṇḍraṅgā」是圓形；②「tæt」是近的；③「mɛ̂m」是柔軟的；④「adagbo」是多的；⑤「vaikne」是安靜的；⑥「tʃoihii」是短的；⑦「gomugo」是髒的；⑧「wɪʔxwɪʔx」是重的；⑨「pelalneken」是明亮的；⑩「bọbọraɣa」表示黑色，「sẹrẹ」表示白色。

大部分的人都可以答對七成吧？

## 隱藏起來的擬聲詞

為什麼我們在一般詞語中也會感受到聲音和意思之間的連結呢？事實上，在我們現在不認為是擬聲詞的「普通詞彙」（一般詞語）中，以前是擬聲詞的詞語，數量多到驚人。

例如，「たたく」（tataku，敲打）、「ふく」（fuku，吹拂）、「すう」（suu，吸）這些動詞。根據研究擬聲詞歷史的第一人山口仲美所說，這些動詞分別是以「タッタッ」（tatta）、「フー」（fu）「スー」（su）這些擬聲詞為基礎創造出來的詞，而詞尾的「く」（ku）在古語中是為了動詞化的詞綴（affix）。同樣地，甚至「はたらく」（hataraku，工作）也被認為源自於「ハタハタ」（hatahata，表示連續敲打的聲音）這個擬聲詞。

動物的名稱中也有很多是源自擬聲詞。「カラス」（karasu，烏鴉）、「うぐいす」（uguisu，黃鶯）、「ホトトギス」（hototogisu，杜鵑鳥）這些名稱是由模仿叫聲的擬聲詞「カラ」（kara）、「ウグヒ」（uguhi）、「ホトトギ」（hototogi）再加上表示鳥的詞綴「ス」（su）而成。而「ヒヨコ」（hiyoko，小雞）則是由「ヒヨヒヨ」（hiyohiyo，小雞或雛鳥的鳴叫聲）再加上表示可愛事物的詞綴「コ」（ko）而成。

這些例子顯示了我們認為的一般詞彙中，很多原本可能是源自於模仿對象的擬聲詞。從這點來看，我們能夠理解為什麼即使不是擬聲詞，仍然會在一般詞語中感受到聲音和意思之間的連結。然而，與其將擬聲詞像效果音一樣、作為感嘆詞使用，人們為了將其作為事物名稱或動詞使用，會加上詞綴，或使其變成普通詞語的形式。這麼一來，擬聲詞所擁有的「用聲音來模仿意思」的感覺就會逐漸淡化。

## 擬聲詞與日語的方言

如同第二章所述，擬聲詞並非世界通用，相反地，它們更具言語特定性，或說區域特定性（即方言性）。因此，非母語使用者，就連同一種語言的使用者中，如果不使用相關方言的人，很多也無法理解擬聲詞的含義。即使是像擬聲那種模仿對象的詞語，如果方言不同，也可能無法理解它們所模仿的對象是什麼。為何會發生這種現象？這個問題可能為我們思考語言多樣性產生的原因和方式提供了一些線索。

例如，「チャコ」（chako）、「タコ」（tako）、「グルー」（guru）這些詞在日語的方言中指的都是某種動物的名字。它們都源自於不同方言的擬聲詞。你能猜出這些是指什麼動物嗎？

答案是貓。「チャコ」（chako）是東北地方的方言中，用來呼喚貓咪時的咂舌聲，也就是在發音時舌頭在口中運動並吸氣時所發出的聲音。後面再加上表示可愛的詞綴「コ」（ko），形成「チャコ」（chako）。在山形一帶的方言是「チャコ」，而在宮城那一帶的方言則音變為「タコ」（tako）。

在鹿兒島縣喜界島的方言中，用「グルー」（guru）來稱呼貓，這似乎是源自於貓發出的喉音而形成的擬聲詞「グルグル」（guruguru）。這個「グルグル」（guruguru）來自呼喚貓時使用的呼喚語「グルグル、グルグル」，甚至去掉重複部分，在詞尾加上長音，變成用來指稱貓的名詞。

就連一般詞語中的「ネコ」(neko)一詞，據說也是源於模仿貓的叫聲「ネーネー」(nene)，再加上表示可愛的詞綴「コ」(ko)。在現今，貓的叫聲常被模擬成「ニャン」(nyan)，在幼兒語中也會用「ニャンコ」(nyanko)來稱呼貓。換句話說，明明是要來表現、模仿貓，所以使用了叫聲，但是，在模仿貓的時候，使用的並不只是貓在撒嬌時發出的可愛叫聲，還包括「グルグル」(guruguru)這種喉音、或是呼喚貓的時候，人所發出的聲音，都有可能成為代表貓的擬聲語的根源。因此，正是這種差異，導致了不同的方言或語言之間的擬聲語的歧異。

## 為什麼會存在語言和地域的特殊性呢?

明明擬聲詞應該是模仿目標對象的聲音或動作，為什麼在不同語言之間會變得如此多樣化呢?答案與第一章提到的擬聲詞與圖畫或圖形字的不同之處有關。圖畫或圖形字相對容易描繪目標對象的整體，就像緊急出口的標誌一樣，即使經過簡化，只要捕捉到整體特徵，任何人都能理解它所指的目標對象是什麼。

然而，語言的音（聲音）很難模仿事物的整體樣貌。雖然會擷取顯著的特徵來模仿，但因為事物的特徵通常是多數的，會選擇擷取哪些特徵來模仿是取決於各個語言。例如，在表現動物時，通常選擇模仿其叫聲，但像前面提到的貓的例子一樣，除了叫聲以外，有時也會模仿他們喉嚨發出的喉音，或是人類呼喚貓時發出的咂舌聲。這麼一來就產生了「模仿方式」的多樣性。

這一點在手語中也是一樣的。以表現貓為例，在美國手語中，會用單手的食指和拇指做出捻鬍鬚的動作；而在英國手語中則用雙手的五根手指描繪鬍鬚的樣子；在日本手語中則是用單手的拳頭貼在臉頰上，模仿貓洗臉的樣子。這些手勢都各自捕捉到貓的顯著特徵，但模仿的重點與如何模仿則因語言而異，呈現出多樣性。

此外，擬聲詞並不是直接模仿環境中的聲音，而是受到該語言音韻體系的強烈制約。例如，雞的叫聲在日語中是「コケコッコー」（kokekokko），但在英語中，使用了日語中不常見的「ドゥ」（doo）音，表現為出來的是「cock-a-doodle-doo」。在中文裡，則是「咕咕咕」（gū gū gū），而在泰米爾語（Tami）中，則是「kokkara-ko-ko」。因此，伴隨著語言，產生了擬聲詞的多樣性。

然而，也不是說只有母語使用者才能感受到擬聲詞的音與意思之間的聯結。如果只是給出一個擬聲詞並詢問它指的是什麼，可能很難回答正確。然而，如同前面提到展現大步且緩

慢行走的動作與小步快速行走的動作，問哪個動作是「ノシノシ」（noshinoshi）哪個是「チョコチョコ」（chokochoko）的實驗，如果針對對立的概念，給予兩個擬聲詞，然後詢問哪個擬聲詞對應哪個動作，即使是不懂該語言的人答對的機率比隨機猜測的更高。

多數擬聲詞的圖像性是在特定語言社群中，從對象的多個特徵中選擇並發現的。因此，該語言社群的使用者對於這些擬聲詞可以感受到強烈的圖像性。然而，對於社群之外的人來說，對這種圖像性的感受就沒那麼強烈。大多數的情況下，他們並非完全感受不到，而是如果從幾個選項中選擇時，答對的機率比隨機猜測更高。亦即，對於母語以外的擬聲詞，大致上也能感受到聲音和意思之間隱約而模糊的聯結。既然擬聲詞的感受程度如此，那麼從非擬聲詞的一般詞語中能夠感受到的語音象徵就更弱了。

## 為什麼語言離開了擬聲詞？

即使在日常溝通中，擬聲詞在日語中也是不可或缺的，但若從整體詞彙來看，擬聲詞的佔比並不高。《日本國語大辭典》收錄的詞彙，包括方言和古語在內，共有五十萬個詞彙；而由小野正弘編纂、收錄最多的擬聲詞辭典《日本語擬聲詞辭典》，包含了方言和過去的擬聲詞，也僅有四千五百個詞彙。簡單計算之下，擬聲詞在整個詞彙中的比例大約只有百分之一左右。在世界上，從未聽說過有擬聲詞比一般詞彙（非擬聲詞）更多的語言。相反地，世界上存在很多沒有系統化的擬聲詞詞彙的語言，英語就是一個很好的例子。這個事實為我們引出了下一個問題：為什麼語言必須離開擬聲詞？

為了探討這個問題的答案，讓我們來思考語言在詞彙發展過程中，出現了什麼樣的選擇，以及經歷了哪些過程。

## 尼加拉瓜手語——從類比到數位的演化

在語言習得和語言演化的研究領域中，中美洲的尼加拉瓜手語研究引起了極大的關注。尼加拉瓜原本沒有類似於日本手語或美國手語那種全國通用的手語，也沒有為聽覺障礙兒童提供正規教育的系統。這些聽覺障礙的孩子大多數沒有上學，只能在家裡與家人用「家庭手語」（Home sign）進行溝通。家庭手語是指為了溝通而在家中（主要由聽覺障礙兒童主動）創造的手勢，只在家庭內部使用。

然而，從一九七〇年代開始，開始建立提供給聽覺障礙兒童受學校教育的環境，到了八〇年代，國家特殊援助教育中心成立。當聽覺障礙的孩子們被集中到學校接受教育時，為了互相交流，他們自然而然地創造出了「學校手語」。因為每年都有新生入學，最初創造出為了自己溝通用的「學校手語」的孩子們，用這些手語與新生進行交流，手語的使用人數迅速增加。現在，這種手語被國際正式認定為「尼加拉瓜手語」，成為一種官方的「手語語言」。

尼加拉瓜手語的演化過程，在探討語言演化上是非常寶貴的資料。關於語言是如何開始的，通常只能根據原始人的頭部、顎、喉等骨骼形態之類非常間接的數據來推測。語言應該是早在文字出現之前就已經開始了，當然，沒有任何紀錄可以告訴我們幾萬年前、幾千年前的社群中，語言是如何產生、成長及演化的。然而，以尼加拉瓜手語的例子來說，語言在同一時代即時發展和演化，而我們可以親眼見證這個過程。

研究人員總結尼加拉瓜手語從起源到幾個世代的變化（演化），用一句話來形容就是「從類比到數位」。第一代使用者是以類比方式來表達，舉例來說，想像一下有人「投球」的情況，投擲的動作可以用各種方式進行。一個人輕輕地扔東西的動作，與一名職業棒球選手全力投出快速球的動作，兩者之間實際的視覺影像差別很大。直接模仿眼前看到的動作便是手勢；以詞語表達，則不受限於當下的動作，而是跨越時空，以普遍的方式指示特定的動作。經過幾個世代之後，手語逐漸脫離作為手勢特徵的直接的圖像性，從時空上的類比式的連續性，深入數位性，成長為普遍的「語言」。（順帶一提，這涉及到第三章討論過的語言大原則中的「超越性」、「經濟性」和「離散性」。）

## 將現象分解為要素再結合

在尼加拉瓜手語的世代變遷中，有一個引人注目的現象是將塊狀物分解為要素，然後再將這些要素重新結合。例如，想像一下球從坡道上滾落的情景表現。現在我們寫的是「滾落」，這個表現是由「滾動」和「落下」這兩個意思要素組合而成的。

讓我們在腦海中試著重新建構實際的情景。「滾動」和「落下」是同時發生的，並且並非隨著時間序列發生的。第一代尼加拉瓜手語使用者是如何表示這個情景的呢？就像圖5－2中所示，他們直接地表達了「一邊滾動一邊落下坡道」的狀態。換句話說，他們用手同時表現了滾動的樣子和移動的方向（落下）。而第二代及之後的手語使用者則將滾動的動作和向下移動分開，並按序列表達。

第二代手語使用者做了什麼呢？他們將實際觀察到的現象分解為更小的意思單位，然後再組合起來。假設要直接描寫對象，表現「滾落」時用「ネケ」（neke），想要表現「滑落」時，就用「ルチ」（ruchi）這個完全不同的詞，這些詞之間沒有任何共通的元素。當要區分「大蘋

第一世代

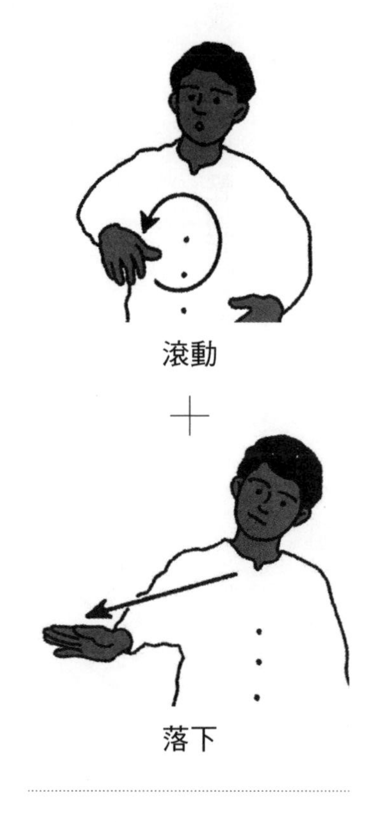


以時間性將狀態與方向分開，序列性的表現

第二世代

圖 5-2 尼加拉瓜手語　從第一世代到第二世代

果」和「小蘋果」時，必須使用不相關的詞彙，如「チモ」（chimo）和「ヘク」（heku）。同樣，對於「最大的蘋果」、「第二大的蘋果」和「最小的蘋果」，也必須準備不同的詞彙（手勢）。這會變成需要無限多的詞彙，對學習者來說，必須記住所有的詞，簡直是一場惡夢。

將想表達的現象分解為可分解的最小概念單位，然後再組合起來，我們可以有效地（在人類認知處理能力的範圍內）表現任何想表達的事物。反過來說，將實際現象分解為要素並按序列呈現，也意味著與實際現象有所脫節。

在一般詞語中，當我們說或以文字表達「投擲」或「滾落」時，幾乎感覺不到眼前觀察到的動作與聲音或者文字之間的直接聯結。相較之下，可以想像得到手語用手部等的動作來指示某些動作，這點是相當圖像性的。然而，在「經濟性」和「離散性」方面，手語的詞彙與直接模仿動作的手勢是明顯不同的。

## 數位式的擬聲詞語音象徵

正如前文提到關於手語的演化過程，語言在演化過程中從類比式的表現逐漸轉變為數位式符號的表達方式。在第三章中，我們探討了擬聲詞的離散性（數位性），並指出語形、音韻等多個層面具有數位特徵。有趣的是，用於擬聲詞的子音和母音語音象徵中，也能窺見從類比到數位的轉變。

日語的擬聲詞可根據詞根的長度分為兩種類型。一種是源自於「バ」（ba）的「バンバン」（banban）、「バッ」（ba）、「バーン」（ban）等的一拍詞根型；以及源自於「バタ」（bata）的「バタバタ」（batabata）、「バタッ」（bata）、「バタン」（batan）、「バッタリ」（battari）等的二拍詞根型。實際上，一拍詞根型具有比二拍詞根型更強的類比式特徵。換句話說，在一拍詞根型到二拍詞根型的發展中，可以觀察到從類比到數位的轉變。

讓我們比較一下一拍詞根型的「バン」（ban）和二拍詞根型的「バタン」（batan）。兩者在模仿大的聲音方面是一致的，那麼哪個擬聲詞的圖像性更高呢？答案是「バン」（ban）。「バン」（ban）和「バタン」（batan）所模仿的衝擊聲都是單一聲音。「バン」（ban）是以一個音節直接模仿該聲音（用音符表示為「♩」）。另一方面，「バタン」（batan）則由兩個音節組成（用音符表示為「♪♩」）。「バ」（ba）指某個聲音，不過「タン」（tan）並非指另一個聲音，這意味著「バタン」（batan）所做的不僅僅是模仿聲音而已。

「バン」（ban）一般多用來形容槍聲、關門聲、汽車撞擊到某處的聲音等強烈的撞擊。而「バタン」（batan）基本上只用於描述平面物體（書、招牌、門、人）倒下或關閉的情況。此外，與「バタン」（batan）同樣，帶有第二音節子音「t」的擬聲詞，如「ドタッ」（dota）、

「ゴトッ」（goto）、「ポトポト」（potopoto）、「ゴツン」（gotsun）等通常用來描述撞擊或接觸。總的來說，「バタン」（batan）中的「t」不僅是模仿衝擊聲的一部分，而是將這個聲音由（並非爆炸等原因）撞擊或接觸產生的意思訊息進行編碼。相較於純粹用語音模仿衝擊聲音的「バン」（ban），「バタン」（batan）使用了「t＝撞擊・接觸」這種數位式且系統化的語音象徵。

## 因意思的衍生而失去圖像性

將語言分解為要素並結合以生成新詞語的過程，可以說是人類分析能力的產物。在前一段已經談到這種分析性的思考傾向會淡化擬聲詞的類比性，將其轉變為數位化的抽象意思。意思的抽象化會淡化圖像性。然而，淡化擬聲詞圖像性的原因並不僅止於此。

淡化圖像性的另一個要因是多義性。人類試圖透過隱喻（metaphor）和換喻（metonymy）來衍生意思。

大多數詞語都是多義的，在第三章中，我們從詞語的經濟性角度說明了這一點。如果試圖用不同的單詞來區分所有想表達的概念，將需要龐大的詞彙。因此，我們讓一個單詞承擔不同的意思，即所謂的「單詞的多重用法」。

然而詞語變得多義化還有其他的原因，也就是人類傾向以想像來衍生意思。由於這種傾向性，使得人類無法僅停留在既定的使用方式上，而總是透過隱喻和換喻來發展意思，並創造出新的意思。

有時，因為意思的衍生，擬聲詞的原意會變得難以理解。最近的例子是「ぱおん」（paon）。這個擬聲詞現在是以新的意思被使用著。「ぱおん」（paon）原本是大象叫聲的擬音語，這個詞經過換喻，有時也會用來指稱大象本身。就像用「ワンワン」（wanwan）來指稱狗一樣，這在幼兒語中經常使用。

然而，最近「ぱおん」（paon）似乎也被用來表現極大的失落或悲傷，在某些情況甚至用在喜悅上。「ぱおん」（paon）因為與新造的擬聲詞「ぴえん」（pien）對比，而獲得了新的意思。對於習慣了用「ぱおん」（paon）來表示大象叫聲或指稱大象的世代來說，總是有些異樣感，而且難以感受到其圖像性。

「ぴえん」（pien）在「二〇二〇年上半年Instagram流行語大賞」的流行語部門中獲得第一，好像是表現可愛地哭泣的樣子。「ぴえん」（pien）流行之後，為了表達更強烈的情感，對照性地使用了「ぱおん」（paon），例如《實用日本語表現辭典》中的例句：「因為新冠疫情，舞蹈比賽取消了。爆哭」（ぴえんこえてぱおん）。這裡使用的「ぱおん」（paon），表示悲傷得想要大聲哭泣的意思，實際上並不一定要發出聲音。這是一種透過模仿哭聲來表達其強烈情感的換喻。

這種表現應是基於原本存在的「ぱおん」（paon）這個擬聲詞，與大象的巨大形象，以及叫聲很洪亮的印象結合所創造出來的。將人比喻為動物是一種非常普遍的隱喻，例如「一匹狼」或「離巢」等表現方式。此外，從語音象徵的角度來看，「ピエpie」變成「パオpao」，這正恰恰符合第二章中提到的「『あ』（a）是大的而『い』（i）是小的」的模式。

## 腦的訊息處理與語言

到目前為止，我們已經談到擬聲詞在演化的過程中，透過人類的分析性思考的傾向、想像，以及玩心，從類比的世界模擬進化為數位式的符號。同時，我們也談到擬聲詞是一種既保留了類比式的圖像性又兼具生產性的絕妙詞語。那麼，為什麼詞彙中的大多數詞語不是擬聲詞呢？為什麼所有的詞語都不能是擬聲詞呢？接下來讓我們來思考這個問題。

首先，從資訊處理是否方便的角度來思考，如果所有詞語都是擬聲詞會如何？在語言的資訊處理中，最重要的是能夠立即在腦中存取與當前談話相關的詞語。從資訊處理的容易性來看，為了順利地回憶並進行語義處理，能夠輕鬆區分意思相近且不會混淆的詞語是重要的關鍵。

從語音象徵的原則來看，意思相近的詞語其發音也會相似。在這種情況下，如果同一個概念領域中的詞語數量增加，意思相近的詞語密集出現會發生什麼事呢？例如試著想像一下如果所有水鳥的名稱都是擬聲詞，會怎麼樣？小水鴨（Anas crecca）、花嘴鴨（Anas zonorhyncha）、綠頭鴨（Anas platyrhynchos）、小鸊鷉（Tachybaptus ruficollis）、白冠雞（Fulica atra）、天鵝（swan）、燕鷗（Sterna hirundo）、白鷺（egret）、蒼鷺（Ardea cinerea）、丹頂鶴（Grus japonensis）……這些水鳥如果名字都是源自擬聲詞，並且有類似的音（可能像「嘎嘎」或「呱呱」、「咕咕」之類的聲音），會是什麼情況呢？

在使用詞語時，大腦並不是只回憶起我們想要的單一詞語，而是同一概念領域中相似的單詞、和發音相似的詞語會同時被活化，這些被活化的詞語之間會發生競爭，最終倖存的詞語才會進入意識並被「回憶」起來。在無意識的訊息處理過程中選擇回憶候補詞語時，如果存在許多意思相似且發音相似的競爭詞語，訊息處理的負荷將會變得很重。這不僅會降低回憶的速度，還會增加說錯和聽錯的情況。能夠感受到單詞與其發音之間的聯結並不總是好事，有時候發音與意思之間沒有連結反而有利於訊息處理。

讓我們試著換成兒童語言習得的情況。當語言學習剛開始，詞彙量很少時，圖像性高的擬聲詞有助於學習。但是隨著詞彙量增加之後，如果都只是高度圖像性的詞語，反而會阻礙學習效率；換句話說，擬聲詞並非萬能。

隨著語言的演化，會有一股力量試圖更精準地分類和區分各個概念，使得詞彙量增加，尤其在名詞概念上更為明顯。當新事物不斷被發現或創造出來，名詞就會不斷增加，但是當概念領域內的密度變高，產生太多意思相近的詞語時，如果這些詞語的發音也相似，將會增加資訊處理的負擔，使得單詞的檢索和回憶變得困難，因此單詞的意思和發音之間具有任意性反而更有利。

換言之，隨著詞彙密度的增加，在意思和聲音的關係中會發生任意性增加的狀況，此種模式是必然的趨勢。在語言演化和現代兒童的語言習得過程中都會看到此種模式，這對於探討語言的性質是非常重要的。

## 擬聲詞不擅長的概念

讓我們再從另一個角度來思考為什麼語言中不全都是擬聲詞，也就是指擬聲詞有不擅長的（也就是難以創造擬聲詞）概念的領域這一觀點。首先，請思考一下在日語中，哪些概念領域的擬聲語較為豐富，而哪些概念領域則很難想到擬聲語。

筆者（秋田喜美）調查了世界各地語言中的擬聲詞，並研究了哪些概念領域中擬聲詞較多，結果發現如圖5－3所示，擬聲詞出現的頻率可以分為四個層次。數字越低，表示該領域越基本，也就是越容易產生擬聲詞的領域。

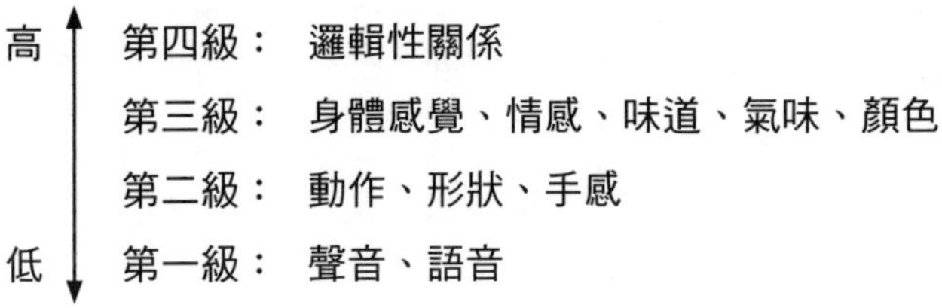

第一級是聲音。聲音最容易模仿的就是語音，這是理所當然的。即使是像英語這種擬聲詞詞彙沒有體系化的語言中，也存在聲音的擬聲詞。

第二級是動作、形狀、紋理、手感（觸覺）等。這也符合日語使用者的直覺。用來表現動作的擬聲詞不勝枚舉：「どんどん」(dondon)、「ずんずん」(zunzun)、「ずかずか」(zukazuka)、「のしのし」(noshinoshi)、「のろのろ」(noronoro)、「のそのそ」(nosonoso)、「そろ(り)そろ(り)」(soro (ri) soro (ri))、「ちょこちょこ」(chokochoko)、「トコトコ」(tokotoko)等。與觸感有關的擬聲詞如「ツルツル」(tsurutsuru)、「サラサラ」(sarasara)、「ザラザラ」(zarazara)、「ベタベタ」(betabeta)、「ヌルヌル」(nurunuru)、「フカフカ」(fukafuka)、「ブヨブヨ」(buyobuyo)等，可以想到非常多。

高 ↑ 第四級：　邏輯性關係
第三級：　身體感覺、情感、味道、氣味、顏色
第二級：　動作、形狀、手感
低 ↓ 第一級：　聲音、語音

圖 5-3 擬聲詞的意思層次

第三級是知覺和概念領域，包括身體感覺、情感、味道、氣味和顏色等。一旦進入這個層次，形成擬聲詞就變得相對困難，即使在擬聲詞豐富的語言中也會出現差異。然而，在日語中，表示疼痛和發癢等身體感覺及情感的擬聲詞（擬情語）相當豐富。身體感覺有「ヒリヒリ」（hirihiri）、「キリキリ」（kirikiri）、「シクシク」（shikushiku）、「ムズムズ」（muzumuzu）、「ズキズキ」（zukizuki）；情感有「ワクワク」（wakuwaku）、「ウキウキ」（ukiuki）、「クヨクヨ」（kuyokuyo）、「ルンルン」（runrun）、「ウジウジ」（ujiuji）等。另一方面，日語中沒有純粹表示味道、氣味和顏色的擬聲詞。「こってり」（kotteri）和「つーん」（tsun）是觸覺性的，「プーン」（pun）表示漂浮的狀態（動作）。「赤々」（akaaka）和「青々」（aoao/seisei）雖然是重複形式，具有擬聲詞特性，但來源於名詞「赤」和「青」。

在其他語言中，有些沒有身體感覺或情感的擬聲詞，但卻有表示顏色、氣味和味道的擬聲詞。例如，「taral-taral」在印度的穆達語（Mundari）中表示「純白」，「vivi」在加納（Ghana）和多哥（Togo）的埃維語（Ewe）中表示「甜的」。圖5－4顯示了五種語言中擬聲詞的涵蓋範圍。

有趣的是，迄今為止還完全沒發現任何語言擁有第四級的邏輯性關係的擬聲詞。邏輯性關係的例子包括否定、分配律、抽象概念等。例如，「てには」[2]或助動詞等功能詞語所表達的文法概念也屬於此類。抽象概念的例子包括「友情」、「正義」等。擬聲詞能表達的，應該只限於具體可感知的事物吧。雖然情感是無形的，但如果有脈搏或心跳等可直接體驗到的身體反應，便可以透過如「ドキドキ」（dokidoki）這樣的聲音模仿，以換喻式的方式表達情感。然而，對於如邏輯性關係這種不伴隨感覺經驗的概念領域，無法創造出意思與聲音之間的「相似」感覺，因此也就無法產生擬聲詞吧。

語言的演化與概念的演化，以及文明的發展是相互呼應的。最初，僅是模仿直接觀察到的感覺、知覺而誕生的語言，隨著演化，而且很早就開始創造出無法直接觀察到的抽象式概念並為其命名。由於抽象概念無法用聲音來模仿感覺，因此必然會賦予與概念無直接關係的任意發音。隨著抽象概念在詞彙中所佔比例增加，詞彙的圖像性必然也會朝著淡化的方向而去。

2 譯注：日語的助詞。

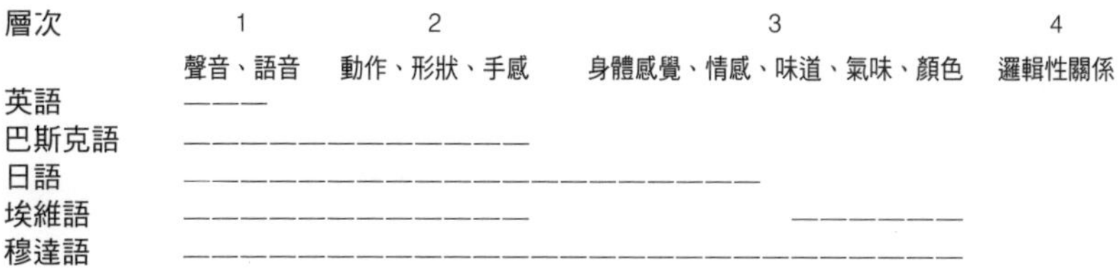

層次　1　2　3　4
聲音、語音　動作、形狀、手感　身體感覺、情感、味道、氣味、顏色　邏輯性關係
英語　———
巴斯克語　———————————————
日語　—————————————————————————
埃維語　———————————————　　　　　　　　———————
穆達語　——————————————————————————————————

圖 5-4 各語言中擬聲詞的涵蓋範圍

## 語言的體系性

本書中反覆使用了「體系」或「系統」這個詞彙。特別是在第四章中，我們提到可以在擬聲詞的詞根結合詞綴，不斷生成新的擬聲詞。可以說，隨著演化而進行的系統化（體系化）是語言的普遍性特徵。

在此介紹一個有趣的實驗。在這個實驗中，準備了情境上有關聯的概念群（例如：廚師與餐廳〔同屬餐廳範疇〕）和同種類的概念群（例如：廚師與攝影師〔同屬人類範疇〕）。每位參與者只被分配到其中一個概念，並被要求不能出聲，僅用肢體語言表達分配到的概念。實驗收集了參與者創造的肢體語言，作為「原生肢體語言」，然後將其展示給另一組參與者。重複這個步驟，觀察「原生肢體語言」隨著「世代」的變化情況。換句話說，這個實驗是先前提到的尼加拉瓜手語的小型實驗版本。

實驗分為三個條件：①由一人單獨將肢體語言傳承給下一代；②同一世代的人只用肢體語言交流，不進行下一代的傳承；③同一世代的人互相用肢體語言交流，同時將肢體語言傳承給下一代。

與尼加拉瓜手語的演化過程相似，參與者的原生肢體語言隨著世代的變化而改變，它們變得更加系統化和數位化。最初世代創造的原生肢體語言具有高度的圖像性，接近默劇的肢體表演。由於最初是由不同的人創造的，屬於同一概念群中的概念之間原本是分散且不一致的肢體語言，到了後面的世代時，在群體中變得一致，群體成員開始使用相同的肢體語言。

同時，它們也變得「線性連結」。所謂「線性連結」是指像要表達「攝影師」、「廚師」、「音樂家」這樣的職業概念時，會先創造出一個統一表達「人」的肢體語言，然後再於這個概念上加上表達「攝影」、「料理」、「音樂」的肢體語言。

這種結果最明顯的表現在③的條件下，即同世代之間進行交流，並向下一代傳承肢體語言的情況。這是語言使用中最自然的方式（對應第三章中的「溝通功能」和「繼承性」）。從模仿觀察到的事物或對象的表現（原生肢體語言）開始，透過群體內的交流，並傳承給下一代後，語言就會變得數位化和體系化。這可以算是人類語言的特徵吧。

## 副詞＞スル（suru）動詞＞一般動詞

前面提到，將對於觀察中的整體事物部分割為要素，像默劇一樣模仿的類比式表現方式，轉變為將要素分割之後再線性結合的符號化數位表現方式時，圖像性會淡化。但是日語的擬聲詞已經相當體系化，儘管擁有可透過組合要素產生新擬聲詞的生產性，卻仍保有相當程度的圖像性。我們應該如何理解這一點呢？

會感覺到日語的擬聲詞既體系化又擁有高度的圖像性，可能與在日語中，大多數的擬聲詞都沒有進入句子述部[3]的核心，而是作為副詞與述部分離有關。

雖然介紹了擬聲詞易於表達的概念層次（圖5－3），但也有與擬聲詞親和性高的詞性、親和性低的詞性。擬聲詞具有越是遠離句子的結構中心，嵌入結構的程度越低，其圖像性就越高的傾向。原本圖像性比較高的是在第四章中提到的感嘆詞用法。感嘆詞用法指的是像「ドーン！」（don）這種單獨的擬聲詞作為效果音的使用，或像「ニコニコッ（nikoniko）うれしいなぁ」（笑嘻嘻地，好開心啊）這種非常口語化，在某些情況甚至帶有戲謔感的「漫畫式」用法。在一些非洲語言中，這些用法是自然且頻繁使用的。

接下來圖像性較高的是副詞。副詞負責修飾動詞，本身並不成為述語，因此在句子中可以自由移動。如前所述，日語的擬聲詞主要活躍於副詞領域，用來表達物體的感覺特徵或動作的樣子。當擬聲詞作為副詞時，其詞形可以多樣且系統地變化，既具生產性，又能保持擬聲詞的圖像性。

相比之下，當擬聲詞成為動詞的一部分時，由於成為句子結構的核心，便難以形成擬聲詞獨特的體系，反而會遵循該語言的一般詞彙規則。當擬聲詞不再以其獨特的形式呈現，看起來像一般詞彙時，（至少對於母語使用者而言）就會變得很難看見原本顯而易見的聲音和意思之間的聯結。

作為這種直覺的佐證，我們可以比較a、b、c三個例子。如果擬聲詞的詞形保留，如a、b那樣能被識別為擬聲詞，便能感受到圖像性。然而，當擬聲詞變成c那樣的一般動詞形式時，就感覺不太到圖像性了：

a　彼は酔っぱらってよろよろと歩いていた（副詞）
（他喝醉了搖搖晃晃地走著）

b　彼は酔っぱらってよろよろしていた（スル動詞）[4]
（他喝醉了搖搖晃晃著）

c　彼は酔っぱらってよろけていた（一般動詞）
（他喝醉了步履踉蹌）

a和b之間存在著更微妙的用法差異。我們來看下面的例子：

---

3　譯注：在句子構成中，通常包含「主部」（句子的主角）和「述部」。述部是用來說明主部的性質、動作或狀態，通常由述語（包括動詞、形容詞、名詞等）及其修飾語（例如副詞、形容詞等）構成。

4　譯注：名詞或形容詞後面加上する，使其動詞化。

a' 彼は酔っぱらってよーろよろよーろよろと歩いていた（副詞）

（他喝醉了搖搖晃晃搖搖晃晃地走著）

b' 彼は酔っぱらってよーろよろよーろよろしていた（スル動詞）

（他喝醉了搖搖晃晃搖搖晃晃著）

副詞中的「よろよろと」（yoroyoroto），如同a'中的詞形擴展，能夠更容易地提高圖像性。另一方面，動詞「よろよろする」（yoroyorotosuru）如b'中的例子，詞形擴展變得比較不容易。實際上，查看語言數據庫（語料庫〔Corpus〕）也能發現，a'這類的用例比b'更為常見。也就是說，擬聲詞的圖像性會出現以下的關係：

副詞（よろよろと／yoroyoroto）＞スル動詞（よろよろする／yoroyorotosuru）＞一般動詞（よろける／yorokeru）

擬聲詞主要用法為副詞這一點，使得日語等的擬聲詞能夠同時兼具圖像性與系統性。同樣的對比也可以在「うろうろと」（uroroto，徬徨地、徘徊地）、「うろうろする」

（urorosuru，徬徨著、徘徊著）、「うろつく」（urotsuku，徘徊、閒晃）；「きらきらと」（kirakirato，燦爛地、閃亮地）、「きらきらする」（kirakirasuru，閃閃發光著、閃耀著）、「きらめく」（kirameku，閃閃發光）；「ざわざわと」（zawazawato，吵吵嚷嚷地）、「ざわざわする」（zawazawasuru，吵鬧著）、「ざわつく／さわぐ」（zawatsuku／sawagu，嘈雜／吵鬧）；以及「フーッと」（futto，忽然、猛然吹氣）、「フーフーする」（fufusuru，吹著氣）、「吹く／膨らむ」（fuku／furamu，吹／使膨脹）等例子中看到。

有人認為「吹く」（fuku）和「膨らむ」（furamu）源自於「フー（ッ）」（fu）這個擬聲詞。事實上，「ふ」（fu）是吹氣發出的聲音，然而在一般動詞形式中活用的「吹く」（fuku）通常不被視為擬聲詞。即使是「風船をフーッと膨らませる」（吹氣讓氣球鼓起來）這樣的表達中，雖然可以從擬聲詞「フーッと」（futto）想像到吹氣的動作，但卻很難注意到「膨らませる」（fukuramaseru）所具有的語音象徵性。由此可見，擬聲詞是否保有擬聲詞顯而易見的生產性形態，還是擁有像一般詞彙那樣的詞形，會改變我們對其聲音與意思之間聯結的感受程度。

## 英語缺乏擬聲詞體系的原因

擬聲詞淡化圖像性並獲得體系性的過程，或許能解釋為什麼英語的擬聲詞僅限於擬音語，且未建構出系統化的詞彙。

語言大致可以分為「動詞框架式語言」（verb-framed language）和「衛星框架式語言」（satellite-framed language）這兩種類型。「動詞框架式語言」和「衛星框架式語言」的區別是由美國語言學家倫納德・塔爾米（Leonard Talmy）在一九九〇年代初提出的。塔爾米首先關注人和物體移動等複雜現象，並比較世界各種語言在典型上如何表現這些現象。在動詞框架式語言中，移動的方向主要通過述語動詞來表達，如「ブラブラと公園を横切る」（漫步穿過公園）。除了日語以外，包括羅曼語系（法語、西班牙語、義大利語、葡萄牙語等）和阿爾泰語系（土耳其語、蒙古語等）都屬於此類。另一方面，在衛星框架式語言中，移動的方向主要通過述語以外的部分來表達，如「stroll across the park」（漫步穿過公園）。這類語言包括日耳曼語系（英語、德語、荷蘭語、丹麥語、瑞典語等）和斯拉夫語系（俄語、捷克語等）都屬於此類。

在像日語這種動詞框架式語言中，典型的表現方式是透過述語動詞本身來表示動作的方向（例如「下（車）」「進入」「穿過」「越過」等）。因此，動作的方式（樣態）通常由述語以

外的部分來區分，例如「トボトボと」（tobotoboto，步履蹣跚地）、「足早に」（ashibayani，快步地）、「片足を引きずりながら」（拖著一隻腳走／跛行）等。這些要素在「老人が（トボトボと）道路を横切った」（老人〔步履蹣跚地〕穿過馬路）這樣的句子裡，是非必須的選擇性要素。

另一方面，在像英語這種衛星框架式語言中，動作的方向通常透過述語動詞以外的要素來表達，如「down」（下）、「in」（進入）、「across」（穿過）、「over」（越過）等。因此，動詞本身往往包含了動作樣態的訊息，例如「plod」（步履蹣跚地走）、「scurry」（慌慌張張地跑）、「limp」（拖著一隻腳／跛行）。

英語中，有超過一百四十個細分「走」與「跑」這種動作姿態的動詞。如果試圖將它們翻譯成日語，通常會變成「擬聲詞＋動詞」的形式，例如「amble」（のんびり歩く，nonbiri aruku，悠閒地走）、「tiptoe」（抜き足差し足でそろりそろりと歩く，nukiashisashiashi de sorori sororito aruku 踮著腳緩慢地走）、「sashay」（しゃなりしゃなり歩く，shanarishanari aruku，裝模作樣地走）、「stroll」（ぶらぶら歩く，burabura aruku，悠閒信步）、swagger（ずんずん歩く，zunzun aruku，大搖大擺、昂首闊步地走）、「toddle」（よちよち歩く，yochiyochi aruku，蹣跚學步）。在日語中，「よろよろ」（yoroyoro，搖搖晃晃地）變成「よろける」（yorokeru，搖搖晃晃）、「よろめく」（yoromeku，踉蹌）等一般動詞時，雖然感覺圖像性似乎淡化了，而英語則是整個樣態動詞都有這樣的傾向。說話方式上也是如此，日語中像是「ぺちゃくちゃ話す」（pechakucha hanasu，喋喋不休說著）、「ひそひそ話す」（hisohiso hanasu，竊竊私語）、「ぶつぶつ言う」（butsubutsu iu，喃喃自語）、「キャーキャー言う」（kyakya iu，尖聲尖氣說著）這些表現方式，在英語中則用「chatter」（喋喋不休）、「whisper」（耳語）、「mumble」（喃喃自語）、「scream」（尖叫）等單一詞彙來表達，將樣態的訊息包含在動詞的意思之中。

事實上，有研究指出，在表現動作樣態的英語動詞與日語擬聲詞的發音上具有共通性。例如，表示旋轉的「コロコロ」（korokoro，滾動）和「roll」，（雖然嚴格上來說是不一樣的語音）但都包含了「ロ」（ro）這個音；「ぺちゃくちゃ」（pechakucha，喋喋不休）和「chatter」中的「チャ」（cha）也是相同類型的音。此外，還有實驗報告指出，英語的樣態表現中，有些讓人感覺到聲音與意思之間存在聯結，這與動作易於圖像化表達的普遍傾向是一致的。然而，在英語中，由於動作的樣態被包含在動詞內，因此難以察覺其圖像性，所以也不被認為是擬聲詞。

另外，更有趣的是聲音的表達。以下三個句子都包含了擬音語，這些句子在英語中會如何表達呢？

d 汽車が汽笛をピーッと鳴らしながら走り去った（pi）
（火車邊鳴著汽笛邊駛離了）

e ネコがシャーッと鳴いた（sha）
（貓發出嘶嘶的聲音）

f トラックがガラガラと私道に入っていった（garagara）
（卡車喀隆喀隆地進入了私有道路）

d’ The train whistled away.

e’ The cat hissed.

f’ The truck rumbled into the driveway.

基於這樣的情況，連最容易成為擬聲詞的聲音描述，在英語中也會以一般動詞的形式出現。因此，即使是英語母語使用者，雖然隱約能感覺到語音象徵，卻感覺不到「擬聲詞」詞語的特殊性。英語使用者會明確認為擬聲詞是指作為感嘆詞使用的「Bang!」（關門的聲音）、「Bump!」（猛烈撞擊的的聲音）、「Swoooosh!」（噴出的聲音）等，就像漫畫裡表現音效的字一樣。

基於這樣的研究，與其說英語「擬聲詞的詞彙貧乏」，不如說這是原本做為擬聲詞的表達方式，逐漸被動詞形式所取代，並被納入句子結構核心的結果，而失去了擬聲詞的特性，變成了一般詞語，這樣的假設更顯得可信。

## 從任意性到圖像性的回歸

有很多皺紋的臉被稱為「しわしわの顔」（皺皺的臉）。「しわしわ」（shiwashiwa）是擬聲詞嗎？或許有很多人會這麼認為。因為許多擬聲詞，如「さらさら」（sarasara）、「どんどん」（dondon），都是以重複兩拍的形式出現的。然而，「しわ」（shiwa）並不是擬聲詞，而是一個語音象徵性不明顯的一般詞彙。同樣的例子還有很多：

とげ（toge，刺）＞トゲトゲ（togetoge，刻薄、難以親近）、しま（shima，條紋）＞しましま（shimashima，條紋狀）、刺（ira，草木的刺）＞いらいら（iraira，煩躁）、粉（kona，粉末）＞こなごな（konagona，粉碎的）、薄い（usui，薄的、淡的）＞うすうす（ususu，稍微、隱隱約約）、湧く（waku，冒出、湧出）＞わくわく（wakuwaku，興奮的）、浮く（uku，浮起、漂浮）>うきうき（ukiuki，雀躍的）、生きる（ikiru，活著、生存）>いきいき（ikiiki，生氣勃勃）、盛る（moru，盛裝、繁盛）>もりもり（morimori，旺盛）、揉む（momu，揉按、摩擦、激烈爭論）>もみもみ（momimomi，搓揉）、擦る（suru，摩擦）>すりすり（surisuri，竊取）、見る（miru，看）>みるみる（mirumiru，眼看着）、ある（aru，有）>ありあり（ariari，清楚地）、細い（hosoi，細的）>ほそぼそ（hosoboso，非常細的）、染みる（shimiru，滲透）>しみじみ（shimijimi，深切的）、混む（komu，擁擠、混亂的）>ゴミゴミ（gomigomi，混亂、髒亂）、ラブ（rabu/love，愛）>ラブラブ（raburabu，熱戀、甜蜜的樣子）

此外，也有一些以相同形式如「ばっさり」（bassari，痛快的、大刀闊斧）、「ふんわり」（funwari，輕飄飄、蓬鬆的）、「すんなり」（sunnari，順利、苗條）等而被認為具有擬聲詞特性的例子。在這樣的詞形中，例如在第二拍的地方出現「っ」（不發音的促音）或「ん」（n）來分隔「ばさ」等的詞根，並在第四拍出現「り」（ri）：

たまる（tamaru，堆積）>たんまり（tammari，非常多）、黙る（damaru，沉默）>だんまり（dammari，沉默不語）、伸びる（nobiru，伸展）>のんびり（nombiri，悠閒的）、染みる（shimiru，滲透）∨しんみり（shimmiri，平靜的、心平氣和）、細い（hosoi，細的）∨ほっそり（hossori，細長、苗條）、焦がる（kogaru，烤焦）∨こんがり（kongari，烤得恰到好處）

實際上，擬聲詞具有的圖像性有兩種類型，一種是在學會語言之前，嬰兒也能感受到的，由大腦自然感覺到的聲音與對象之間的相似性；另一種是由解釋所產生的相似性。如果說前者是「因為相似所以相似」，那麼後者則可以說是「因為覺得相似所以相似」。

「覺得相似」的原因有很多，但其中值得注意的是語言和文化的習慣，特別強大的是「同一個詞語」的應用。在某種語言中，○和△會用同一個詞語（單詞）來表達，而在另一種語言中，則經常用不同的詞語加以區分。

例如，日語中「水」和「湯」（指煮沸後的水、熱水、溫泉）是不同的詞語，但在英語中都是「water」。相反地，在英語中，「watch」和「clock」是有區別的，但在日語中都是「時計」。像這樣，對於意思幾乎相同，但在日語中會用不同詞語來區分，而在英語中不區分的概念組合；以及反過來，在英語中會區分，但在日語中不區分的概念組合，現在已經有針對日語使用者和英語使用者對於各個組合的相似度進行評估的研究。正如預期的，日語使用者和英語使用者都認為在自己的語言中，不區分的組合比區分的組合會有更高的相似性。換言之，日語使用者可能會認為「腕時計」（手錶）—「壁時計」（掛鐘）的組合，比「水」—「湯」更相似。

我們人類在多種標準下感受相似性，特別是當兩個事物（或詞語）屬於同一概念領域，或在某個系統中擁有相同元素，並共享詞綴時，實驗上也顯示出這會讓「相似」的感覺變得強烈。例如，「狗」和「項圈」、「狗」和「狗窩」、「手電筒」和「睡袋」、甚至「猴子」和「香蕉」等，都被認為具有非常高的相似性。

也就是說，人感受到的相似性並不僅限於外觀相似、內部結構或關係相似等所謂的規範式的相似性。經常一起出現（使用）的事物之間也會感受到相似性，具有相同的詞綴，或以相同重複形式出現等，在發現相同的語言模式時，也會感受到相似性。這種由文化和語言創造的「相似性」也會影響我們對聲音與意思之間的相似性（圖像性）的感受方式。

## 「圖像性之輪」假說

相似性的感覺會產生一種貼切感。實際上，一般來說語言是一種透過熟悉形式和意思之間的聯結而變得貼切的系統。以下引用希頓等人所編輯關於擬聲詞和語音象徵的知名著作《聲音象徵》（Sound Symbolism）序章的一段話（秋田喜美翻譯）：

孩子們尤其強烈地感受到這種〔名字的「自然性」〕。編者之一的繼女史蒂芬妮曾經舉例說明這一點。「只有英語才是真正的語言吧？」她說。當問她這話的意思時，她這樣回答：

「嗯，當〔我的墨西哥友人〕露佩說：『agua』時，意思是『water』（水）對吧。但是，當我說『water』（水）時，並不是指『agua』的意思，而是真的指『water』（水）！」

史蒂芬妮認為英語的「water」才是水的真正名字。對於她不熟悉的西班牙語中的「agua」，總是會覺得哪裡不太對。

有一項實驗讓大約十名母語使用者對多個詞語的圖像性進行評定。結果顯示，在日語中，和語[5]相對於英語的日耳曼語系詞彙具有較高的圖像性。在日語中，「歩く」（aruku，走路）比「歩行」（hokou）或「ウォーキング」（walking）聲音的選擇更具貼切感；「とき」（toki，時間）比「時間」（jikan，時間）或「タイム」（time）[6]也是聲音的選擇更具貼切感。而在英語中，比起拉丁語系的「large」或「grand」，日耳曼語系的「big」或「great」感覺更貼切。如同和語是日本語的核心，日耳曼語系也在英語占有核心地位，涵蓋許多基本概念，因此在日常生活中使用頻率也較高。

對母語的擬聲詞強烈感受到的圖像性，被認為是母語中普遍存在的「貼切感」的最佳例證。我們在熟悉母語之後，就會建立並共享「這個概念對應這個詞語」的感覺。

本章前半部分探討了語言從模仿世界開始，隨著詞彙量的增加，圖像性逐漸淡化，詞語形式（音）和意思的關係變得任意化的過程。然而，隨著單詞的增加，單詞之間開始建立關係並系統化。透過系統化，詞彙被整理，並與具有相同元素或模式的單詞形成詞群（cluster，或稱叢集），在詞群成員之間產生「相似」的感覺，從而產生二次性的圖像性。最終，語言會如圖5-5所示的「一次性的圖像性→任意性→系統化→二次性的圖像性」，改變圖像性和任意性之間的關係，最終在兩者之間達到絕妙的平衡。我們將其稱為「**圖像性之輪**」**假說**。

讓我們透過例子來追蹤象徵性的輪廓。在擬聲詞中，語音和意思的相似性明顯的「フー」（fu）或「アハハ」（ahaha）可以視為一次性圖像性的例子。相較之下，源自「フー」（fu）而來的「吹く」（fuku）因為被納入一般動詞體系，其圖像性已經大大減弱，轉向任意性。而像「笑う」（warau）這種可能連擬聲基礎都沒有的詞，其語音和意思的關係高度的任意化了。

接下來，讓我們舉例說明體系化如何產生二次性的圖像性。如第二章所述，日語是體系

5　譯注：和語，又稱「大和言葉」，是指在漢語和外來語傳入日本以前就已經存在的傳統詞彙。
6　譯注：「步行」、「時間」是來自漢語的日文漢字，「ウォーキング」、「タイム」則是外來語的片假名音譯。

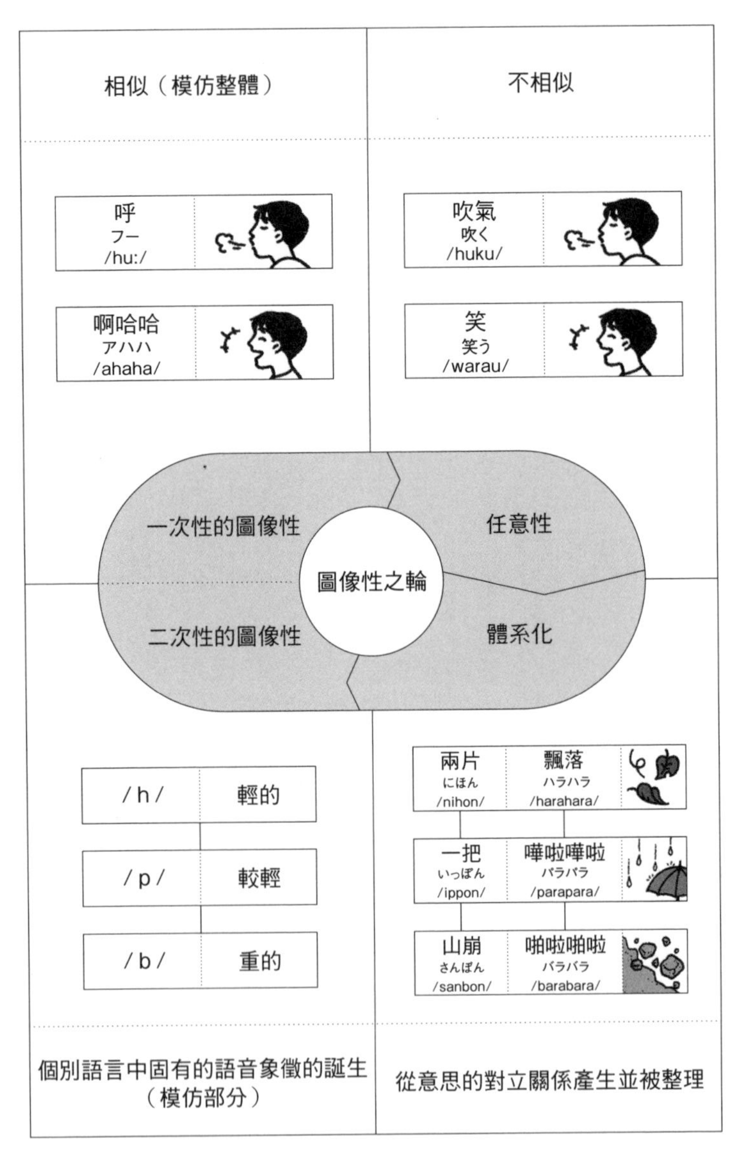

相似（模仿整體）
不相似
呼
フー
/hu:/
吹氣
吹く
/huku/
啊哈哈
アハハ
/ahaha/
笑
笑う
/warau/
一次性的圖像性
任意性
圖像性之輪
二次性的圖像性
體系化
/h/
輕的
/p/
較輕
/b/
重的
兩片
にほん
/nihon/
飄落
ハラハラ
/harahara/
一把
いっぽん
/ippon/
嘩啦嘩啦
パラパラ
/parapara/
山崩
さんぼん
/sanbon/
啪啦啪啦
バラバラ
/barabara/
個別語言中固有的語音象徵的誕生
（模仿部分）
從意思的對立關係產生並被整理


圖 5-5 圖像性之輪

式地讓h、p、b這三個音對立，這三個音的對立是日語獨有的特徵。例如，量詞「本」[7]在「二本」（にほん／nihon）、「一本」（いっぽん／ippon）和「三本」（さんぼん／sanbon）中，根據前置音變化分別對應ハ行（ha）、パ行（pa）、バ行（ba）。「歯」（は／ha，牙齒）、「出っ歯」（でっぱ／deppa，凸牙）、「前歯」（まえば／maeba，門牙）也是一樣的關係。日語的擬聲詞如「ハラハラ」（harahara）、「パラパラ」（parapara）、「バラバラ」（barabara）也利用這種對立來創造圖像性。パ行（pa）的音比バ行（ba）更輕，而ハ行（ha）的音則表現出更輕的感覺，這種三方圖像性的語音象徵其實是從日語獨特的音韻體系中二次性所產生出來的。

然而，日語母語者不僅在擬聲詞「フー」（fu）中感受到圖像性，同樣在「フー」（一次性圖像性）和「ハラハラ」（二次性圖像性）中都感受到圖像性。這是一個很好的例子，因為語言固有的聲音體系擴展到意思的對立，產生二次性的圖像性，使母語使用者覺得它是如此自然的語音象徵，以至於難以區分一次性圖像性和二次性圖像性。

如前所述，是否擁有體系化的擬聲詞彙因語言而異，但單詞的聲音和意思之間的連結（至少對母語使用者來說）是明顯可感受到的。英語雖然沒有生產性地創造擬聲詞的系統，

7 譯注：本是可用於許多物體的量詞，如細長物體（筆、樹木、傘、線、高樓、瓶子等），運動競技的得分，電影、表演、節目或廣告等。

但在一般詞彙中存在許多擁有聲音和意思的連結的單詞，具有一定的圖像性。與身體相關的圖像性有助於兒童的語言習得，有時也有助於理解意思，但如果圖像性強的詞語密度過高，則可能引起混亂，有損語言處理的效率。

## 擬聲詞的歷史

有趣的是，有研究報告指出，在英語的詞彙中，圖像性和任意性會周期性地上升和下降。在詞彙中，圖像性和任意性之間存在著一種「良好的平衡」，當低於這個平衡時，圖像性的某些詞語會增加；當高於這個平衡時，任意性的詞語會增加，這種現象，已可從歷史上觀察到。

例如，現代英語中的「laugh」（笑）在古英語中則是「hlæhhan」這個音韻（phonology）。「hlæhhan」被認為是擬聲詞，確實可能讓人感覺像是笑聲。然而，隨著時間的推移，「hlæhhan」變成了「laugh」，失去了圖像性，最終變成了一個普通的詞彙。與此同時，英語中出現了像「chuckle」（嗤嗤笑）或「giggle」（竊笑）這些新的笑聲擬聲詞。如此一來，表達笑聲的英語詞彙整體上保持了一定的圖像性。

在日語中也可以找出相關的歷史變化。儘管數據有限，但從奈良時代的《萬葉集》中可

以看到，擬聲詞經常伴隨助詞「に」作為副詞使用。例如，在以下長歌的一節中，「ゑらゑら」（eraera，歡樂笑鬧的樣子）這個擬聲詞修飾了「仕へ奉る」（つかえまつる／tsukaematsuru，服侍）這個述語，表現出人們笑容滿面地侍奉天皇的樣子：

もののふの　八十伴の緒の　島山に　赤る橘　うずに刺し
紐解き放けて　千年寿き　寿きとよもし　**ゑらゑらに**　仕へ奉るを　見るが貴さ
（万葉集、四二六六）

眾多官員們將庭院小池山形小島上豔麗的橘實做為髮飾，解開衣帶放鬆地慶祝永遠的長壽，熱鬧地慶賀，笑容滿面侍奉著的景象，多麼令人欣喜啊。
（現代語譯引用自山口仲美《奈良時代的擬音語・擬態語》）

另一方面，從平安時代到鎌倉時代，許多擬聲詞加上「めく」（meku）這個後綴（suffix）變成動詞，例如「ふためく」（futameku，バタバタする／batabatasuru，手忙腳亂）、「がらめく」（garameku，ガラガラと鳴り響く／garagaratonarihibiku，轟隆作響）、「そそめく」（sosomeku，ヒソヒソ話す／hisohisohanasu，竊竊私語）等。這種「めく」（meku）形式仍然常見於現今的東北方言中。與此同時，「ゆらりと飛ぶ」（yuraritotobu，悠閒地飛翔）這種伴隨著「と」（to）的副詞用法也變得普遍。

隨後，「めく」（meku）逐漸式微，被「つく」（tsuku）所取代，如「うろつく」（urotsuku，徘徊）或「ふらつく」（furatsuku，搖搖晃晃）。到了江戶時代，「と」（to）逐漸在如「よろよろ過ぎて」（yoroyorosugite，搖搖晃晃地經過）這種使用方式中被淘汰。此外，像現代的「ぶらぶらする」（buraburasuru，閒晃）或「まじまじとする」（majimajitosuru，目不轉睛）這種帶有「する」（suru）的動詞形式變得普遍了。

如此一來，在日語擬聲詞的歷史中，多個副詞形式和動詞形式反覆興衰交替。作為副詞的擬聲詞雖然具有生動的描寫能力，但變成動詞後變得像一般詞彙那樣不顯眼。另一方面，不斷有新的擬聲詞副詞誕生。重複這樣的變化，讓整體詞彙在圖像性和任意性之間保持絕妙的平衡。可以說，語言的演化正是這種不斷反覆的歷史。

## 總結

結果不管語言如何進化，只要人類仍是使用者，語言就不會完全成為「任意的符號體系」

吧。從整體來看，雖然只是極少數的詞語，但部分詞語中存在著與身體感覺直接連結的圖像性，這就是哈納德所說的「用於符號接地的最初的一組詞語」。而那並不需要太多詞語，就像第四章所述，只需獲得「詞語是用來表現世界上事物的名稱」以及「事物有名稱」這最初的洞察即可。

從那裡開始，語言的學習者（嬰兒）在記住新詞語的同時，也會靠自己一邊發現、一邊學習母語的發音、節奏體系、聲音與意思的對應、詞彙的結構等。更確切地說，他們會掌握母語中發音和概念的劃分方法，將自己融入母語的體系中，並且在體系內建立起原本在文化或語言的脈絡之外沒有感受到的二次性圖像性的感覺。

因此，透過「一次圖像性↓任意性↓系統化↓二次圖像性」這樣的循環，該語言的成年母語使用者對於這些抽象式符號的詞語不會感受到抽象性，而是像空氣和水一樣自然，覺得它們是身體的一部分。作者們認為這樣的圖式可能就是對符號接地問題的解答。

本章討論了語言演化過程中，為什麼需要脫離擬聲詞，但即使脫離擬聲詞，為什麼語言使用者仍然保留著具有抽象式意思的符號與身體連結的感覺。

第六章我們將回到兒童語言習得，探討兒童用什麼方法離開擬聲詞，學習任意且抽象式的符號體系，並且希望將重點放在兒童進行「推論」的機制，探討他們如何攀登堪與聖母峰媲美的語言高山的符號接地問題。

# 第六章 兒童的語言習得2——回溯推論篇

第五章探討了在演化的過程中，為什麼語言必須脫離擬聲詞，以及語言是如何脫離擬聲詞的。在語言的演化過程中，「脫離擬聲詞的過程」同樣可以在現代兒童的語言習得過程中看到。正如到目前為止所看到的，擬聲詞確實在語言習得中扮演了重要的基礎角色。然而，到目前為止所討論的僅僅是兒童語言習得的初步階段。接下來，兒童必須攀登成人語言的高牆。語言的習得過程相當於攀登聖母峰，要走完這段路程，兒童就必須從擬聲詞中脫離出來。

兒童必須記住大量的詞語，大多數詞語的聲音與意思之間並沒有顯而易見的聯結。此外，一個單詞通常具有多重意思，即單詞會變得多義。更重要的是，每個單詞都嵌入在兒童所處環境中的特定語言的詞彙體系中。因此，基本上所有的詞語都是抽象的，就像「整數」、「分數」、「有理數」，這些詞語極度抽象，意思（概念）也非光看外觀就能直覺地理解。「昨天」、「明天」這類時間詞語亦然，所指涉的對象也不是肉眼可見的事物，兒童要理解這些詞語的意思，確實相當不容易。

然而，正如在〈前言〉中提到的，「紅色」或「走路」等普通的詞語也十分地抽象。每個單詞的意思在各自的語言固有體系中，以何種標準、細分到什麼程度，取決於該單詞與其他單詞群所設定的邊界（詳見下一節）。

如果以登山來比喻，擬聲詞如同引導兒童到達沒有攜帶裝備、未經過訓練的一般觀光客就能抵達的高度。然而，之後的登頂之路漫長且險峻。從宏觀角度來看，在語言習得中，擬聲詞真的派得上用場嗎？本章中將稍微改變一下角度，試著思考一個剛開始都沒辦法自己站立的嬰兒，如何在有限的時間內，在成人的幫助下可以開始爬山，之後更能獨立一口氣挑戰攀登聖母峰。是什麼使這個過程成為可能？

第五章從語言演化的觀點探討了語言為什麼必須脫離擬聲詞，而本章的焦點將轉移到人類這一生物物種上，試著從「推論」的觀點來思考，關於人類是如何習得脫離擬聲詞的抽象式語言體系，並將其內化為身體的一部分的這個問題。

## 再探「Gavagai問題」

在第四章中，我們提到原住民指著在草原上跑過去的兔子喊「Gavagai」時，從邏輯上來看是不可能確定「Gavagai」的意思，這就是所謂的「Gavagai問題」。即使假設「Gavagai」是指奔跑的動物，也就是我們稱為「兔子」的這種生物，實際上這也並不意味著我們理解「Gavagai」的真正意思。

很多兩、三歲的孩子會說消防車的顏色是「紅色」，香蕉的顏色是「黃色」，但從這點就可以說他們理解「紅色」或「黃色」的意思嗎？事實上，許多兩、三歲的孩子在被要求從一堆積木裡拿出「紅色（或黃色）的積木」時，也無法正確拿到紅色或黃色的積木。

「理解詞語的意思」這件事包含了非常豐富且複雜的知識。這點在今井睦美的《哎唷！牙齒「踩」到嘴唇？揭開兒童語言學習之謎》以及《英語自學法》中有詳細的論述，這裡不再重複，不過，想再次強調的是，僅僅知道某個詞語所指的幾個典型的對象，並不意味著真正「理解」那個詞語的意思。

我們理解詞語，不僅僅是將詞語的音（形式）與概念對應起來。即便不提近代語言學之父索緒爾，每個詞語也不是只與單一對象連結，而是具有擴張性的。換句話說，詞語的意思不是點，而是面。那麼這個面的範圍是如何決定的呢？是由與同一概念領域中，與其他詞語的關係性來決定的。即使將對象視為一個「點」來理解，若是不清楚「面」的範圍，就無法自由地運用詞語。

在記住顏色名稱時也會遇到「Gavagai問題」，例如在某個語言中，假設兒童知道消防車的顏色是「ruchi（代指日語中的紅色〔aka〕）」，但兒童不知道橘子的顏色是否也是「ruchi」。在日語中不會說橘子的顏色是「紅色」，因此說日語的成人能夠判斷橘子的顏色不是「ruchi」，然而兒童可能最終會把消防車的顏色和橘子的顏色都叫做「ruchi」，實際上在世界上存在著很多語言是用同一個詞來表示紅色和橘色。

動詞的曖昧性則是更加顯著。動詞本來就是用來指示動作或行為，但兒童觀察到的場景中，還包含了動作主體、動作背景（地點）、動作對象等多個要素。僅僅透過一、兩次觀察某種行為並聽到其中的動詞，根本無法推測出裡面哪個要素是動詞意思的核心。正如第四章所述，三歲左右的幼兒僅因動作的主體改變，就完全無法將該動詞概括於相同的動作上。

第四章提到了擬聲詞有助於學習動詞，並介紹了相關實驗。當動作主體改變時，三歲的幼兒無法將動詞應用到完全相同的動作上，但如果使用的是動作與聲音相符的新奇擬聲詞動詞時，他們就能將該動詞應用於即使是不同的人（動作主體）所做的相同動作。這是因為擬聲詞動詞的聲音能讓兒童將注意力從動作主體轉向動作本身。然而，動詞適用範圍在很大程度上是取決於語言的詞彙體系。

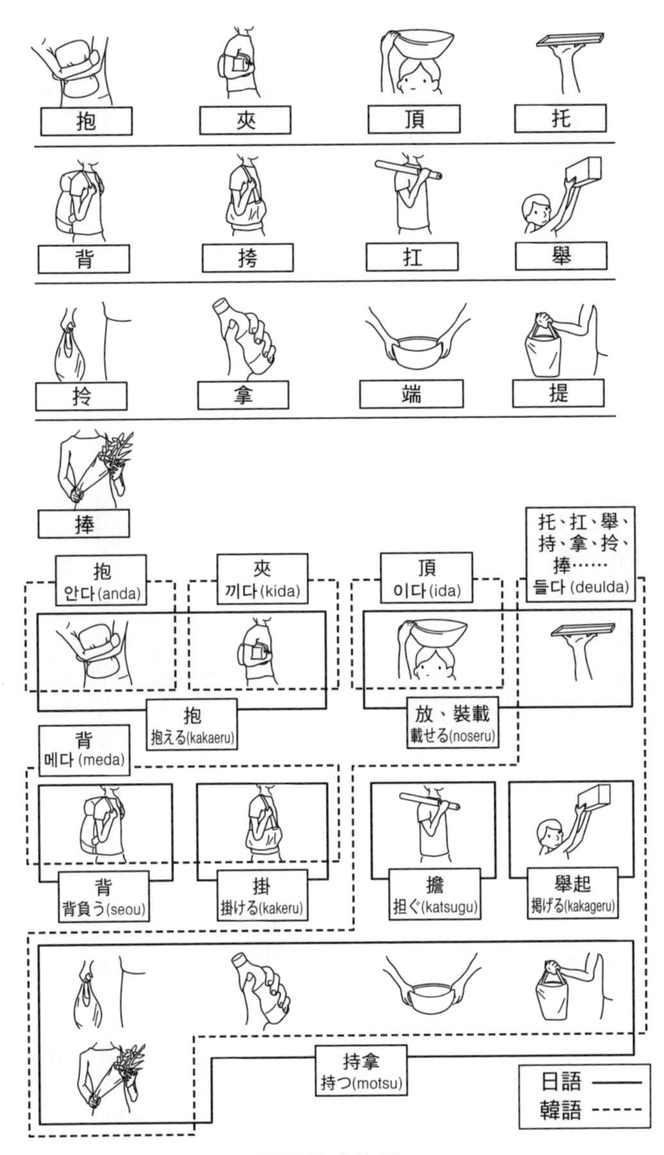


圖 6-1 中文、日語、韓語的「抱持」

在日語中，有一個動詞「持つ」（motsu），用來廣泛表示用手抱持物體的動作，不過如果是用肩膀、背部、腹部或頭部等手以外的部位來抱持物體的話，則使用「担ぐ」（katsugu）、「背負う」（seou）、「抱える」（kakaeru）、「載せる」（noseru）等不同的動詞。韓語在這個概念體系上與日語非常相似，但各個動詞的適用範圍則略有不同。中文對每個插圖中的動作使用不同的動詞（圖6－1）。而英語則相反，用一個動詞「hold」來表達插圖中所有的動作，不做區分。換句話說，在這四種語言裡，由於這個概念領域的劃分方式完全不同，因此僅通過觀察「點」（單一事例），在邏輯上是無法推測出該語言中正確的「面的範圍」。

## 概括化的錯誤──可愛的例子

事實上，兒童經常犯下概括化的錯誤。第三章中介紹的《輕鬆語言學廣播》網路節目的「日本兒童錯誤賞」資料庫中收集了許多小故事，每一個都非常有趣。從大人的角度來看，的確，這些錯誤既可愛又有點搞笑，但它們完美地展示了兒童在學習語言時面臨的概括化問題，同時，兒童的分析力和推理能力之敏銳也讓人乍舌驚嘆。讓我們從中挑選兩個例子來介紹。

觀眾化名：N＝0.5

要進房間時門是關著的，或者想從廁所出來的時候，孩子會說「あちぇちぇー（achiechie／打開）」，而當發現零食包裝袋也是可以「打開」（開ける／akeru）之後，想吃橘子時也會說「あちぇちぇー」（achiechie）並拿來給我們。我覺得這是一個相當方便的詞語。

「打開」（開ける／akeru）是一個許多孩子經常過度概括使用的動詞。英語的「open」，也有許多過度概括化的報告。例如，有許多孩子會用「open」來說開燈或打開電視。而在中文裡，這種用法是正確的。中文的動詞「開」不僅像日文的「開ける」一樣，用於開門、開店，還可以用於開燈、開電腦，甚至開車。因此，N＝0.5的孩子的錯誤在中文裡完全是正確的用法。

觀眾化名：匿名樹寶[1]

進入浴缸和從浴缸出來都用「入る」（hairu）來表達。他想從浴缸出來時也會對我說「入る！」（hairu）。我發現他似乎把所有「跨越（越過）移動」的行為都歸納為「入る」（hairu）。

1　譯注：名字取自《哆啦A夢：大雄與綠之巨人傳》（ドラえもんのび太と緑の巨人伝）的植物角色。

這個例子顯示了在將場景與動詞對應時的曖昧性，「入る」（hairu）和「出る」（deru，出去）的區別僅在於動作主體是從空間外移動到裡面，還是從空間裡移動到外面。如果將浴缸視為「外」，那麼踏進浴缸就是「入る」（hairu）；如果將浴缸視為「內」，那麼踏出浴缸就是「出る」。但是，沒有人會教我們應該將浴缸視為「外」還是「內」！相較之下，「跨越並移動」的動作是容易視覺化的。因此，將「入る」（hairu）理解為「跨越移動的場所」，在踏出浴缸時也使用，是完全合乎邏輯的。

## 擬聲詞的動詞化

前面提到擬聲詞有助於動詞的學習，然而擬聲詞的幫助是有侷限的。讓我們來看一個孩子用「捨てる」（suteru，丟棄）這個動詞的例子。仔細想想，「捨てる」（suteru）和「片づける」（katazukeru，整理）與「入る」（hairu）一樣，都是有著非常抽象意思的動詞。不論用什麼動作捨棄或整理都可以，問題只在於行為的意圖和結果。舉例來說，當媽媽說「把擤過鼻子的面紙丟掉吧」（洟をかんだティッシュを捨てましょう）時，孩子應該做的動作是用手抓著

擤過鼻子的面紙，走到垃圾桶前，然後把它丟進垃圾桶。在這一連串的動作中，哪個應該對應「丟掉」呢？

擬聲詞「ポイ」(poi，形容丟東西這個動作的聲音）在這裡提供了幫助。孩子可以將「ポイ」(poi）這個詞的聲音與將垃圾丟進垃圾桶的動作聯結起來。但是，正如在第三章和第五章中提到的，由於詞語的多義性，孩子在這裡會遇到另一個類型的概括使用問題。也就是說，即使孩子在某個情境中理解了「ポイする」(poisuru，將丟東西的擬聲詞動詞化，常見於警告禁止亂丟垃圾的告示中），也無法保證他能在其他情境中正確地概括使用。

觀眾化名：asarin

孩子的腳邊滾來了一個球。我站在稍遠一點的地方，於是對女兒說，把球丟（ぽーい／poi）過來（投過來）。但是女兒卻露出困惑的表情，一動也不動。我試著又再說了一次，「ぽーいして」(poishite）。結果，女兒穩穩地拿著球，轉身向後跑去。我跟在後面看她要去哪裡，結果她跑到垃圾桶那裡，把球丟（ぽいぽいして／poipoishite）進了垃圾桶。

因為這個孩子將「ポイ」(poi）理解為「捨てる」(suteru），而不是大人所想的「輕輕地

投擲」的動作。擬聲詞如同一般詞語一樣具有多義性。要判斷在某種情況下，某個詞的多個意思中符合哪個意思，需要相當高的推論能力。兒童透過這樣的推論來擴展詞語的意思，在犯錯中的同時，學習多義詞的結構。

## 質疑擬聲詞

看到兒童的這些概括使用的錯誤，不禁讓人懷疑擬聲詞是否真的有用。在第四章中提到，擬聲詞是兒童「切割」眼前信息的武器。

對於兩歲的幼兒來說，他們無法理解如何將「丟掉」這個詞對應到「抓著面紙、走到垃圾桶前、將面紙丟進垃圾桶」這一連串動作的哪一部分。更何況，很小的孩子原本就有將不認識的單詞當作物品名稱的傾向，可能還不明白動詞是對應動作的。在這種情況下，擬聲詞對於讓兒童將動詞對應在將垃圾「丟入」垃圾桶的動作，的確是有很大的幫助。

然而，語言是一個擁有音韻、文法、詞彙等複雜結構的龐大符號體系，對於完全是初學者的兒童來說，必須逐一分析並解明這些結構，才能自如地使用語言。即使是熟練掌握母語的成年人，要分析並理解語言的結構也是非常困難的，而學習語言的幼兒，無論喜不喜歡，都必須靠自己發現其中的機制，才能使用語言。

幾乎沒有任何知識的嬰兒，到底如何開始這個大工程的呢？首先，他們只能利用自己與生俱來的感覺和知覺能力來探索和切入。

## 最強的資料庫，擁有身體的機器人

在思考這個問題時，我想起了認知科學歷史上三個重要的運動——它們都興起於一九八〇年代中期。

第一個是美國人工智慧（AI）研究者道格拉斯・萊納特（Douglas Lenat, 1950-2023）[2]發起的「賽克專案」（Cyc）[3]。這是一個試圖記錄、分類和整理所有人類知識並構建成資料

2　譯注：美國計算機科學家。美國科學人工智慧協會（AAAI，Association for the Advancement of Artificial Intelligence）的創始成員之一。

3　譯注：Cyc Knowledge Base。Cyc其名稱源自於「encyclopedia」（百科全書）的簡寫，是一個旨在將人類常識知識編碼成電腦可理解和推理的知識庫專案。由道格拉斯・萊納特於一九八四年創立，目標是創建一個龐大的常識知識資料庫，使電腦能夠理解和處理複雜的推理任務。

庫的專案。這個專案投入了龐大的預算，許多哲學和認知科學的學者（大約一百名全職研究人員）以手動方式記錄人類的知識，目的是創造出一個能像人類或超越人類，能夠理解自然語言、解決問題並自動生成知識的機器（電腦）。

然而，儘管建立了可以稱之為人類智慧結晶的資料庫，卻未能發展出像人類那樣理解自然語言或解決問題的裝置（目前該資料庫似乎應用於維基百科和高中的學習教材的資料庫），這印證了哈納德所說「沒有連接到身體的符號不會產生語言」的觀點是正確的。

第二個運動是「機器人之父」羅德尼·布魯克斯（Rodney Brooks, 1954-）[4]發起的昆蟲機器人計劃[5]。這個計劃可以說是Cyc專案的對立面，作為當時以符號為基礎，目標在於理解自然語言、解決問題和發現知識的方式之反論而建立起來的。這個計劃試圖透過為電腦配置感覺和知覺能力（即身體），來展示僅靠身體和環境的相互作用，即使事先沒有輸入知識，也能展現出智慧行為（更不用說能夠創造知識）。目前主流的擁有身體的ＡＩ，也就是機器人，就是從這個計劃開始的，可以說，這個計劃為ＡＩ研究和認知科學，都帶來了哥白尼式的轉變。

不過，這個計劃也未能發展出像自然語言理解、或科學上的發現那樣的人類智慧活動。即使具備從身體的感覺去捕捉環境特徵、整理、分類和記憶的能力，光靠這些能力，仍無法創造或習得以現今形式存在、擁有抽象且複雜結構的語言。這表明了即使擁有感知聲音和意思（對象特徵）之間感覺上連結的能力，即語音象徵的感知能力，也無法習得語言，這為語言習得需要什麼的疑問提供了深刻的啟示。

## 神經網絡型AI——ChatGPT

在萊納特的Cyc模型和布魯克斯的昆蟲模型誕生的同時期，也有一些以不同方向為目標的研究者，這就是認知科學歷史上第三個重要的運動。他們試圖以大腦的神經（neural）網絡平行處理系統內分散細胞的方式，來表現那些用語言表達的概念。這個模型的鼻祖是美國的認知科學家大衛·魯梅爾哈特（David Rumelhart, 1942-2011）和詹姆斯·麥克蘭德（James McClelland, 1948-）[6]在一九八六年提出的「分散式並列處理」（Parallel Distributed Processing，

---

4 譯注：出生於澳洲。美國麻省理工學院（MIT）教授、人工智慧機器人大師，iRobot的創建者之一。

5 譯注：名為「仿生微型機器人計畫」（Insect Robotics Project）的昆蟲機器人計畫是布魯克斯在麻省理工學院的人工智慧實驗室（現為電腦科學與人工智慧實驗室，CSAIL）期間進行的研究計畫。這項研究基於行為主義機器人學（Behavior-based Robotics）和分散式人工智慧的概念，透過模仿昆蟲的行為來開發智慧機器人。

6 譯注：美國心理學家。

簡稱ＰＤＰ）模型。這個模型雖然在排除用符號表現概念、並用符號操作來創造知識的想法這點上與昆蟲機器人相同，但它並沒有透過身體與外界的相互作用來創造知識的概念。

ＰＤＰ模型作為克服符號方法人工智慧（Symbolic Approach AI）侷限性的模型，曾經引起了極大的關注，但由於硬體限制和網絡設計上的限制，長期以來對於解決現實世界的問題，無法進行所需的複雜計算。然而二〇一〇年在傑佛瑞．辛頓（Geoffrey Hinton, 1947-）提出深度學習（Deep Learning）演算法的契機下，ＰＤＰ得到了飛躍性的發展，現在已經實際應用在許多領域中。在二〇二〇年代初期，這三個運動中應該就屬這第三個神經網絡型ＡＩ脫穎而出吧！

其中發展最顯著的領域之一是自動翻譯。本書兩位作者直到不久之前都還認為自動翻譯在日語和英語之間幾乎沒有用處，因此沒在撰寫英文論文時使用過，甚至也不曾想過要嘗試，然而，這種既有觀念正在被顛覆。

目前（二〇二三年四月），名為ChatGPT的ＡＩ應用程式在世界上引起了極大的轟動，如果以文字形式提出問題或請求，它會立即給出答案，而且可以對應多種語言，如果以日語提出問題或要求，就會以日語回覆；如果是以英語提出，就會以英語來回答，並且還能夠做到翻譯。

為了試試看，我們在ChatGPT輸入今井睦美所著《詞語與思考》的開頭部分，讓它翻譯成英語：

語言是通往世界的窗。我們在日常生活中，在沒有特別意識的情況下，經常透過語言來看世界或思考事物。很少有人會重新思考語言在我們日常生活中扮演的角色，以及沒有語言的世界會是怎樣的。然而，語言與我們看待和理解世界的方式有什麼關係呢？

Language is a window to the world. In our daily lives, we often see the world and think about things through language, especially without conscious thought. It is rare to think about how language plays a role in our daily lives and what a world without language would be like. However, how does language relate to the way we see and understand the world?

文法沒有錯誤，翻出了自然流暢的英文。如果是英語作文測驗，幾乎是可以給滿分的程度。硬要挑剔的話，「在沒有特別意識的情況下」這句「especially without conscious thought」中的「特別」並不是「especially」的意思，所以沒有這個單詞可能會更好一些。即使沒有符號接地，ChatGPT卻以「從符號到符號的漂流」進行了如此出色的翻譯。

## 無法進行符號接地而不能學習的孩子們

現今的神經網絡型ＡＩ可以在不進行符號接地的情況下進行學習，雖然無法實現人類的創造性，但卻能夠比一般人積累更多的知識，並利用這些知識進行解釋和解決問題。相較之下，人類又如何呢？

許多兒童非常不擅長分數。筆者今井為了觀察小學生和國中生如何理解數字的基本概念，開發了名為「語言高手」和「思考高手」的測試，並進行了大規模的調查。詳細內容都在今井睦美等著《無法解決算數說明題目的孩子們——語言．思考能力與學力衰退》中已有說明，希望各位可以閱讀參考。

在小學生的調查中，當問到1／2與1／3哪個數值比較大時，即使是五年級的學生，回答1／3的兒童比回答1／2的兒童多，答對率低於百分之五十（百分之四十九點七）；當問到0.5與1／3哪個較大時，五年級學生的答對率低到百分之四十二點三。

那麼，國中生對分數的理解又是如何呢？例如問國中二年級學生，下列①與②的不等式中，哪個是正確的：

①　99／100＜100＜101／100

② 99／100＜101／100＜100

當然，正確答案是②，但只有百分之三十六的學生能夠答對，選擇①的學生更多。另外，從0、1、2、5中選擇最接近1／2＋1／3的整數的問題中，五十一名學生中有二十七名選擇「5」，選擇正確答案「1」的學生僅僅只有百分之三十八點五。

調查結果顯示，許多國中生不理解像1／3、1／2這種最基本的分數意思，換句話說，分數的符號沒有接地，因此即使上了國中，他們也無法理解基本的分數意思。

由於小學時未能將1／2這種的基本分數概念接地，以至於上了國中連上述這種初級的問題都不會。相較之下，每一個符號的意思即使完全沒有接地，ＡＩ也能不斷學習概念、解決問題，（至少在表面上）輸出正確的答案。

人類如果沒有將符號與身體或自身的經驗接地，就無法學習。而ＡＩ只要接收到大量（而且沒有錯誤的優質）數據時，就能不斷漂流在符號到符號之間，並以驚人的速度持續擴展知識。但重要的是，製作無誤且優質數據的是人類，引導ＡＩ使用這些數據進行學習的也是人類。今後我們必須要認真思考關於人類與ＡＩ的關係。

## 提攜循環

正如哈納德所指出的，即使收集再多與身體沒有連結的符號，都無法習得語言。然而，即便盲目地記住大量與感覺、知覺連結的擬聲詞，也無法成為具有複雜結構的語言體系。難道沒有爬上這座高山的方法嗎？

為了解決這個困境，筆者們建議的是「提攜循環」(Bootstrapping Cycle）[7]這個方式（圖6－2）。在穿靴子時，用自己的手指拉鞋口的靴襻（strap）[8]，就能順利穿上。由此衍生出「靠自己的力量，讓自己變得更好」的比喻，最終成為語言習得領域的學術用語。

如果沒有某種開端，就無法開始學習像語言如此龐大且複雜的系統。然而，如果以「提攜循環」來設想的話，所有的單詞、所有

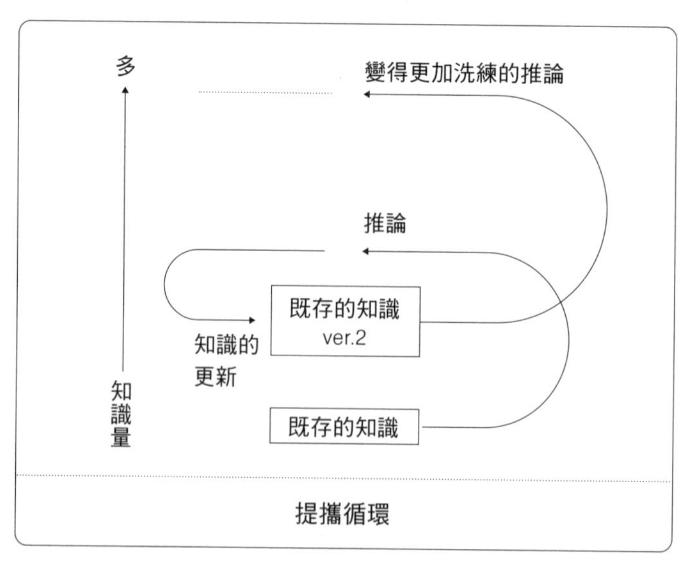


圖 6 - 2　提攜循環

的概念即使沒有直接與身體接地，只要作為最初開端的知識與身體接地的話，就能夠讓這些知識如滾雪球般不斷擴展。一旦學習開始，最初微不足道的知識會產生新的知識，並能不斷成長。

接下來，讓我們從提攜循環模型來思考語言的體系是如何形成的。

## 名詞學習

根據第四章所提到的「命名的洞察」，嬰兒在意識到單詞具有意思後，會逐漸記住詞語。這不僅是將詞語與對象對應起來，在尋找語言指涉對象的同時，也在探索將對應的對象概括應用時的線索。

7　譯注：「Bootstrapping」在統計學稱為「自助抽樣」，但在語言學上有「語義提攜」（semantic bootstrapping）這個專有名詞，指兒童在學習語言時利用語言內部結構和語境來理解新詞彙或語言結構的過程。「提攜循環」這個詞應該是作者自創的，在《中央公論》二〇二四年五月號的一篇訪談中今井睦美對「提攜循環」的解釋是：「幼兒在短時間內能理解母語這一龐大體系，是因為語言與現實的體驗和感覺有某種聯繫。例如，透過推論的連鎖，將具體且感性的符號（如擬聲詞）抽象化。這種形成的抽象概念就像是身體的一部分，感覺自然而然。我們將這種連環的表現稱為『提攜循環』。」

8　譯注：靴子後跟上方的鞋口邊緣會有一個布或皮的環，便於穿鞋時提拉。

線索有很多種，例如，已知兒童可以利用說話者的視線和表情作為線索。在一項實驗中，實驗者向兩歲幼兒展示兩個物品，然後將它們分別放入兩個有洞的箱子裡，同時看著其中一個箱子說：「這是modi。」之後，從箱子裡取出兩個物品，要求孩子去拿modi時，孩子選擇了實驗者之前看著的那個箱子中的物品。這表明，孩子會假定說話者在命名時所看的物品就是命名的對象。

線索不只這些，還有其他各種的。當兒童眼前有一個不知道名稱的物品時，如果聽到一個陌生的詞語，他們會認為這個詞語是該物品的名稱，而不是顏色或材質的名稱。從筆者（今井睦美）的實驗還發現，當同時看到認識的物品與不認識的物品時，如果聽到一個陌生的詞語（例如「neke」），兒童會假定「neke」是那個不認識的物品的名稱，甚至在將這個詞語概括應用時，他們會認為不是以物品的大小、材質或顏色為基準，而是用形狀為基準來概括。

兒童對不認識的物品取了一個新奇的名字（「neke」），然後展示以下三類物品：①與被命名物品形狀及其他特徵（大小和圖案）完全相似的物品；②形狀相似但其他特徵不同的物品；③形狀和其他特徵完全不同的物品。當問「哪個是『neke』?」時，兩歲幼兒毫不猶豫地選擇了原本被命名為「neke」的物品，以及①形狀和其他特徵都相似的物品，還有②形狀相似但其他特徵不同的物品（圖6－3）。兒童的這種選擇行為，顯示了他們認為所謂詞語是可以用於形狀相似的其他物品。

這種兒童的認知稱為「形狀偏誤」（shape bias）。在記住物品名稱的過程中，兒童會注意到指涉物品名稱的詞語可以用於形狀相似的物品，每次聽到新詞時都會應用這個規則。這種形狀偏誤加速了兒童的詞彙學習，迅速增加了他們所知道的詞語。

如果詞彙量增加，已知的單詞也會促進新單詞的學習。知道的詞語越多，越容易理解大人所說的話，也更容易使用已知的詞語知識進行推論。大人會根據兒童的理解程度，開始使用之前沒有用過的、看起來稍微難一點的詞語，這進一步促進了詞彙的成長。

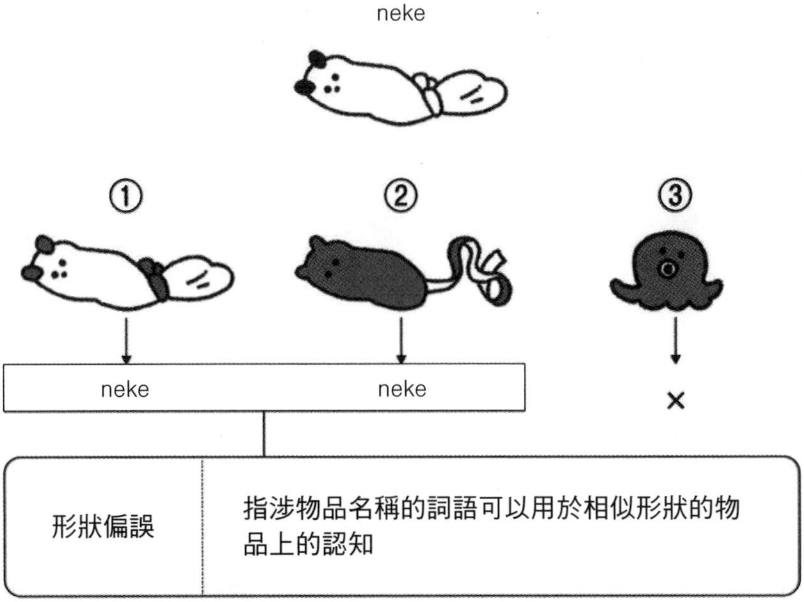

neke

①　②　③

neke　neke　×

| 形狀偏誤 | 指涉物品名稱的詞語可以用於相似形狀的物品上的認知 |
|---|---|

圖6-3 名詞學習的實驗　哪個是「neke」？

隨著詞彙的增加，兒童會意識到進行概括應用時重要的不一定是物品的形狀，還包括如「從蛋裡孵化」或「在媽媽的肚子裡成長後出生」等內在的特性。兒童會認識到共有內在的特性比形狀更重要，從而修正形狀偏誤，變得能夠關注對象更本質的特性，對詞彙和概念的知識都會變得更加洗鍊。

既有知識產生新的知識、促進詞彙的增長，並進一步在學習詞語時讓偏誤本身成為線索，使「學習方式」不斷精進，這種正向的循環，就是提攜循環。

## 動詞學習

動詞的情況又是如何呢？這裡介紹一個來自筆者（今井睦美）進行的實驗中，關於提攜循環的明顯例子。

如前所述，對幼兒來說，動詞的概括應用比名詞更難。在第四章中提到，擬聲詞的語音象徵性可以告訴我們動詞對應情境的哪個部分。在這個實驗中，當動作主體（兔子）以特定的動作行走時，我們用動詞「正在neke著喔」（ネケっているよ／neketeiruyo，作者的造詞）來命名，然後讓孩子看兩段影片：①相同的動作主體（兔子）以完全不同的動作行走的影

片；②不同的動作主體（熊）以相同的動作行走的影片。結果顯示，三歲的幼兒無法分辨哪個是「正在neke著」（ネケっている／neketteiru）的動作。然而，當我們使用「正在nosunosu著」（ノスノスしてる／nosunosushiteru，作者的造詞）這個聲音與動作有連結感覺的動詞時，即使動作主體改變，幼兒也能夠將動詞概括到相同的動作上。

事實上，兒童在推測動詞意思時可以依賴的相似性，不僅限於語音象徵（即聲音與意思之間的相似性）。動作中所使用的物體的形狀相似性也可以用於提攜（bootstrapping）。

在接下來的實驗中，我們在影片中添加了另一個要素，即動作中使用的物體。我們讓兒童看一名女性（動作主體）對某個新奇物體做某個動作的影片，並為這個動作貼上動詞標籤。例如，「姐姐正在chimo著」（チモっている／chimotteiru，作者的造詞）。在測試兒童能否概括應用這個新奇動詞時，我們準備了兩段測試影片：①物體相同但動作不同的影片；②物體不同但動作相同的影片。顯然，要說新奇動詞出現在哪個影片，答案是②。為了進一步測試（實驗1，圖6－4），我們將②的影片分成兩種類型，並將兒童分成兩組，分別觀看一種類型的影片。一組兒童觀看物體形狀與原影片相似的影片（相似物體群，上圖）；另一組兒童看物體形狀與原影片不相似的影片（非相似物體群，下圖）。

結果，觀看非相似物體群影片的兒童雖然無法將②的影片（包含相同動作在內的影片）中的動詞概括應用，但觀看相似物體群影片的兒童則成功概括應用了。也就是說，動作中使用的物體的相似性有助於動詞的概括應用。從這個實驗，我們發現動作中使用物體的相似性也可以引發提攜循環。

## 意識動詞的本質

這個實驗還有後續，最重要的提攜效果正是從這裡開始。在接下來的實驗中，我們對同年齡的兒童進行了全部八次的試驗（實驗2）。在這八次試驗中，前半四次用了與實驗1的相似物體群相同的影片組，接著後半四次則用了與實驗1的非相似物體群的相同影片組。這個條件稱為「實驗組」。

接著，將另一組兒童作為對照組，八次全部都使用非相似物體群的影片組來進行試驗。對照組的兒童就像實驗1中的非相似物體群的兒童一樣，從開始到最後都無法對動作進行概括應用。而實驗組的兒童呢？請看圖6－5的「前半四次試驗」部分。在物體相似的前半四次試驗中，就像實驗1一樣，他們能夠將動詞概括應用到相同的動作上。問題在後半四次試驗。在這裡，就像對照組一樣，物體並不相似，但卻看到了動作與原本動作相同的影片。然而，實驗組的兒童即便在這種情況下，也能夠將動詞概括應用到相同的動作上。

「姐姐正在 chimo 著喔」

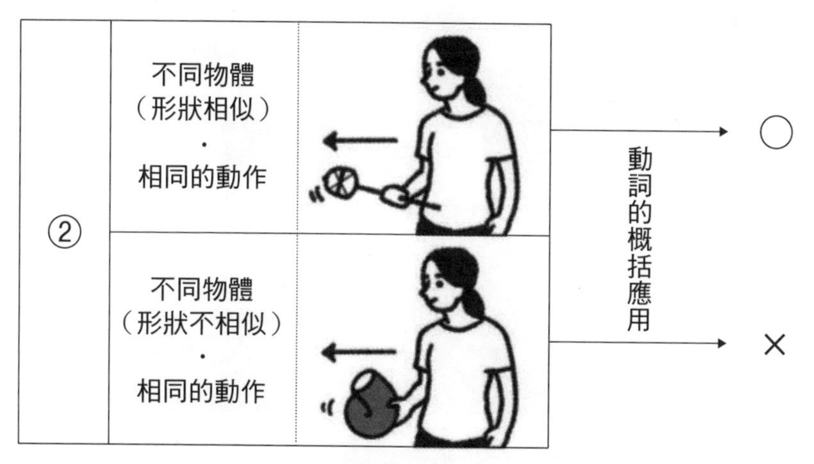


圖 6-4 動詞學習的實驗 1　以物體的相似性作為提示來學習動詞

實驗組和對照組的兒童之間的差異只在前半4次的試驗中。到底發生了什麼事呢？

參與實驗的兒童已經知道帶有「ている」（teiru）的動詞形式與物體的名稱，也就是名詞，是不同的。不過，大約四歲的孩子對物體的關注相當強烈，因此當看到同樣的物體時，就會被物體吸引，無法從整體中只提取動作並給予名稱。

然而，在前半四次的試驗中，看到與原本物體和相似的物體被用於相同動作的兒童，意識到原始影片和動作相同的影片是由動作主體、動作、動作對象（物體）三個要素組成，並且能夠將兩個影片的要素相互對應起來。這在心理學中稱為「對齊」（alignment），意味著將各要素結構性

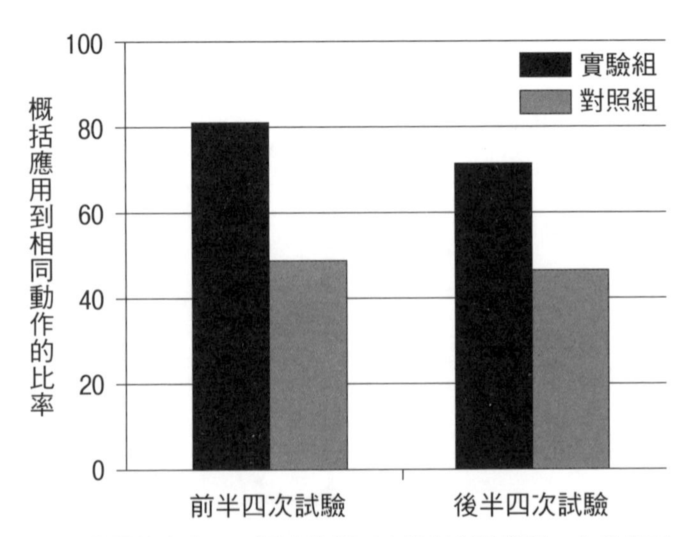


圖 6-5 動詞學習的實驗 2　根據前半四次的相似性學習，在後半四次試驗中即使物體不相似，也能將動詞概括應用

地排列整齊。

因此，他們得到了「ている」（teiru）形式的詞語並非指物體，而是指與物體分離的動作這一洞察。於是，他們不再被物體的差異所困擾，而變得能夠將動詞應用於相同的動作。僅僅經過四次的試驗，四歲幼兒就能夠獲得這種洞察，並且知道了動詞這個概念。

## 符號接地問題的解決

兒童就像這樣，只要有一個立足點，就能夠從那裡開始學習、創造知識。此時，他們所做的與「記住被教導的內容」完全不同，他們會利用現有的資源，累積知識。同時，分析已學到的知識，尋找有助於學習的線索，使學習加速，進而有效地擴展知識，這背後的原理就是提攜循環。

動詞的學習，是從最初意識到物體的名稱在句子中出現的位置和形狀不同，容易與動作一起發音而開始的。在這裡發揮作用的是擬聲詞具有的語音象徵——即聲音與意思的相似性，以及前述實驗顯示的物體相似性。不過，動作本身是曖昧的，即使透過觀察也很難知道如何提取，也不易知道對應詞語的是哪些部分。兒童在頻繁犯錯的同時，也在探索詞語對應的是動作或行為的哪一個部分，探索著動詞概括應用的基準。

如第五章所述，成人認為「相似」的基準不限於視覺上的相似性。透過學習語言，即使是在抽象式的關係性，或以相同模式被使用的關係性等原本不認為「相似」的概念，也會感受到相似性。從嬰幼兒時期開始，兒童就能夠檢測出知覺上的相似性。以這種「相似」感覺作為立足點，緩和動詞擁有的抽象性，並學習動詞。此外，透過學習動詞，也能夠對於抽象式關係性產生「相似」的感覺。換句話說，利用即使不知道動詞也能夠理解的知覺上的相似性，像成人一樣將抽象式的關係性視為「相似」，這就是一種提攜自我。

簡而言之，具有高度學習能力的學習系統，一旦系統因某種契機而啟動時，知識就會透過產生知識的提攜循環，讓知識不斷增加。不僅是知識的量增加（個別的要素知識），新增的要素知識會與既有知識建立關係，成為知識系統的構成要素。同時，新的知識也會在質的方面改變既有知識。在整理知識時，對於「相似」或「相同」的認知本身也會改變。

透過提攜循環進行的學習，知識總是會重新組成，在持續變化的同時，增加知識的量，結構也會變得更加洗鍊。在每個關鍵時刻會產生重要的「洞察」，這些「洞察」可以大大地加速學習，大幅改變概念的體系。換句話說，**語言習得是透過推論增加知識，同時也學習與精煉「學習方式」本身，不斷自主成長的過程**。

正因為有這樣的機制，即使兒童從幾乎不具備知識的狀態開始，也能夠利用自己擁有的資源（感知能力和推論能力），創造一個可以成為開端的知識，並在短時間內將語言這樣龐大的知識系統作為身體的一部分，並能成為自己所有，而這正是解決符號接地問題的方法。

到目前為止，我們已經探討了兒童如何自主學習的機制，但是新知識究竟是如何獲得、產生出「洞察」的呢？接下來，讓我們更進一步從這一個觀點來思考、深入探究這個問題：關於兒童學習語言的能力，根本上需要的是什麼？這時，能夠學習語言的人類和不學習語言的其他動物，在學習方式上有什麼不同的切入點就會浮現出來了。

例如，感知能力和記憶能力是學習所不可或缺的能力，但這些能力在人類以外的其他動物也共有。此外，我們本來就無法像攝像機一樣可以獲取並記憶所有已發生的經歷所包含的資訊。所謂的「學習」，都必須以某種粒度（granularity）[9]進行資訊的取捨和抽象化，這時，**學習就不是透過「經驗的死記硬背」得到，而是經過「推論」這個步驟獲得**。接下來，我們將試著從人類磨練的推論和其他動物無法進行（或做不到）的推論這一角度來思考。

---

9 譯注：指資料或訊息的細節程度或精確程度。例如，在數據分析中，粒度較粗的資料意味著將數據整合成更大的單位，而粒度較細的資料則意味著更詳細、更具體的數據。粒度也可以用來描述任何事物的細節程度或層次的程度，不僅侷限於數據。

## 運用知識的能力

眾所周知，學習的重要且基本的推理能力，在於擷取周圍資訊的統計分布的能力。例如，成人在說話時並非每個單詞都會停頓，然而嬰兒為了學習單詞的意思，必須靠自己先辨識出作為音塊（音的集合）[10]的單詞。為了將句子分解成單詞並找出這些單詞，嬰兒會運用統計分析能力，例如嬰兒會以自己的母語，分析單詞開頭出現概率高的音、低的音，以及單詞結尾容易出現的音、不容易出現的音，然後才能夠使用它們。同時也擷取在單詞中這個音出現後，下一個音容易接著出現的音序列。

統計資訊是一種在進化過程中共享的能力，在動物的學習中是相當活躍的能力。例如狒狒可以透過統計能力來學習以視覺呈現的字母序列，判斷尚未學過的新奇單詞是否為英語。英語單詞中有些字母出現在字首的機率極低，或者也有些不太可能出現的字串[11]，還有在單詞中容易連續出現的字串，經過訓練後，狒狒能夠學會這些特徵（當然，牠們完全不理解單詞的意思）。

或許很多人對狒狒能夠學習的這種能力感到驚訝。在這項研究中顯示出狒狒的學習，與嬰兒透過檢視音序列的機率資訊並分解單詞的學習方式非常相似。

然而，人類嬰兒利用統計資訊的能力不僅如此。以日語為母語的嬰兒在分析句子的結構時，也會利用助詞的統計資訊。像「が」（ga）、「は」（ha）、「を」（wo）這些助詞出現頻率非常高，有助於將句子分解成單詞。首先，「が」（ga）、「は」（ha）、「を」（wo）前面的音往往是單詞的結尾，因此這些助詞使單詞結尾容易出現的音更容易被檢測到。

當語言發展到更高的階段時，嬰兒也會發現「が」（ga）或「は」（ha）的前面通常是做動作的人（主語），而出現在「を（wo）」前面的單詞很多都是受動作影響的人或物。透過助詞可以辨識單詞的詞性。當推斷未知單詞的意思時，詞性的資訊是最基本且重要的訊息。如果獲得名詞表示物體、動詞指示行為或動作的洞察，單詞意思的學習就會大大地加速進行，這正是前面提到的透過提攜循環的學習模式。人類嬰兒一旦得到某方面的知識，便會立即應用到其他場合，並運用於學習其他的知識。這種「運用知識的能力」，就是「知識創造知識」的模式，是在人類以外的動物身上看不見的特質。

10 譯注：單詞的音節結構或特定的音素組合，幾個音節連在一起形成的較大的語音片段。
11 譯注：字串（string）指文字（或字母）的組合。

## 演繹推論、歸納推論、回溯推論

在邏輯學中，當談到「推論」時，通常指的是演繹推論（deductive reasoning）和歸納推論（inductive reasoning）。演繹推論是假設某個命題（規則）為真，並且該命題的事例也為真時，導出正確結果。常見的演繹推論例子如下所示：

演繹

①這個袋子裡的豆子都是白色的（規則）
②這些豆子是這個袋子裡的豆子（事例）
③因此，這些豆子是白色的（結果）

另一個著名的演繹推論例子是：

①所有人都會死（規則）
②蘇格拉底是人（事例）
③因此，蘇格拉底會死（結果）

相對的，歸納推論則是從對相同事象的觀察累積中，導出概括性規則的推論。為了便於理解，以下以前述的豆子例子再次說明：

歸納

①這些豆子是這個袋子裡的豆子（事例）

②這些豆子是白色的（結果）

③因此，這個袋子裡的豆子都是白色的（從觀察中導出的概括性規則）

從裝有豆子的袋子裡取出十粒樣本，因為都是白色的，所以推論出這個袋子裡的豆子皆為白色的結論。同樣地，長期觀察太陽從東邊升起，西邊落下的現象，得出「太陽必定從東邊升起，西邊落下」的結論，或者持續觀察沒有被支撐著的物體會墜落的例子，得出「所有物體如果沒有支撐，都會墜落」的結論，這些也都是歸納推論。

在第一章中曾提到，身為「圖像性」（相似性）提倡者的哲學家查爾斯・桑德斯・裴爾士，他除了演繹和歸納之外，還提出了「回溯推論」（abduction，或譯為「溯因推理」）這種推論形式[12]。

以剛才豆袋的例子應用於回溯推論，如下所示：

回溯推論

①這個袋子裡的豆子都是白色的（規則）

②這些豆子是白色的（結果）

③因此，這些豆子是從這個袋子裡取出的豆子（導出結果的來源）

在演繹推論、歸納推論和溯因推論中，唯獨演繹推論能夠總是導向正確答案。歸納推論和回溯推論並不能總是得出正確答案。歸納推論基於觀察到的百分九十九樣本符合某個事象，將其概括為「所有X都是A」，但只要發現一個事例X不符合A的話，在邏輯上就會變成偽命題。回溯推論本來就只是假設，在科學史上存在著多如繁星的錯誤假設。然而，在這三種推論中，能夠產生新知識的是歸納推論和回溯推論，演繹推論則不會創造新的知識。

裴爾士對歸納推論和回溯推論的差異的探討非常有趣。歸納推論是根據觀察到的事例中出現的現象或性質，推斷這些事例所屬的整個類別也具有相同現象或性質的推論。換句話說，歸納推論是將觀察到的部分概括到整體。

相對地，回溯推論是為了解釋觀察數據而形成假設的推論。在推論的過程中，假設某些無法直接觀察到事物，推論出與直接觀察到的事物不同種類的事物，例如物體沒有支撐就會墜落的結論可以透過歸納得出，但無論如何努力，從這個歸納推論中都無法產生「重力」這一個概念，回溯推論是為沒有支撐的物體為什麼會墜落的這個現象**提供解釋**。不過，如果要說歸納推論和回溯推論是否完全是不同性質的推論，實際上這兩種推論的界線是模糊的。在科學中，當超越我們的觀察限制來擴展歸納時，推論就會帶有回溯推論的特性。

如果沒有事先根據回溯推論提出的假設，歸納推論無法發揮其作用，而沒有假設的歸納方法則無法成立。原本即使是相同的問題（例如肺癌的原因），在探究的不同階段，根據各個研究者會下什麼判斷、進行什麼樣的推論、提出何種的假設，決定了哪些事實與問題相關，以及收集什麼類型的數據是合理的。相關的事實不僅僅取決於所探討的問題，也取決於研究者對這個問題假設性想出的解決方案（例如將肺癌原因歸因於遺傳體質、吸煙或空氣污染）。歸納推論雖然說是讓事實自己說明，但首先如果沒有某種假設，就無法收集到事實。因此，歸納推論和回溯推論是連續且混合在一起的。

12 作者注：裴爾士的符號論複雜難懂，但是米盛裕二在《回溯推論——假設與發現的邏輯》這本書裡對裴爾士的回溯推論與歸納推論進行了清楚且充滿洞察力的論述。以下的討論是以裴爾士的原著為基礎，並依據米盛裕二的《回溯推論》一書而提出。

## 海倫．凱勒與回溯推論

讀者可能會覺得奇怪，為何要談到裴爾士的歸納推論和回溯推論。之所以提到這個話題，是因為在兒童的語言習得過程中所做的事情，也就是知識創造新的知識、產生洞察力，而洞察力又加速知識創造的提攜循環，正是歸納推論和回溯推論相互交織的結果。

讓我們再來回顧一下第四章中提到的海倫．凱勒的故事。海倫意識到，在接觸到物體或行為的同時，手掌會感受到某種刺激（手指在手掌上拼寫單字）。她也理解這些物體和刺激的模式之間存在一定的對應關係。

然而，她並不理解手掌上的刺激是什麼意思，她所理解的是，在她能觀察到的範圍內，某些物體或行為同時會在她的手掌上產生特定的刺激模式，這可以說是簡單的歸納性概括。過去曾經有過許多試圖教黑猩猩學習語言的嘗試，實際上黑猩猩們確實學會了將蘋果、香蕉、鞋子以及紅色、藍色、黑色、黃色等顏色的積木分別對應到特定的符號（圖形字）。在「water」事件之前，海倫所學到的東西，可能與黑猩猩將物體和符號對應起來的學習過程並沒有太大區別。

然而，海倫感受到手上潑灑的水時，她理解到沙利文老師在她手上拼寫的「water」正是這種冰冷液體的名稱。這可能被認為是一種簡單的洞察，然而，海倫說從那時起，她「理解到所有的事物皆有名稱」。當她的手掌上感受到冰冷的水，同時感受到手掌上拼寫的文字時，她回溯過去，理解到之前的所有經驗都是「一樣的」，並且進一步從回溯推論，獲得了「所有的對象、物體以至於行為、事物的性質和狀態都有名稱」的洞察。

這是一個多麼大的洞察啊。正如裴爾士所指出的，如果沒有某種假設，我們就無法開始收集事實。又如在第四章中提到的，儘管人類嬰兒能夠感受到與聲音（人聲產生的音塊）同時出現的對象之間的必然連結，或在配對時感覺到不對勁的能力（跨感覺對應[13]的能力），但是如果沒有像海倫的「water」例子，得到「人發出的音塊是對象的名稱」的洞察，能夠習得語言嗎？像過去的海倫或是透過研究人員學習詞語的黑猩猩一樣，在那之後，從單純可觀察得到的單詞形式（語音、手語、點字等）和物體的連結中，他們不會想去探求「單詞的意思」吧！而且，他們應該也不會開始探究「詞彙的機制」或「從組合單詞的規則，產生意思的機制」吧！

正如前面提到的，在兒童語言習得的過程中，會產生像是「名詞是根據形狀的相似性，而非顏色、材質或大小來概括應用的」或「動詞是根據動作本身的相似性，而非做動作的人或動作的對象來概括應用的」這樣的洞察，而這些也是透過回溯推論得到的洞察。因為這些

---

13　原文為「異感覚マッピング」，比較接近的是「cross-modal mapping」，意思是使不同感覺或知覺之間產生對應與關聯。

洞察，飛躍性地加速了詞彙的學習。

## 歸納推論引起的說錯話

嬰兒的說錯話是可以看見無數歸納推論和回溯推論足跡的寶庫。正如前面所述，要明確區分歸納推論和回溯推論是困難的，但為了便於理解說明的內容，我們姑且試著進行分類。以下的例子是歸納推論引起的錯誤：

根據投手（ピッチャー／pitcha）和捕手（キャッチャー／kyatcha）的模式，把打者（バッター／batta）說成「バッチャー/batcha」[14]。

這是來自《朝日新聞》讀者投書欄「我說啊」中的一個小故事。這個例子觀察到人的角色名稱中有一個共同的結尾（詞綴），並立即進行概括應用的例子。

聽到奶奶在給客人奉茶時說「粗茶ですが」（sochadesuga，粗茶不成敬意），於是自己抱著貓對客人說「ソネコです」（sonekodesu，這是粗貓）。

這也是來自「我說啊」投書欄的故事。一個三歲的小孩問奶奶：「為什麼不是『御茶』（お茶／ocha，日文名詞中加上お有表示尊敬、敬意）而是『粗茶』（ソチャ／socha）呢？」奶奶回答說：「對客人要用『粗』（ソ／so，表示謙虛）。」於是小孩就在介紹自己的貓時應用了這個規則。

英語中不規則動詞go的過去式為goed。

這個著名的例子是將規則動詞的規則應用於不規則動詞的誤用。在英語中，動詞「go」的過去式是「went」，但兒童在嘗試使用go的過去式時，常常會發生錯誤變成「goed」。有趣的是，兒童一開始能正確地說「went」，但是當對話中使用包含動詞的完整句子越來越多，動詞的詞彙增加，就會出現用「goed」的這種情況。將規則動詞規則誤用於不規則動詞的情況持續一段時間之後，錯誤就會自然修正。這種模式在發展心理學中被稱為「U形曲線

14 譯注：這幾個字的日文外來語是來自英文pitcher、catcher、batter，但羅馬拼音則與英文不同。

（U-shaped curve）的發展」。

從模式的提取這個角度來看，這種誤用可視為來自歸納推論導致的概括化錯誤，但是「在談論過去的事情時，動詞語尾會發生變化」這個認知本身可以說是一種回溯推論，而成人並不會向幼兒解釋這個規則，「在談論過去的事情」的這個線索裡也是觀察不到的。對於「yesterday」或者「days/weeks/months/years ago」這些說法，對成人來說會成為「過去的事情」的線索。然而在實際的對話中，很多情況下並不包含這些表示過去的表達。導出「現在、過去、未來」這些語法概念本身，就需要高度的回溯推論能力。

## 回溯推論引起的說錯話

以下的例子更多是來自回溯推論引起的誤用，而非歸納推論的錯誤。

①草莓的醬油（指煉乳）

②用腳投擲（指踢的動作）

這兩個例子都顯示，即使是幼兒，對於知覺上的相似性，甚至關係上的相似性和結構上的相似性都具有辨識的能力。這通常被認為是「類比」（analogy）的結果，但要進行類比，必須先意識到兩個事物之間的相似性。在例①中，醬油和煉乳是顏色、氣味和味道都不同的液體，不過兒童表現出他們意識到這兩者都擁有視覺上難以察覺的功能的相似性——「淋在食物上會變好吃」。

例②中的「投擲」和「踢」的共通性也不易從視覺上的相似性中察覺，實際上，成人並未意識到「投擲」和「踢」具有非常相似的結構，然而幼兒能理解這兩個動詞在結構上的相似性，這是一種優秀的回溯推論能力。

## 錯誤的修正

正如前面已經提到的，不同於必定有唯一正確答案的演繹推論，歸納推論和回溯推論是無法確定絕對正確答案的推論，因此這兩種推論能夠創造新的知識。這一點具有重要意義。

裴爾士本人也指出，歸納推論和回溯推論必須不斷修正。這些推論方式要能夠對個人語言習得或語言以外的其他知識體系的習得上有所貢獻，以及在人類整體知識的發展中產生貢獻，就必須經常修正這些推論的結果創造出來的知識。

在創造知識的推論過程中，犯錯和失敗是不可避免的。而修正這些錯誤，我們得以修正和重組整個知識的體系。這個循環不管是對於作為系統的語言習得，或是對科學的發展都是不可或缺的。透過提攜循環的學習，不只是產生新的知識，還包含了透過創造新知識來重新組織既有的整體知識系統，朝更好的方向進化的過程。

## 總結

本章指出了僅憑檢測擬聲詞中隱含的圖像性的知覺能力，是無法進入語言的龐大詞彙系統的。我們研究出為了要從擬聲詞達到習得語言的體系，必須假設一個「提攜循環」，即現有的知識不斷產生新的知識，知識的體系以自我生成的方式成長的循環。然而，為了啟動提攜循環，最初的重要符號必須與身體接地才行。

驅動提攜循環的關鍵在於回溯推論（形成假說）。擁有語言這個複雜且抽象的巨大符號體系的，只有人類這一物種。在思考符號接地問題時，探討人類與動物在推論能力上的差異，有助於理解人類，並對於解答為何唯有人類擁有語言這個大哉問，應該也會得到非常重要的提示。在第七章，讓我們探索回溯推論的起源，思考為何唯有人類擁有語言這個問題吧。

## 專欄2　兒童的說錯話

讓我們再介紹兩個來自《輕鬆語言學廣播》網路節目裡「日本兒童錯誤賞」的例子。這些例子是比本章介紹的說錯話還來得更加複雜的連鎖推論，擴大了知識創造的範疇。這些例子展示了極其合理且令人驚嘆的回溯推論，而稱之為「錯誤」的理由，只是因為它們與日語的慣例不一致而已。

觀眾化名：又吉　「創造新的量詞」

我姪女大概在三至四歲時，越來越擅長畫畫，經常喜歡畫動物。有一天，她得意洋洋給我看她用鉛筆畫的兔子、熊貓、獅子和老虎等一些動物的圖畫，並說：「這是用『兩色』（にしょく／nishoku）畫的，接下來我要用『三色』（さんしょく／sanshoku）來畫。」我心想：「用白黑兩色來表達用鉛筆畫的黑白畫，真是不得了的感性，很不錯啊！」然後我回應道：「為什麼是三色呢？畫得這麼好，下一次用更多顏色畫吧？」姪女露

出疑惑的表情，回答說：「因為只有『三食』（さんしょく／sanshoku）啊！」我問：「……？你的彩色鉛筆不見了嗎？」姪女一臉吃驚地看著不知所云的我解釋道：「（給我看的）這張圖畫的是『肉食』（にしょく／nishoku）和『草食』（そうしょく／soshoku）的動物。但是動物裡還有『雜食』（ざっしょく／zasshoku）的吧？所以下次我要畫『雜食』（ざっしょく／zasshoku）的。這就是為什麼要用『三食』（さんしょく／sanshoku）啊。」[15]

各位能理解這是多麼厲害的知識創造嗎？這個三到四歲的孩子已經知道動物有肉食性動物、草食性動物和雜食性動物這三種類型。而且，她還理解「肉食」、「草食」、「雜食」這些詞語都具有「〇食」（〇しょく／〇shoku）的結構。再者，這個孩子知道在數數時，數字後面要加上稱為量詞的特別詞語。甚至，她還明白，無論吃什麼，一餐份稱為「一食」，兩餐份稱為「二食」。所以這個孩子大概在分析了這些模式之後，認為「食」可以作為表示動物食性的量詞。

15 譯注：日語的「色」在作為顏色的量詞時發音與「食」一樣為「shoku」。小孩用的「shoku」指的包括動物食性的「食」與量詞的「食」，而大人聽到的則是表示顏色的「色」。另外，雜食的雜與數字三發音相近，小孩把第三次要畫得雜食動物概括為「三食」。

這是結合透過分析詞語所得到的多種知識，創造出新的量詞。從連鎖的推論產生知識，並以第三章提到的語言的大原則之一「生產性」，擴展出詞彙的好例子。

近代語言學之父索緒爾認為詞彙的特徵是「差異的體系」。正如前面所看到的，他指出，單詞並不是孤立存在的，它們在體系中定位，並透過與體系中與其他要素的差異來確定這個單詞的意思。下面第二個例子展示的是幼兒理解了索緒爾所說之為了建構「差異的體系」所需的原理：

「來自形狀偏誤的單詞推論」

觀眾化名：makkii

以前四歲的兒子會摸著我的胸部說：「ㄋㄟㄋㄟ！」（おっぱい／oppai，乳房，口語化中文譯成ㄋㄟㄋㄟ」當我跟他說你也有「ㄋㄟㄋㄟ」吧，他回答：「我沒有『ㄋㄟㄋㄟ』！是『胸』（むね／mune）！」當時我沒太在意。前幾天，他在浴室看到我胖胖的肚子，咯咯笑著說：「媽媽的『肚子』（おなか／onaka）。」我說你也有「肚子」吧？他說：「我的是『肚臍』（へそ／heso）！」這時我才發現他是根據身體部位的形狀來命名的。凸出來的是「ㄋㄟㄋㄟ」和「肚子」，平坦的是「胸」和「肚臍」。問他其他家人的體型是什麼之後，我才知道在他心裡是以有無乳房、以及肚子是否突出為基準，所以一歲的妹妹是胸和肚子，爸爸的是胸和肚臍。

　　當學習新的詞語時，能讓它變成「活的知識」的是將那個新的詞語與具有相近意思的既有詞語進行比較並區分使用的行為。這個行為與「語言是差異的體系」的原理連結，具備每個詞彙都有獨特的意思並被對比的原理。這個案例的孩子到了四歲就已經理解了這個重要的原理，並加以實踐用來構建自己的詞彙體系。

# 第七章 人與動物的差異——推論與思考偏誤

在第六章中，討論了兒童如何從擬聲詞中脫離，將語言這個抽象且具有龐大意思的符號體系，變成自己身體的一部分。而使這個過程能夠實現的是稱為「提攜循環」的機制，這個機制使得起初依賴感覺創造出的小小知識能夠產生新的知識，並以滾雪球的方式自律地讓知識增長。在提攜循環中擔任核心角色的是回溯推論，本章將思考回溯推論的演化起源。

## 黑猩猩「愛」的實驗

在前一章中提到，意識到「所有對象都有名稱」，是因為在自主構建語言這個符號體系時，為了要邁出第一步所必須具備的偉大洞察。然而，在這個洞察之下還蘊含著另一個重要的洞察，這個洞察就是：名稱是由形式（詞語的音或文字）與對象之間的雙向關係所構成的。這是什麼意思呢？

假設聽到關於某個對象的「KUTSU」這個詞的發音，兒童會記得大人稱之為「くつ」（kutsu，鞋子）的東西是用「KUTSU」這個音來表示的。讓他們看「くつ」（kutsu，鞋子）的例子並問「這是什麼？」時，用不著幾次，兒童最後都能夠回答「KUTSU」。同樣地，兒童會記得黃色的、甜的水果名稱是「香蕉」，當大人指著那個水果問「這是什麼？」時，兒童就能回答出「香蕉」。然而，如果在一個裝了香蕉、蘋果和橘子的碗裡，明明要兒童拿「香蕉」，他們卻拿了蘋果或橘子出來的話，父母應該會感到困惑和驚訝吧。

不過，詞語的形式與對象之間的雙向關係，對於人類來說是理所當然的，但對於動物來說並非如此。這裡談談今井睦美曾在多年前看過的一段影片，那是京都大學靈長類研究所（當時）的松澤哲郎（1950-）教授與黑猩猩「愛」（下文稱小愛）的實驗。

小愛經過訓練後，可以選擇與不同顏色積木對應的符號（圖形字）。例如，黃色積木對應△，紅色積木對應◇，黑色積木對應○，小愛幾乎能完美地完成這個任務。訓練之後，即使過了一段時間，小愛仍能記住這些對應關係。

然而，影片後半的發展令人震驚。這次指示小愛從符號來選擇顏色。實驗中準備了在一開始訓練中使用的黃色、紅色、黑色等積木。當展示△時，我們理所當然地預期小愛會從不同顏色的積木中選擇黃色積木，看到◇時選擇紅色積木，看到○時選擇黑色積木。如果我們自己的孩子做不到這一點的話，我們可能會驚慌失措，但是，明明小愛在先前受過的訓練方式上能夠毫無困難地作出正確回答，卻完全無法在反向的對應中從不同的符號選擇相應顏色的積木。

研究人類兒童語言發展的今井睦美對這個事實感到震驚，並因此引發極大的興趣。於此之前，在平時關注的兒童語言發展領域的文獻中，從未讀過有人指出這種事實的論文。實際上，幾乎所有研究人類幼兒詞語意思的推論實驗，都是透過標準方式，對兒童指示某個對象、並教他們一個新奇的詞彙「neke」，然後為了確認兒童是否理解「neke」這個詞語，把那個指示對象與其他不同的物體一起展示，並問「哪個是neke？」。

然而，這種實驗方法在教兒童A是X時，已經假設了兒童同時也能夠學習到反向對應，即他們「被教會」X是A。也就是說，當教兒童這個黃色積木是KIIRO（日文黃色的發音）時，便假設兒童同時也會認為KIIRO這個音是指黃色積木；當教兒童這個紅色圓圓的水果是RINGO（日文蘋果的發音）時，假設兒童會認為RINGO這個音是指紅色圓圓的水果。這種反向對應的概括應用，也可以說是支撐了「特定的音是某對象名稱」的理解。

然而，如果仔細思考，這種概括在邏輯上並不正確。「若A則X」並不等同於「若X則A」，就像「如果是企鵝則是鳥」是正確的，但「如果是鳥則是企鵝」就不正確，從這道理來看，就很容易理解了。因此，即使小愛學會了「黃色積木是△，紅色積木是◇」，但無法選擇「△是黃色積木，◇是紅色積木」，這在邏輯上是完全正確的。

如果學習了「對象→符號」的對應，等於同時也學習了「符號→對象」的對應，這種人類在學習語言時認為是理所當然的假設，在邏輯上卻是不正確的過度概括化。

## 非邏輯式的推論

過度概括「若A則X」為「若X則A」是人類日常生活中經常出現的現象。以下是我們在沒有意識到是「推論」的情況下就進行的推論：

太郎說，如果工作能早點結束，他會參加聚會。太郎來參加聚會了。因此，太郎一定是很快就完成了工作。

往外一看，發現路面濕了，認為一定是在沒有注意到的時候下過雨了。

我們不會認為上述這兩個例子是「錯誤」的吧。然而，在邏輯學上，這就是被稱為「肯定後件的謬誤」的一種「邏輯上的錯誤」。太郎沒有來參加聚會，不一定是因為工作沒做完，也可能是因為有其他急事，或者因為太累想在家休息。地面濕了，即便可能性很低，但或許是灑水車灑了水。

從下面的例子可以更清楚知道「肯定後件」是一種謬誤：

英雄喜歡美色。X喜歡美色。因此，X是英雄。

「英雄喜歡美色」是一個知名的俗諺。然而，就算因為X喜歡美色，並不能證明X是英雄。我們知道有許多喜歡美色但並非英雄的人物。

再來看看下面這個與此種邏輯形式完全相同的例子吧：

如果感染新冠肺炎，喉嚨會痛，並且大多會發燒。現在，我喉嚨痛也發燒。所以，我感染了新冠肺炎。

導致喉嚨痛的疾病不僅僅因為是新冠肺炎，也可能是流感或其他會引發相同症狀的疾病。然而，當新冠肺炎流行時，如果出現這類症狀時，許多人自然會懷疑自己是否感染了新冠肺炎吧。

事實上，在大多數情況下，疾病的診斷是從症狀推論其原因（病名）的回溯推論。當然，現代醫學會進行各種檢驗來確定病名。然而正如第六章所述，如果醫生一開始無法根據症狀預測疾病，就無法決定應該進行哪些檢驗。

人類兒童從幼年起就會進行這種逆轉邏輯的思考方式。讓我們再介紹一個從《輕鬆語言學廣播》資料庫裡找到的例子，來一窺這種思維方式：

> 觀眾化名：蝴蝶效應（二歲七個月）
>
> 在天氣預報下雨的日子，我會對孩子說「今天下雨，所以要穿雨鞋哦」，並讓他穿上雨鞋。有一天，出門穿了雨鞋，如預報所說下起了雨，孩子問：「今天是因為〇〇（孩子名字）穿了雨鞋，所以才下雨的嗎？」明明是因為下雨才穿雨鞋，但孩子的邏輯顛倒過來，以為是因為他穿了雨鞋所以才下雨。

這種因果關係顛倒的現象，在成人中也很常見。例如看到一家店門前總是大排長龍，我們往往會認為「因為排隊所以好吃」（而不是「因為好吃所以排隊」），於是自己也加入排隊的行列，這與把必要條件和充分條件顛倒的偏誤有關。筆者在大學教書時，告訴學生「取得學分的必要條件是出席率達到八成」，但許多學生會以為「只要出席率有八成就能拿到學分」。

## 動物不會進行對稱性推論

剛才介紹了黑猩猩小愛在顏色和符號（圖形字）的對應訓練中，能夠在「顏色→符號」的方向上進行訓練，但在「符號→顏色」的測試中卻完全變成隨機猜測的研究。正如前文所述，將前提和結論顛倒的推論——在心理學中稱為對稱性推論（symmetry inference）——與回溯推論密切相關，屬於非邏輯式的推論。那麼，我們不禁要問，動物會進行回溯推論嗎？

美國心理學家大衛・普雷馬（David Premack, 1925-2015）得出的結論是，沒有證據顯示動物會進行回溯推論，特別是動物會根據結果推測原因的這一觀點。他指出：「動物是否能學習到某些並非由自身行為導致的現象（例如樹被風吹倒）是因果事件？也許動物能理解大石頭比小石頭更容易折斷樹枝。然而，當看到一塊大石頭在折斷的樹枝旁邊時，他們能否推測出是大石頭折斷了樹枝？至今尚未有實驗報告能夠證明這一點。」

與此相關的還有一項有趣的報告，提到黑面長尾猴（Velvet Monkeys，學名：Chlorocebus

pygerythrus）即使看到天敵蛇在沙地上留下的爬行痕跡，也無法透過蛇爬行的痕跡預測蛇的存在。這些猴子在沒有看到蛇的情況下，即使看到爬痕也不會顯得不安，也就是說，牠們無法透過學習產生「沙地上的痕跡意味著蛇在附近」這樣的推斷。

相比之下，人類會認識到與自己無直接關聯的自然現象的因果關係（或者說，即使沒有必要，也會推測原因）。動物是否能進行對稱性推論的問題，關係到除了人類以外的動物能否進行以因果推論為代表的非邏輯且基於經驗法則的推論。這個問題吸引了全球眾多研究者長期關注和研究，研究對象包括黑猩猩、猴子、老鼠、海獅、鴿子、（以及被認為是鳥類中最聰明的）烏鴉和松鴉等。

有位研究者在二〇〇九年發表了一篇名為《二十五年的對稱性研究》的論文，對一九八〇年代以來長達四分之一世紀的動物對稱性研究進行了總結。基本上，不論是哪種動物、使用何種研究方法，都沒有證據表明動物會進行對稱性推論。然而，有一項針對海獅的研究報告指稱，海獅展現出對稱性推論的能力，但這項研究因實驗方法存在問題而受到批評，因此海獅是否能進行對稱性推論仍存在灰色地帶。

正如之前介紹的，與人類擁有相同祖先的猩猩被認為在群體上無法（或不會）進行對稱性推論。不過，也有個別例外的報告，這個例外的個體是與之前提到的京都大學靈長類研究所的天才黑猩猩「小愛」一起被飼養，另一隻名為「克洛伊」（Chloe）的雌性黑猩猩。在研究團隊進行的對稱性推論測試中，克洛伊與其他個體不同，能夠將學習到的對象與符號的對應關係反向概括，表現出對稱性推論。克洛伊也參加了筆者（今井）研究團隊進行的人類幼兒與黑猩猩的比較研究，是參與測試的七隻黑猩猩個體中唯一進行過對稱性推論的個體。這一點將在後面再來討論。

## 對稱性推論的失落環節

如前所述，語言學習需要理解符號與對象之間的雙向關係，必須假設一旦學會了某一方向（例如符號A↓對象X）的對應，此對應關係就能反向概括（對象X↓符號A）。人類兒童能夠學習詞語的事實顯示，他們在那個階段已經可以進行對稱性推論。

相對而言，除了極少數的（存在灰色地帶的）例外，人類以外的物種不會進行對稱性推論（究竟是無法還是不願意進行，尚不得而知）。基於這些觀察到的事實，進行回溯推論可以得出如下假設：**人類天生具有對稱性推論的偏誤，但動物不具備這種偏誤，這個差異決定了作為生物物種是否能夠擁有語言**。這個假設當然不是筆者們首次提出的，研究動物思維的學者們，特別是研究對稱性推論的學者們，很早就指出了這一點。

然而，這個語言演化的理論存在著一個可以稱為「失落環節」（missing link）的尚未解決之大問題。這個問題就是，人類兒童的這種對稱性推論的偏誤（將學到的知識過度概括與反向連結的偏誤）是如何產生的？對此，我們可以思考兩個可能的假設。

假設1：人類嬰兒天生具有對稱性推論的偏誤（以下稱為「對稱性偏誤」）。這一假設認為，人類之所以能夠習得語言，是因為天生具有對稱性偏誤。

假設2：人類嬰兒透過語言學習的經驗，逐漸意識到詞語這種符號與對象之間具有雙向的關係。換句話說，對稱性推論的偏誤是語言學習的結果。

這個問題在動物心理學研究者和研究人類思維的學者之間引起了討論。大多數研究者傾向認為假設2是正確的，但沒有決定性的數據來證明哪一個假設是正確的。

假設2看似合理，但有一個缺點——透過詞語意思的學習經驗來認識到詞語（符號）與對象之間的雙向關係，本身就是一種回溯推論的洞察，而這種洞察是如何產生的，還需要進一步解釋。而支持假設1時，也存在一個重要的疑問——我們的演化祖先與我們的思維方式之間的差異是如何產生的？例如，黑猩猩和我們人類之間是否存在演化上的斷層，還是對稱性偏誤是在演化過程中漸進而連續地產生的？

為了得出假設1和假設2哪一個假設是正確的，我們需要什麼樣的數據呢？為了弄清楚嬰兒在開始學習詞語的意思之前，是否在語言學習以外的脈絡下表現出對稱性偏誤，今井睦美與其共同研究者進行了實驗。

## 人類嬰兒的對稱性推論

這個實驗的對象是三十三名八個月大的嬰兒和七隻成年的黑猩猩。選擇八個月大的嬰兒是因為在出生十至十二個月之前，嬰兒語言學習的核心主要是從分析母語的音，以及擷取出作為音塊的單詞，因此，知道意思的單詞非常少，而且這個階段的嬰兒也被認為還沒學會掌握學習單詞意思的線索。如果這個年齡的嬰兒能夠將學習到的A→X的關聯概括應用到X→A，那就表示這不是從學習詞語意思的經驗而導出的思考方式，我們可以認為在開始學習詞語的意思之前，推測嬰兒就已經擁有對稱性偏誤了。

接下來簡單介紹一下實驗是如何進行的。研究者反覆播放圖7-1中的兩種動畫給八個月大的人類嬰兒看。影片中首先展示了兩種玩具（狗和龍），之後玩具縮小並變成球，然後球開始移動，但持續不同的移動方式。狗變成的球以鋸齒狀移動，而由龍變成的球則以曲線式的路徑移動[1]。也就是說，嬰兒學習了兩種「物體↓移動方式」的組合。

在確認嬰兒已學會這兩種組合後，開始進行測試。順帶一提，實驗中透過觀測嬰兒的視線來判斷他們是否學會了物體與移動方式的對應關係。當嬰兒學會固定的組合後，他們就會感到厭倦，不想再繼續看影片，研究者利用這一點來判斷嬰兒是否已經學會。

在測試中，會將「物體↓移動方式」的順序反過來，影片從移動方式開始，然後才出現兩個玩具。從不同的測試影片中，會讓嬰兒看到如訓練中學到的移動方式與物體相同對應的模式，以及移動方式與物體不同對應的模式。以圖示為例，如果在鋸齒狀的移動方式後出現的是狗，就與訓練一致；如果出現的是龍，就是與訓練不一致的組合。

如果嬰兒能將學習到的「物體↓移動方式」的對

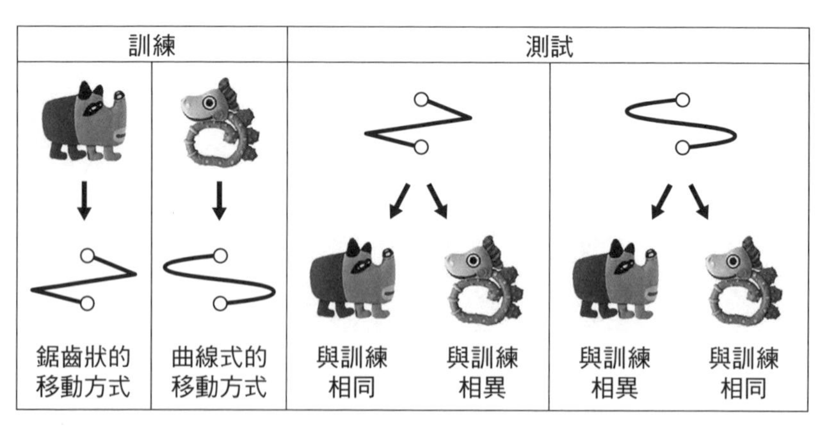


圖 7-1 人類嬰兒的對稱性推論的實驗

應關係反過來概括的話，那麼可以認為嬰兒進行了對稱性推論。如果沒有進行對稱性推論，那麼「物體↓移動方式」的對應關係就不會轉換為「移動方式↓物體」的對應關係，不管與訓練時看到的是相同的物體還是不同的物體，嬰兒的反應照理說都不會改變。

在這裡，嬰兒的推論指標依然是視線。當嬰兒看到與預期不同的情境時，他們會感到驚訝，並且比在預料之中時，會對情境注視更長時間。如果參與實驗的嬰兒進行了對稱性推論，那麼在測試時，即使影片開始時與訓練時所看到的移動方式與物體不一致，他們應該也會期待看到像訓練時所見到的與移動方式相對應的物體。學習了狗↓鋸齒狀、龍↓曲線式的嬰兒，在看到從鋸齒狀開始的影片時，預期會看到狗，一旦出現的是龍，他們就會感到驚訝並長時間注視影片。

結果顯示，八個月大的人類嬰兒，即尚未真正開始學習單詞意思、幾乎不懂得單詞意思的嬰兒，表現出能夠進行對稱性推論的行為。當嬰兒學習了兩個要素（物體和動作）的組合時，即使以相反的順序呈現，他們仍然能保持這種組合關係，並在看到與學習內容不一致的組合時感到驚訝。

1 譯注：在實際的實驗設計中，玩具和移動方式的組合會根據每個嬰兒進行調整，以確保特定組合的效果不會對結果產生影響。

## 黑猩猩的反應

如前所述，許多實驗已經證明，黑猩猩和其他動物一樣，並不會做對稱性推論。然而，今井睦美等人希望直接確認黑猩猩是否具有對稱性推論能力，因此以對人類嬰兒所做的相同刺激和手法，也對七隻黑猩猩進行了實驗。

以動物為對象，到目前為止累積下來的實驗大多採用操作制約（Operant conditioning）[2]的方式進行訓練，在本章開頭提到的顏色與相應符號（圖形字）學習實驗中，讓黑猩猩看某個顏色的積木，然後讓其從一排圖形字的籌碼中選擇一個。一開始，黑猩猩只能隨機選擇，如果碰巧選擇了正確的（實驗者預設的）圖形字，就會得到獎勵（如蘋果片或果汁）。經過幾天甚至數十天不斷的反覆訓練，黑猩猩學會了如果看到某個顏色時選擇某個圖形字就可以獲得獎勵。

在使用操作制約法進行的動物對稱性推論實驗中存在一個問題。動物只經驗了在刺激A時選擇X會獲得獎勵的順序；然而，在對稱性的情況下，必須讓X與A的順序相反過來，但這種試驗不會從獎勵開始。我們擔心這可能導致動物的困惑。為了解決這個問題，我們決定不在每次測試中給予獎勵，而試著採用與測試人類嬰兒相同的方式，只讓黑猩猩看相同的影片。

如同以前的研究，如果黑猩猩無法進行對稱性推論（或者選擇不做），那麼在測試中，當他們看從移動開始的影片時，即使這些移動對應了訓練過的玩具，也不會認為這有任何關係，換句話說，預測黑猩猩看兩種玩具的時間不會有差異。在這個過程中，有一點很重要：我們必須先確認黑猩猩在訓練中已經正確學習了「物體→移動方式」的對應關係。否則，如果在測試中發現黑猩猩觀看訓練一致的組合和不一致的組合在時間上沒有差異，我們就無法判斷這是因為他們不做對稱性推論，還是因為他們根本沒有學會這些對應關係。

因此，事先對七隻黑猩猩進行了測試（正向測試），以確認他們能夠學習到訓練的對應關係。在這個測試中，經過訓練後，黑猩猩會看到與訓練相同的組合，以及與訓練不同的組合，並確認他們觀看這些組合的時間是否不同。結果顯示，黑猩猩在順向測試中確實學習了訓練的對應關係。之後，為了避免正向訓練和測試對對稱性推論測試產生影響，我們間隔了幾個月才進行對稱性推論的訓練和測試。

結果與「小愛」的報告和之前的研究一致。也就是說，黑猩猩作為一個群體，在看到訓練的內容與反方向的移動→物體的影片時，不論影片展示的組合是否與訓練中的組合一致，

2 譯注：美國哈佛大學心理學教授施金納（B.F. Skinner）於一九三八年所提出。根據施金納的定義和說法，任何反應如果導致增強物或有增強作用的刺激的出現，則此後該反應更可能再度發生。

他們看影片的時間完全沒有變化。

## 「克洛伊」與回溯推論的萌芽

在這次實驗中，我們發現相對於人類嬰兒在學會詞語的意思之前，就已經具備了將學到的東西反向（即邏輯上所謂的過度）概括的偏誤，而黑猩猩則不會做對稱性推論。這一結果顯示，人類之所以擁有語言，而人類以外的其他動物物種不具備語言，或許是來自習得和運用語言方面所需的認知偏誤和認知能力上差異的可能性（頁256的假設1）。

不過這麼一來，就留下了一個疑問：人類此一物種突然能夠做出對稱性推論，是像突變一樣發生的嗎？抑或是在演化過程中逐漸持續產生出來的嗎？

關於這個疑問，從這次實驗得到了一些線索。實際上，我們試著分別觀察了七隻參與實驗的黑猩猩是否學會了「物體↓移動方式」的對應關係。在一開始以正向進行的確認測試中，所有黑猩猩在已學會的組合上花了更長的時間觀看，也就是他們偏好注視學習過的對應組合。然而，在需要對稱性推論的逆向測試中，黑猩猩對新的組合和已學會組合的注視時間則沒有差別。但在這些黑猩猩中，只有一隻名為「克洛伊」的個體，在逆向測試中也用了更長的時間注視已學會的組合。

有趣的是，在幾年前進行的另一項實驗中，儘管使用了不同的刺激和方法，結果顯示只有克洛伊仍進行了對稱性推論。此外，還有報告指出，不只是對稱性，克洛伊在黑猩猩中也特異地表現出互斥性（mutual exclusivity）推論。互斥性推論是人類兒童在學習詞語的意思時，常使用的一種推論能力，這個推論是指當眼前有已知名稱的對象和未知名稱的對象時，聽到未知名稱時，會認為這個沒聽過的名稱就是未知對象的名稱。

例如，即使知道「杯子」這個詞，但不知道「蜂蜜杓棒」（honey dipper）的兒童，在眼前有杯子和蜂蜜杓棒的情況下，聽到「請拿蜂蜜杓棒」時，兒童會毫不猶豫地拿起蜂蜜杓棒。即使是兩歲以下的孩子，也會認為未知的名稱就是自己不知道名稱的物體之名。這被稱為互斥偏誤（mutual exclusivity bias）。互斥性推論也是一種在邏輯上不正確的回溯推論。其他黑猩猩在這個研究中表現出隨機反應，但克洛伊則顯示出與人類幼兒相同的反應。

雖然不能僅依靠克洛伊就下結論，但考慮到在過去的實驗以及今井睦美等人在對稱性的人類與黑猩猩的比較實驗[3]中，克洛伊一貫地展示了對稱性推論等等非邏輯的推論，這表明

3　譯注：〈對稱性推論於語言學習是先有蛋還是先有雞？人類嬰兒和黑猩猩的直接比較〉（研究年度2010－2012）https://kaken.nii.ac.jp/ja/grant/KAKENHI-PROJECT-22653093/

在黑猩猩之中可能存在少數個體能夠（或打算嘗試）進行對稱性推論。如果是這樣，人類特有的回溯推論的萌芽早已存在於我們的祖先中，並且在演化的過程中逐漸成形的可能性就浮現出來了。

## 人類的演化

無論如何，對稱性推論導致（邏輯上來說並不正確）往反方向的概括化，對於語言的學習和習得是不可或缺的，對我們在日常思考，以及科學中從現象追溯並推論原因的因果推論也同樣必要。

關於歸納推論和回溯推論，讓我們重新思考一下這些即便有犯錯風險的非邏輯式推論所具有的優點吧。正如之前所述，這些推論能從既存的有限資訊中創造新的知識。此外，這些推論符合簡約原則[4]，能以較少的法則和步驟解決更多問題，在不確定的狀況和能力上的限制下，即使資訊有限，仍能提供未必完全正確但大致合理的問題解決和預測。

透過制定整理事例的規則，可以整理和壓縮外界的資訊，減少資訊處理的負荷。從現象回溯推理其原因，在了解原因後，就能夠為應對新的情況做好準備。

人類將居住地擴展至全世界，生活在非常多樣的環境中，因此需要對許多種類的對象、不同民族和自然等不確定的對象、無法直接觀察和經歷的對象等，進行推測和預測。面對未知的威脅，也必須靠新的知識來應對。考慮到這個必要性，即便可能會犯錯，仍然需要不斷制定新的規則，也就是進行回溯推論，這是生存不可或缺的。或許可以說因為回溯推論，人類獲得了語言這種溝通和思考的工具，進而推動了科學、藝術等各種文明的進步。

另一方面，像生存環境受到限制的黑猩猩等動物，在生活中遇到的對象多樣性和不確定性不像人類這麼高。在那樣的環境下，準確處理眼前可直接觀察的對象對生存更有利，因此「雖然可能出錯，但大致有效」的思考模式或許就沒那麼必要。在這種情況下，與其冒著錯誤的風險進行回溯推論，不如用犯錯機率低的演繹推論，可能更有利於生存。

4 譯注：簡約原則又稱「奧坎的剃刀」（Occam's Razor），源自十四世紀由方濟會修士威廉・奧坎（William of Occam）的概念。這個原則認為在解釋事物時，若有多個解釋，應該選擇最簡單、最少假設的解釋，即不增加不必要的元素或複雜性。這樣的原則有助於避免過度解釋或過度複雜化問題，使得解釋更加清晰和直接。

## 總結

當人類獲得某種知識時，往往會過度地概括這些知識。當學會一個詞語後，會自然地運用換喻和隱喻來擴大意思。觀察到某個現象時，從中抽取出模式、預測未來。不僅如此，人類還會回溯已經發生的事情，尋求因果關係的解釋。這些都是回溯推論。對於人類來說，回溯推論是再自然不過的思考方式，是生存不可或缺的武器。

另一方面，人類以外的動物物種幾乎不進行回溯推論。並不是他們沒有萌生這種推論，而是即便存在，直到人類這個物種出現，才誕生出我們目前使用的這種抽象而複雜的符號體系。這是為什麼呢？

為什麼只有人類擁有語言？對於這個深刻而偉大的問題，出現非常多的解釋，包括：人類相較於之前的物種，腦容量顯著增加，尤其是因為負責思考的前額葉很發達；開始直立行走後能支撐更重的大腦並變得能夠自由移動；或者人類這個物種特有的群體社會性及從中衍生出的社會形態的觀點、生物學上的觀點等。

在眾多的語言起源理論中，本書關注於人類獨特的思考方式，即回溯推論的思考。人類在開始學習詞語意思的更久遠之前，就已經在進行回溯這種非邏輯式且有犯錯風險的推論。透過這種推論，人類從孩童時期開始，直到長大成人，都會持續犯邏輯上的錯誤。然而，正是這種推論使語言習得成為可能，也讓科學的發展成為可能。

在第六章我們提到解決語言習得中的符號接地問題，關鍵在於透過提攜循環的學習，不過，語言的發展與思考的發展之間也存在相互提攜的關係。與身體無直接連結的抽象式概念並非嬰兒與生俱來，也不是從天而降的。極度抽象化的概念，例如數的概念和數學的概念，乍看之下，或許很多人認會覺得那是「語言領域之外」的概念，然而，數學也好語言也罷，兩者在將知覺上並不相同、或者僅靠知覺上的觀察絕對無法得知是相同的事物都視為「相同」來看待的這個意義上，是有共通點的。

嬰兒能夠感受到聲音和對象的形狀等不同感覺之間的相似性（圖像性），並能檢測兩種事物之間的視覺上的相似性。然後從這裡開始把統計推論和歸納、回溯推論作為引擎使用，透過提攜循環，不止看穿停留在感覺與感知層次的相似性，也看穿其背後關係的相似性，習得抽象式的概念，並理解只靠眼睛無法觀察得到的因果關係，在這個過程中，詞語扮演了重要的角色。

一開始雖然是從只靠觀察就能理解的相似性開始，在詞語的引導下，變得能夠注意到無法觀察的關係的相似性。進一步，從動詞這類表示抽象關係的詞語，讓我們能夠分類和整理世界。詞語將兒童從以知覺式感受具體的相似性，提攜到從關係性感受抽象的相似性。

詞語的知識不僅限於語言領域，甚至改變了一般被視為是語言以外領域的數與數學領域中的思考方式。語言和思考就像左右腳一樣，只要一邊踏步前進，另一邊必然也會跟著往前走，反覆互相提攜。

是否具備對稱性推論的偏誤，這種細微的思考偏誤差異，正是產生人類這個物種和其他動物物種之間是否擁有語言的差別。筆者認為，正是語言讓人類原本就擁有的回溯推論能力，發現了無法只用眼睛觀察的抽象式相似性和關係性，並持續創造知識，而形成了一個循環迴圈的開端。

# 終章　語言的本質

從探討擬聲詞開始，我們這一趟探究語言的習得、起源與演化歷程的旅行也即將要到達終點。在本章中，讓我們一邊回顧整體的過程，思考語言的本質究竟是什麼吧。

## 回顧在本書中的探究

擬聲詞，像是「くるくる」（kurukuru）、「ぐるぐる」（guruguru）、「もふもふ」（mofumofu）這些字，聽起來有趣，用起來也很有趣。有一本書很有趣，是由繪本作家五味太郎編著的《日本語擬態語辭典》，五味太郎在這本書中寫道：「擬態語應該是比歌舞伎、茶道、天婦羅更值得日本引以為傲的文化。」筆者今井睦美和秋田喜美也著迷於擬聲詞並進行

研究。今井睦美從發展心理學的觀點，秋田喜美則是從語言學的觀點，只要一思考擬聲詞，就會不斷湧現出許多想了解的問題。

普通的詞語（例如「兔子」）明明無法從聲音推測出意思，為什麼擬聲詞卻能從聲音理解意思呢？什麼樣的聲音和意思能創造出「相似」的感覺？我們的大腦以什麼樣的結構來感知聲音和意思之間的「相似」呢？擬聲詞在大腦中的處理方式與一般詞語不一樣嗎？我們從何時開始理解聲音和意思之間的聯結？聲音和意思之間連結的感覺透過聽大量的擬聲詞，就能夠學習和調整嗎？或者這種感覺是與生俱來的嗎？擬聲詞是超越文化和語言的差異而普遍存在的嗎？

如果去想這些問題，又會湧現更多的疑問。說起來，擬聲詞比較接近肢體語言還是一般的詞語呢？雖然許多語言學者認為擬聲詞不是真正的語言，但真的是這樣嗎？

今井睦美為了研究幼兒的詞語，經常去托兒所，那裡簡直是擬聲詞的世界，孩子和托育人員都大量使用擬聲詞，而且他們的用法很厲害。擬聲詞中一定有某種祕密，我直覺地認為，對於兒童在詞語和概念的學習上，擬聲詞一定有正面的作用。作為一名心理學者，我認為必須要透過實驗，以科學的方式來揭開這個祕密。

擬聲詞真的對語言發展有幫助嗎？針對這個疑問，反覆進行各式各樣的實驗，進而產生了新的疑問：語言究竟起源自什麼樣的情況？人類是社會性的生物，與他人的溝通至關重要，而作為溝通的媒介，語言是不可或缺的。

然而，語言是在什麼樣的契機下成為溝通的方式？我們的祖先最早使用的語言是什麼樣子的呢？當我們處於一個語言完全不通的國家，必須與當地人溝通時，我們會用肢體和手勢來表現物體或動作，也就是所謂的默劇，或許語言就是從以默劇的方式來模仿外界的物體或事件開始的吧？只不過是透過聲音這種媒介。

當然，以手為媒介的手語也是一種優秀的語言，不過除了聽障人士的這種溝通方式，語言大多還是以聲音為媒介。手語和語音語言之間的共通處和差異處是什麼呢？

正如在第五章中介紹的，最近尼加拉瓜手語引起了研究者的關注。聽障人士在沒有可用來溝通的「（能稱為語言的）手語」的尼加拉瓜，當聽障兒童被聚集起來開始施行學校教育，經過幾個世代之後，從默劇般的溝通方式，發展成具有和口語相同特徵的手語。簡單來說，尼加拉瓜手語的變化就是從類比到數位的轉變。起初孩子們開始互相溝通時，只是用默劇的方式直接模仿連續變化的世界，然而隨著世代的推進，逐漸開始使用以數位的方式將世界分節的「詞語」。這種手語的演化過程可能與口語的演化過程是相通的。

從類比到數位轉變的觀點來看語言的演化時，擬聲詞就顯得相當有趣。擬聲詞比一般詞語更具有用聲音模仿對象的「圖像性」。但擬聲詞並不等同於默劇或肢體語言。擬聲詞和一般詞語一樣，具備許多數位式的特徵。就像在尼加拉瓜手語的演變中看到的一樣，我們的祖先可能也是從用聲音類比式的模仿外界的物體或事件，逐漸轉變成擬聲詞，然後擬聲詞被詞彙化、體系化，最終演變成做為現在的符號體系的語言。希望我們能試著認真思考這個所謂「擬聲詞語言起源說」的假設。

同時，我們也產生了一個疑問：為什麼現代的語言中不全是擬聲詞，反而擬聲詞是少數派？為什麼大部分的詞語在音與義之間感覺不到明顯的連結？這裡，我們注意到的關鍵是「符號接地問題」。

符號接地問題在一九九〇年前後被提出，用來批判透過將符號與其定義輸入電腦、讓電腦操作以解決問題的ＡＩ符號處理方式。這個問題針對ＡＩ提出的質疑是，操作那些與身體感覺或經驗沒有連結（沒有接地）的符號，是否能學習語言真正的「意思」？然而這也是人類面臨的問題。兒童是從類比的世界開始的，他們如何學會以數位的方式，在每個符號都擁有抽象意思的龐大體系中，猶如自然而然地使用身體的一部分，去操作這些符號呢？

為了解決這個問題，我認為我們需要思考人類自主擴展知識的學習能力。人類的兒童具有驚人的學習能力，他們特別能夠從感知經驗中創造知識，並利用這些知識迅速增長知識，筆者們將這種能力稱為「提攜循環」。在這裡也會出現一個新的疑問：驅動提攜循環的是什麼樣的推論能力？

筆者們認為，這種驅動力並非正確推論邏輯的能力，而是透過想像力擴展知識、從某種現象中回溯、思考原因，試圖產生最合理解釋的人類思考風格。這種推論方式統稱為「回溯推論」的推論模式。筆者們認為，正是這種回溯推論將類比世界與數位符號連接起來，構建起符號系統，並使其成長與完善。

## ＡＩ與人類的差異

截至二〇二三年四月（執筆當下），ＡＩ的進化令人瞠目結舌。無論是西洋棋、將棋還是圍棋，ＡＩ已經達到了連人類高手也難以戰勝的程度。翻譯方面也是，即使對ＡＩ抱持懷疑態度的筆者們也覺得，現在已經達到了一個如果不使用ＡＩ就會虧大了的程度。然而，當前的神經網絡型ＡＩ完全沒有進行符號接地。

人類在沒有符號接地的情況下可以學習語言、和以數學為首的抽象概念嗎？當我們思考符號接地的機制時，也會產生這樣的疑問。產生這個疑問的背景之一，是今井睦美以小學生和國中生為對象進行調查後得到的結果，令人震撼。在調查的一百五十人中，能夠理解1／2與1／3哪個數字較大的五年級學生，不到一半。即使是必須學習因數分解和平方根的國中二年級學生，也有很多人（大約一半）不知道最接近99／100的整數是1。更不用說小學二、三年級學生對「１」的意思還無法接地。人類無法輕易與抽象概念接地。

順帶一提，正如在第五章中提到的，像數的概念一樣，僅由抽象式關係構成的擬聲詞是不存在的。若不能對１或１／２產生接地，即使之後學習再進階的概念，也只能在符號與符號之間漂流，即使記住了計算步驟，也無法打從心底理解。這與不需要符號接地，就能在大數據中的符號之間漂流而持續「學習」的ＡＩ形成對比。

語言本來就是人類獨有的。動物為何沒有語言？這也令人非常好奇。動物會進行回溯推論嗎？還是因為不進行回溯推論，所以沒有語言？

從思考擬聲詞開始，不斷產生出新的疑問。當我們一邊迂迴繞路，尋找前進的路線，然後進入探索的旅程後，在不知不覺間碰到了「語言的本質是什麼」這個問題，而要繼續前進，就無法迴避這個問題。當然，筆者們並不主張在本書中闡述的想法是絕對正確的，關於語言的起源、進化、習得以及語言的本質是什麼，我們希望盡可能不失去全貌，採取宏觀的角度來思考並撰寫本書。

本書中所闡述的論點僅是筆者們的假設，不過並非毫無根據的臆測。在開始撰寫本書的更久之前，筆者們已經在語言學、心理學、神經科學等領域收集、審視並分析了大量的文獻和語言數據。我們以嬰兒和成人為對象，運用了心理學和腦科學的方法進行了很多實驗，積累了豐富的數據。從採用各種方式的實驗中，獲得了來自不同面向的數據，從科學上導出機率最高的結論。筆者們在本書中的思考路徑本身就是回溯推論。

回溯推論存在著導致錯誤結論的可能性，然而透過修正錯誤，我們可以加深對事物的理解。即便在科學領域中，從提出假設，進行實驗，當實驗結果與假設不符時，就修正假設，因此人類的科學知識得以發展。回溯推論是一種創造新知識的推論方式，在知識創造的過程中，失敗和錯誤是常有的事，從這個意思上來看，筆者們的探究將會繼續下去，爬山所抵達的山頂並不是終點。對於本書中提出的論點，我們在擴展、精細化並修正錯誤的同時，探索語言這個宇宙的旅程也會不斷持續下去。

我們非常高興讀者能夠伴隨筆者們從擬聲詞展開這段探究之旅。如果能進一步激發讀者對語言產生更深入的思考，那將是令人再開心不過的事了。

## 今井・秋田版「言語的大原則」

第三章提到了霍克特的「語言的大原則」，為了與霍克特抗衡，這裡想要以我們自己思考的「語言的大原則」來為本書做個總結。

語言的本質性特徵

①傳達意思

・語言表現意思

・語言的形式與意思連結、意思與形式連結，兩者之間是雙向關係

・語言能夠超越當下的訊息傳遞

・語言是帶著意圖發話的，發話者的意圖由接受者來解釋

・意思是透過推論創造出來的，並透過推論來解釋

・因此，說話者的發話意圖與聽者的解釋不一定是一致的

②變化

・語言是維護習慣的力量對上創造新形式和意思、試圖從習慣中脫離的力量，彼此之間的較量

・語言即使作為典型形式和意思的概括，完全合乎邏輯，但若不遵循習慣，仍會被視為「錯誤」或「不自然」

・不過，如果語言社群的大多數都偏愛新的形式、意思和使用方式的話，它們便會取代

既有的形式、意思和使用方式

・變化是不可避免的

③選擇性

・語言選擇資訊，並以數位的方式符號化

・符號化的選擇仰賴社群的文化。換言之，語言的意思仰賴文化

・由於文化是多樣的，語言必然也跟著多樣，且任意性會增強

④系統性

・語言的要素（單詞或詞綴等）單獨存在並不具有意思

・語言是一種透過對比和差異化而擁有意思的系統

・單詞的意思範圍，是由它與系統內相應的概念領域內的其他單詞之間的關係來決定。亦即，單詞的意思取決於相應概念領域如何被分割和結構化，以及那個單詞在其中處於什麼位置。尤其單詞的意思會透過與相鄰單詞的意思差異來決定

・因此，即使是指涉最具知覺性和具體化概念的單詞如「紅色」或「走路」，其意思也是抽象的

⑤擴展性

・語言是生產性的，從音塊中提取要素，並自由組合這些要素以進行擴展
・詞句的意思透過換喻和隱喻來擴展
・在系統內，若存在意思的空隙，便可以創造出新的單詞
・語言能擴展知識，讓我們能夠解釋超越觀察的因果機制
・語言能自我生成地成長、擴展並演化

⑥身體性

・語言在多種感覺模式下與身體接地
・因此，語言是多模態（multimodal）的存在
・語言總是遵循人類使用者的資訊處理的制約，為了便於處理資訊而調整自身的型態
・語言多模態地與身體接地後，透過推論進行擴展和體系化
・根據這個過程，人類會感受到詞語與身體的連結，並覺得很自然。這使得本來不相似的事物也能夠感受到相似性，與原本知覺上的相似性變得無法區分（二次相似性的產生與圖像性的循環）

・根植於文化的二次相似性產生出語言的多樣性和任意性。不過，它們都源自與身體的連結，從其中擴展實現，因此語言不會以人類無法進行資訊處理的方式來擴展，同時也確保了語言習得的可能性

⑦處於平衡之上

・語言是身體化的，同時也是任意和抽象的
・語言在被習慣制約的同時又不斷變化（在維持習慣的力量與想要創新的力量之間保持平衡）
・語言具有多樣性的同時又包含普遍性的一面
・語言在特定語言社群中，處於多個維度中朝著兩個相反方向向量的平衡點上，如共時性（Synchronic）↔歷時性（Diachronic）[1]、守護習慣↔離脫習慣、圖像性↔任意性、多樣性↔普遍性、身體性↔抽象性等

1　譯注：歷時和共時是描述時間和空間的兩個不同概念，歷時研究關注事物的演變和發展，而共時研究則關注事物在某一特定時刻的狀態和結構。

# 後記

如果無止盡地思考關於擬聲詞，問題就會接二連三冒出來。為什麼擬聲詞可以從聲音理解意思？擬聲詞如何模擬這個世界？兒童為什麼喜歡擬聲詞？當想到類似這些單純的疑問時，不免開始思考起來：既然擬聲詞是用聲音來表現意思，明明在不同的語言之間應該是可以相通的，為什麼我們卻很難理解外語的擬聲詞的意思呢？

從這些疑問進一步延伸出另一個問題：語言應該是與身體連結的，為什麼卻如此多樣化呢？最終這個問題擴展到語言演化的問題：為什麼只有人類擁有語言？以及語言的本質為何？人類思考的本質為何？因而成為一段思考問題的漫長旅程。在此感謝讀者們閱讀本書、與我們一起進行這趟探索之旅。

「今井睦美的研究是符號接地問題吧。」教會我「符號接地問題」這個詞的是已故的慶應義塾大學環境情報學系教授古川康一老師。古川老師處於人工智慧（ＡＩ）的黎明期，在國家專案的第五代電腦研究中擔任著核心的角色。專案結束後，他獲邀就任剛成立的慶應義塾大學ＳＦＣ（湘南藤澤校區）的教授一職。當時我才剛在美國取得博士學位，並於環境情報學系擔任助手（講師），那個時期不用說校內了，連在我自己的研究領域，整個日本也很少有認識的人，當時我正苦惱於自己在美國學得的認知心理學研究該如何在日本推廣才好。在人工智慧領域中聞名於世界的古川老師，當時輕鬆地跟我搭話說研究室就在附近，而且還熱心地聽我談論我的研究。

「符號接地問題」在當時的人工智慧領域中是一個廣為人知的大問題，不過在認知心理學與發展心理學上，並不是那麼普遍為人所知的概念。當一位國際知名的教授告訴我，我的語言發展研究是關乎「符號接地問題」時，本書的旅程就此展開。

我沒有參與過人工智慧的開發，更沒有寫過程式。但是，在SFC裡包括古川老師在內，還有石崎俊老師、向井國昭老師等，因為有這些當時引領著人工智慧研究的老師，我就像「廟前童子會念經」一樣，從「符號接地問題」、「框架問題」（frame problem）到各種人工智慧的難題，一邊與老師們討論，一邊開始思考人類是如何將知識與身體接地的，而這造就了我對於學習與教育的獨特觀點。

古川老師從慶應義塾大學退休後，在嘉悅大學擔任教授的同時，也繼續在研究的第一線奔走，但卻在二〇一七年過世了。古川老師是讓我超越「語言發展」這個專業領域的框架，開始思考人類將知識身體化意味著什麼，並將這個大哉問作為畢生工作而努力的契機，雖然有點遲了，但我由衷感謝並將此書獻給他。

對於這趟以擬聲詞、符號接地問題為關鍵字，最後在語言的本質是什麼這個大哉問上導出結論、看似魯莽的旅程，我也由衷地向與我一起執筆的名古屋大學副教授秋田喜美表示感謝。雖然我長年以來考慮將這個主題集結成書，但對於要如何切入才好，一直感到很迷惘。在與秋田喜美的反覆討論中，終於找到了方向，而能集結成書。

在本書中，我們不時地以登山和旅行來比喻這段探究的過程。然而，我認為人文社會科學的研究或許就像是完成一幅拼圖。對我而言，研究的形象與其說是面對一塊純白的畫布完成一幅畫，不如說比較像是把世界上無數先賢的見解和數據當作拼圖拼片，然後在維持各個拼片之間的一致性的同時，將它們組合起來，接著嵌入應該嵌入的位置，建構出整體的樣貌。然而，與市售的拼圖一開始就已經確定了完成後的圖案、也提供可以拼成的拼片不同，研究並沒有所謂的完成圖，每一個拼片在很大程度上都是研究者以主觀的方式收集起來的。

在本書中，秋田喜美與我挑選並組合拼片，把它們放在應該放置的位置，完成了名為「語言的本質」的拼圖作品。不過，如同畫作的評價標準不是單一的，研究也是，特別是在人文社會科學領域，並不追求單一的真理、唯一的正確答案。對於本書中闡述的作者觀點，或許有人會持相反意見。我們歡迎批評，但在此批評時，請不要糾結於細枝末節的事實問題，而是能夠根據科學上的證據，從整體大局的角度來看我們要如何思考語言這個人類的寶藏，這樣就再好不過了。

在本書的拼圖畫中作為核心的部分，是我自己長年以來進行的實驗研究所得到的證據。我想要向至今與我一起進行眾多實驗的共同研究者們表示深深的感謝，特別是英國華威大學（University of Warwick）教授喜多壯太郎先生，我們就語音象徵在語言習得中發揮的作用，以及為了進行相關的實驗有許多深入的討論。另外，岩波書店出版的《溝通的認知科學》系列第一卷《語言與身體性》裡的內容也讓我受益良多。我也要感謝在關於語言與身體的關係，以及符號接地問題方面給予我許多啟發的作者們、以及擔任編輯委員的老師們。特別是前慶應義塾大學校長安西祐一郎老師，他在符號接地問題和推論方面給予的指導，成為我將推論的問題視為語言習得和語言演化關鍵的契機。

在YouTube節目《輕鬆語言學廣播》中，我們從「日本兒童錯誤賞」這個企劃裡中募集了來自聽眾們提供的兒童可愛的口誤，累積了很多很棒的「說錯話作品」。這些兒童說錯話的故事都是讓我們窺見人類智慧特徵的回溯推論的力作，為我們創作本書的拼圖作品，提供了寶貴的拼片。此外，在看似已被ＡＩ席捲的現代社會，關於與ＡＩ和諧共處時，人類應該要如何學習的問題，這個資料庫為我們提供了很多的啟示。我要感謝允許我們在本書中介紹這個資料庫的部分內容的頻道主辦人水野太貴先生和堀元見先生，以及分享了很棒資料的節目聽眾們。

最後，我也要感謝鼓勵步調緩慢的作者群、很有耐心地與我們溝通，並細心編輯的中央公論新社編輯部的胡逸高先生，以及用獨特插圖為本書增添光彩、以文字適當地補充了一些難以解釋的部分的Studio BIRIYANI的兩位成員。

今井睦美

擬聲詞也應該是語言理論的研究對象才對。抱持著這樣的想法，是在我碩士階段開始研究擬聲詞的時候。利用抽象式符號或概念圖精鍊語言理論的工作很有趣，也很浪漫。但是突然間，當這個工作本身變成了目的時，讓我有一種空虛的感覺。

我與今井睦美的交流是在那之後幾年開始的。透過這個交流，自己原本僅限於「擬聲詞論」的研究，延伸連結到「語言是什麼」、「人類的思考擁有何種特質」、「人類究竟是什麼」等探究人類本質的問題。結果，產生了僅靠語言學家難以想到的、值得深究的故事。這就是本書的內容。

「語言的本質」是許多偉大人物從不同觀點探討過的一個重大主題，說不定還是只有在語言學者窮究一生後，才敢戰戰兢兢拿出來討論的大議題。然而，正是這個大議題，才是語言學者研究語言的初衷吧。對於給予我重新審視擬聲詞論機會的今井睦美，以及一起構築擬聲詞論的世界各地的擬聲詞研究者們，在此由衷表示感謝。

秋田喜美

*Processing, Vol. 2: Explorations in the Microstructure of Cognition: Psychological and Biological Models* (pp. 216–271). Cambridge, MA: MIT Press

Saji, N., Imai, M., Saalbach, H., Zhang, Y., Shu, H., & Okada, H. (2011). Word learning does not end at fast-mapping: Evolution of verb meanings through reorganization of an entire semantic domain. *Cognition, 118*(1), 45–61

Thagard, P. (2007). Abductive inference: From philosophical analysis to neural mechanisms. In A. Feeney, & E. Heit (Eds.). *Inductive Reasoning: Experimental, Developmental, and Computational Approaches* (pp. 226–247). New York: Cambridge University Press

米盛裕二.(2007).《アブダクション——仮説と発見の論理》勁草書房

## 第7章

Asano, T., Kojima, T., Matsuzawa, T., Kubota, K., & Murofushi, K. (1982). Object and color naming in chimpanzees (*Pan troglodytes*). *Proceedings of the Japan Academy, Series B 58*(5), 118–122

Cheney, D. L., & Seyfarth, R. M. (1990). *How Monkeys See the World: Inside the Mind of Another Species*. Chicago: University of Chicago Press

今井むつみ, 岡田浩之.(2008).〈「対称性」へのコメンタリー——言語の成立にとって，対称性はたまごかにわとりか〉《認知科学》*15*(3)，470-481

Imai, M., Murai, C., Miyazaki, M., Okada, H., & Tomonaga, M. (2021). The contingency symmetry bias (affirming the consequent fallacy) as a prerequisite for word learning: A comparative study of pre-linguistic human infants and chimpanzees. *Cognition, 214*, 104755

Lionello-DeNolf, K. M. (2009). The search for symmetry: 25 years in review. *Learning & Behavior, 37*(2), 188–203

Premack, D. (2007). Human and animal cognition: Continuity and discontinuity. *Proceedings of the National Academy of Sciences, 104*(35), 13861–13867

Tomonaga, M. (1993). Tests for control by exclusion and negative stimulus relations of arbitrary matching to sample in a “symmetry-emergent” chimpanzee. *Journal of the Experimental Analysis of Behavior, 59*(1), 215-229

Tomonaga, M., Matsuzawa, T., Fujita, K., & Yamamoto, J.(1991). Emergence of symmetry in a visual conditional discrimination by chimpanzees (Pan troglodytes). *Psychological Reports, 68*(1), 51-60

## 終　章

五味太郎.(2004 [1989]).《日本語擬態語辞典》講談社

case of numeral classifiers. *Language and Cognitive Processes, 27*(3), 381–428

Senghas, A. (2010). Reinventing the word. In B. C. Malt & P. Wolff (Eds.), *Words and the Mind: How Words Capture Human Experience* (pp. 16–28). Oxford: Oxford University Press

竹田晃子.（2017）.〈オノマトペにも方言があるの？〉窪薗晴夫（編）《オノマトペの謎——ピカチュウからモフモフまで》（pp. 47–63）. 岩波書店

Talmy, L. (2000). *Toward a Cognitive Semantics, Volume 2: Typology and Process in Concept Structuring*. Cambridge, MA: MIT Press

Thompson, A. L., Akita, K., & Do, Y. (2020). Iconicity ratings across the Japanese lexicon: A comparative study with English. *Linguistics Vanguard, 6*(1), 20190088.

山口仲美.（2012）.〈奈良時代の擬音語・擬態語〉《明治大学国際日本学研究》*4*(1), 151–170

山口仲美.（2019）.《オノマトペの歴史〈２〉——ちんちん千鳥のなく声は・犬は「びよ」と鳴いていた》風間書房

## 第６章

Baldwin, D. A., & Markman, E. M. (1989). Establishing word-object relations: A first step. *Child Development, 60*(2), 381–398

ブルックス, ロドニー・アレン.（2006）.《ブルックスの知能ロボット論》五味隆志（訳）, オーム社

ChatGPT. https://openai.com/blog/chatgpt/

Haryu, E., Imai, M., & Okada, H. (2011). Object similarity bootstraps young children to action-based verb extensions. *Child Development, 82*(2), 674–686

今井むつみ.（2010）.《ことばと思考》岩波書店

今井むつみ.（2013）.《ことばの発達の謎を解く》筑摩書房

今井むつみ.（2020）.《英語独習法》岩波書店

Imai, M., & Haryu, E. (2001). Learning proper nouns and common nouns without clues from syntax. *Child Development, 72*(3), 787–802

今井むつみ, 楠見孝, 杉村伸一郎, 中石ゆうこ, 永田良太, 西川一二, 渡部倫子.（2022）.《算数文章題が解けない子どもたち——ことば・思考の力と学力不振》岩波書店

LeCun, Y., Bengio, Y., & Hinton, G. (2015). Deep learning. *Nature, 521* (7553), 436–444

Lenat, D. B., & Guha, R. V. (1990). *Building Large Knowledge-Based Systems: Representation and Inference in the Cyc Project*. Reading, MA: Addison-Wesley

Rumelhart, D. E., & McClelland, J. L. (1986). On learning the past tenses of English verbs. In J. L. McClelland, D. E. Rumelhart, & PDP Research Group (Eds.), *Parallel Distributed*

Japanese. *Journal of Linguistics, 53*(3), 501–532

Flaksman, M. (2017). Iconic treadmill hypothesis: The reasons behind continuous onomatopoeic coinage. In A. Zirker, M. Bauer, O. Fischer, & C. Ljungberg (Eds.), *Dimensions of Iconicity* (pp. 15–38). Amsterdam: John Benjamins

Gasser, M. (2004). The origins of arbitrariness in language. *Proceedings of the 26th Annual Cognitive Science Society Conference* (pp. 434–439). Hillsdale, NJ: Lawrence Erlbaum Associates

Haiman, J. (2018). *Ideophones and the Evolution of Language*. Cambridge: Cambridge University Press

Hamano, S. (1998). *The Sound-Symbolic System of Japanese*. Stanford: CSLI Publications

浜野祥子.(2014).《日本語のオノマトペ——音象徴と構造》くろしお出版

Harnad, S. (1990). The symbol grounding problem. *Physica D: Nonlinear Phenomena, 42*, 335–346

Hinton, L., Nichols, J., & Ohala, J. J. (Eds.). (1994). *Sound Symbolism*. Cambridge: Cambridge University Press

堀江薫,秋田喜美,北野浩章.(2021).《言語類型論》開拓社

今井むつみ.(2014).〈言語発達と身体への新たな視点〉今井むつみ,佐治伸郎(編)《言語と身体性》(pp. 1–34).岩波書店

Imai , M. (2020). Exploitation of iconicity in Hard-of-Hearing and Hearing individuals. Talk presented at the British Cognitive Linguistic Society Preconference Workshop: Iconicity in language: Theoretical issues and future directions. University of Birmingham, UK (Online)

Kita, S. (2008). World-view of protolanguage speakers as inferred from semantics of sound symbolic words: A case of Japanese mimetics. In N. Masataka (Ed.), *The Origins of Language: Unraveling Evolutionary Forces* (pp. 25–38). Tokyo: Springer

Masuda, T., Ishii, K., Miwa, K., Rashid, M., Lee, H., & Mahdi, R. (2017). One label or two?: Linguistic influences on the similarity judgment of objects between English and Japanese speakers. *Frontiers in Psychology*, *8*, 1637

Mudd, K., de Vos, C., & de Boer, B. (2022). Shared context facilitates lexical variation in sign language emergence. *Languages, 7*(1), 31

日本国語大辞典第二版編集委員会(編).(2003).《日本国語大辞典》第二版.小学館

小野正弘(編).(2007).《日本語オノマトペ辞典——擬音語・擬態語4500》小学館

Saalbach, H., & Imai, M. (2007). Scope of linguistic influence: Does a classifier system alter object concepts? *Journal of Experimental Psychology: General, 136*(3), 405–501

Saalbach, H., & Imai, M. (2012). The relation between linguistic categories and cognition: The

## 第４章

Asano, M., Imai, M., Kita, S., Kitajo, K., Okada, H., & Thierry, G. (2015). Sound symbolism scaffolds language development in preverbal infants. *Cortex, 63*, 196–205

今井むつみ, 針生悦子.（2014）.《言葉をおぼえるしくみ——母語から外国語まで》筑摩書房

Imai, M., & Kita, S. (2014). The sound symbolism bootstrapping hypothesis for language acquisition and language evolution. *Philosophical Transactions of the Royal Society B, 369*(1651), 20130298

Imai, M., Kita, S., Nagumo, M., & Okada, H. (2008). Sound symbolism facilitates early verb learning. *Cognition, 109*(1), 54–65

Imai, M., Miyazaki, M., Yeung, H. H., Hidaka, S., Kantartzis, K., Okada, H., & Kita, S. (2015). Sound symbolism facilitates word learning in 14-month-olds. *PLoS ONE, 10*(2), e0116494

Kantartzis, K., Imai, M., & Kita, S. (2011). Japanese sound-symbolism facilitates word learning in English-speaking children. *Cognitive Science, 35*(3), 575–586.

ラティマー, アレックス, & 聞かせ屋 けいたろう(訳).（2018）.《まいごのたまご》角川書店

クワイン, W. V. O.（1984）.《ことばと対象》大出晁, 宮館恵（訳）. 勁草書房（Quine, W. V. O. (1960). *Word and Object*. Cambridge, MA: MIT Press.）

佐治伸郎, 今井むつみ.（2013）.〈語彙獲得における類像性の効果の検討——親の発話と子どもの理解の観点から〉篠原和子, 宇野良子（編）《オノマトペ研究の射程——近づく音と意味》(pp. 151–166）. ひつじ書房

谷川俊太郎, 元永定正.（1977）.《もこ　もこもこ》文研出版

わかやまけん.（1972）.《しろくまちゃんのほっとけーき》こぐま社

## 第５章

秋田喜美.（2021）.〈日本語のオノマトペと言語類型論〉窪薗晴夫, 野田尚史, プラシャント, パルデシ, 松本曜（編）《日本語研究と言語理論から見た言語類型論》(pp. 49–73）. 開拓社

秋田喜美.（2022）.《オノマトペの認知科学》新曜社

Akita, K., & Imai, M. (2022). The iconicity ring model for sound symbolism. In S. Lenninger, O. Fischer, C. Ljungberg, & E. Tabakowska (Eds.), *Iconicity in Cognition and across Semiotic Systems* (pp.27–45). Amsterdam: John Benjamins

Dingemanse, M., & Akita, K. (2017). An inverse relation between expressiveness and grammatical integration: On the morphosyntactic typology of ideophones, with special reference to

id=D0009020065_00000
朴智娟.（2019）.《オノマトペの言語的統合性に関する日韓対照研究》名古屋大学博士論文
Peña, M., Mehler, J., & Nespor, M. (2011). The role of audiovisual processing in early conceptual development. *Psychological Science, 22*(11), 1419–1421
Ramachandran, V. S., & Hubbard, E. M. (2001). Synaesthesia: A window into perception, thought and language. *Journal of Consciousness Studies, 8*(12), 3–34
Saji, N., Akita, K., Kantartzis, K., Kita, S., & Imai, M. (2019). Cross-linguistically shared and language-specific sound symbolism in novel words elicited by locomotion videos in Japanese and English. *PLoS ONE, 14*(7), e0218707
Sidhu, D. M., & Pexman, P. M. (2018). Five mechanisms of sound symbolic association. *Psychonomic Bulletin & Review, 25*, 1619–1643
Spence, C. (2011). Crossmodal correspondences: A tutorial review. *Attention, Perception, & Psychophysics, 73*, 971–995
Winter, B., Sóskuthy, M., Perlman, M., & Dingemanse, M. (2022). Trilled /r/ is associated with roughness, linking sound and touch across spoken languages. *Scientific Reports, 12*, 1035

## 第3章

浜野祥子.（2017）.〈「スクスク」と「クスクス」はどうして意味が違うの？〉窪薗晴夫（編）《オノマトペの謎》（pp. 9–28），岩波書店
Hockett, C. F. (1960). The origin of speech. *Scientific American, 203*(3), 88–97
Hockett, C. F., & Altmann, S. A. (1968). A note on design features. In T. A. Sebeok (Ed.), *Animal Communication: Techniques of Study and Results of Research* (pp. 61–72). Bloomington: Indiana University Press
Martinet, A. (1962). *A Functional View of Language*. Oxford: Clarendon Press.
水野太貴，堀元見.（2021–）.〈ゆる言語学ラジオ〉YouTube. https://www.youtube.com/channel/UCmpkIzF3xFzhPez7gXOyhVg
NHK放送文化研究所（2019）〈「なんなら」？〉https://www.nhk.or.jp/bunken/research/kotoba/20190701_12.html
Nuckolls, J. B. (1992). Sound symbolic involvement. *Journal of Linguistic Anthropology, 2*(1), 51–80
ソシュール，フェルディナン・ド.（2016）.《新訳 ソシュール 一般言語学講義》町田健（訳），研究社.（Saussure, F. de.(1916). *Cours de linguistique générale*. Paris: Payot.）

## 第2章

Blasi, D. E., Wichmann, S., Hammarström, H., Stadler, P. F., & Christiansen, M. H. (2016). Sound–meaning association biases evidenced across thousands of languages. *Proceedings of the National Academy of Sciences, 113*(39), 10818–10823

Erben Johansson, N., Anikin, A., Carling, G., & Holmer, A. (2020). The typology of sound symbolism: Defining macro-concepts via their semantic and phonetic features. *Linguistic Typology, 24*(2), 253–310

Fort, M., Lammertink, I., Peperkamp, S., Guevara-Rukoz, A., Fikkert, P., & Tsuji, S. (2018). Symbouki: A meta-analysis on the emergence of sound symbolism in early language acquisition. *Developmental Science, 21*(5), e12659

Ibarretxe-Antuñano, I., & Lizarduikoa, A. M. (2006). *Hizkuntzaren bihotzean: euskal onomatopeien hiztegia*. Donostia: Gaiak

Imai, M., Akita, K., Kita, S., Saji, N., Ohba, M., & Namatame, M. (2022). Deaf and hard-of-hearing people can detect sound symbolism: Implications for the articulatory origin of word meaning. In A. Ravignani et al. (Eds.), *The Evolution of Language: Proceedings of the Joint Conference on Language Evolution* (pp. 325–332). Nijmegen: Joint Conference on Language Evolution

Iwasaki, N., Vinson, D. P., & Vigliocco, G. (2007). What do English speakers know about *gera-gera* and *yota-yota*?: A cross-linguistic investigation of mimetic words for laughing and walking. *Japanese-Language Education around the Globe, 17*, 53–78

Joo, I. (2023). The sound symbolism of food: The frequency of initial /PA-/ in words for (staple) food. *Linguistics, 61*(1), 33–46

Kakehi, H., Tamori, I., & Schourup, L. C. (1996). *Dictionary of Iconic Expressions in Japanese*. Berlin: Mouton de Gruyter

Kanero, J., Imai, M., Okuda, J., Okada, H., & Matsuda, T. (2014). How sound symbolism is processed in the brain: A study on Japanese mimetic words. *PLoS ONE, 9*(5), e97905

川原繁人.（2017）.《「あ」は「い」より大きい！？——音象徴で学ぶ音声学入門》ひつじ書房

Köhler, W. (1947 [1929]). *Gestalt Psychology: An Introduction to New Concepts in Modern Psychology*. New York: Liveright

リスト，フランツ.（2021）.《フレデリック・ショパン——その情熱と悲哀》八隅裕樹（訳），彩流社

日本放送協会.（2009）.《課外授業　ようこそ先輩　自然を感じれば　天気が見える　気象予報士　森田正光》https://www2.nhk.or.jp/archives/tv60bin/detail/index.cgi?das_

# 參考文獻

## 前言

Harnad, S. (1990). The symbol grounding problem. *Physica D: Nonlinear Phenomena, 42*, 335–346

今井むつみ.（2003）.〈言語獲得におけるシンボルグラウンディング〉《人工知能学会誌》*18*(5), 580–585

今井むつみ.（2014）.〈言語発達と身体への新たな視点〉今井むつみ, 佐治伸郎（編）《言語と身体性》（pp. 1–34）. 岩波書店

今井むつみ, 佐治伸郎（編著）.（2014）.《言語と身体性》岩波書店

## 第 1 章

Akita, K., & Dingemanse, M. (2019). Ideophones. In M. Aronoff (Ed.), *Oxford Bibliographies in Linguistics*. New York: Oxford University Press

Dingemanse, M. (2019). 'Ideophone' as a comparative concept. In K. Akita & P. Pardeshi (Eds.), *Ideophones, Mimetics and Expressives* (pp. 13–33). Amsterdam: John Benjamins

Dingemanse, M., Blasi, D. E., Lupyan, G., Christiansen, M. H., & Monaghan, P. (2015). Arbitrariness, iconicity, and systematicity in language. *Trends in Cognitive Sciences, 19*(10), 603–615

藤村逸子, 大曽美恵子, 大島デイヴィッド義和.（2011）.〈会話コーパスの構築によるコミュニケーション研究〉藤村逸子, 滝沢直宏（編）《言語研究の技法——データの収集と分析》（pp. 43–72）. ひつじ書房

Ibarretxe-Antuñano, I. (2017). Basque ideophones from a typological perspective. *Canadian Journal of Linguistics, 62*(2), 196–220

窪薗晴夫（編）.（2017）.《オノマトペの謎——ピカチュウからモフモフまで》岩波書店

Nuckolls, J. B. (2019). The sensori-semantic clustering of ideophonic meaning in Pastaza Quichua. In K. Akita & P. Pardeshi (Eds.), *Ideophones, Mimetics and Expressives* (pp. 167–198). Amsterdam: John Benjamins

Peirce, C. S. (1932). *The Collected Papers of Charles Sanders Peirce, Vol. II: Elements of Logic*. Cambridge, MA: Harvard University Press

Voeltz, F. K. E., & Kilian-Hatz, C. (Eds.). (2001). *Ideophones*. Amsterdam: John Benjamins

世界的啟迪

# 語言如何誕生和進化？

## 言語の本質 ことばはどう生まれ、進化したか


| | |
|---|---|
| 作者 | 今井睦美（Mutsumi Imai） 秋田喜美（Kimi Akita） |
| 譯者 | 王筱玲 |
| 副總編輯 | 洪仕翰 |
| 責任編輯 | 余玉琦 |
| 行銷總監 | 陳雅雯 |
| 行銷 | 趙鴻祐、張偉豪、張詠晶 |
| 封面設計 | 職日設計 |
| 插圖繪製 | スタジオびりやに |
| 排版 | 宸遠彩藝 |

| | |
|---|---|
| 出版 | 衛城出版 / 左岸文化事業有限公司 |
| 發行 | 遠足文化事業股份有限公司（讀書共和國出版集團） |
| 地址 | 23141 新北市新店區民權路 108-3 號 8 樓 |
| 電話 | 02-22181417 |
| 傳真 | 02-22180727 |
| 客服專線 | 0800-221029 |
| 法律顧問 | 華洋法律事務所 蘇文生律師 |
| 印刷 | 呈靖彩藝有限公司 |
| 初版 | 2024 年 10 月 |
| 定價 | 420 元 |
| ISBN | 9786267376751 ( 紙本 ) |
| | 9786267376744 (PDF) |
| | 9786267376768 (EPUB) |

衛城出版

Email acropolismde@gmail.com
Facebook www.facebook.com/acrolispublish

國家圖書館出版品預行編目(CIP)資料

語言如何誕生和進化?/今井睦美, 秋田喜美著 ;
王筱玲譯. – 初版. – 新北市 : 衛城出版, 左岸文化
事業有限公司出版 : 遠足文化事業股份有限公
司發行, 2024.10
面 ; 公分. – (Beyond ; 75)
譯自 : 言語の本質 : ことばはどう生まれ、進化
したか
ISBN 978-626-7376-75-1(平裝)

1. 語言學 2. 歷史

800.9 113013941